Codinome Lady V

Os Sedutores de Havisham . 1

LORRAINE HEATH

4ª reimpressão

Tradução: A C Reis

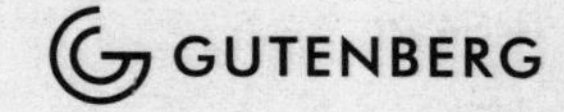

Título original: *Falling Into Bed with a Duke*

Publicado mediante acordo com a HarperCollins Publishers.

EDITORA RESPONSÁVEL
Silvia Tocci Masini

EDITORAS ASSISTENTES
Carol Christo
Nilce Xavier

ASSISTENTE EDITORIAL
Andresa Vidal Vilchenski

PREPARAÇÃO
Andresa Vidal Vilchenski
Nilce Xavier

REVISÃO FINAL
Mariana Paixão

CAPA
Carol Oliveira
(sobre a imagem de Subbotina Anna [shutterstock])

DIAGRAMAÇÃO
Larissa Carvalho Mazzoni

Dados Internacionais de Catalogação na Publicação (CIP)
Câmara Brasileira do Livro, SP, Brasil

Heath, Lorraine

Codinome Lady V / Lorraine Heath ; tradução A C Reis. – 1. ed. ; 4. reimp. – Belo Horizonte : Gutenberg, 2023.

Título original: Falling Into Bed with a Duke.

ISBN 978-85-8235-419-3

1. Ficção histórica 2. Romance norte-americano I. Título.

16-09280 CDD-813

Índices para catálogo sistemático:
1. Romances : Literatura norte-americana 813

A **GUTENBERG** É UMA EDITORA DO **GRUPO AUTÊNTICA** 

Belo Horizonte
Rua Carlos Turner, 420
Silveira . 31140-520
Belo Horizonte . MG
Tel.: (55 31) 3465-4500

Belo Horizonte
Rua Carlos Turner, 420
Silveira . 31140-520
Belo Horizonte . MG
Tel.: (55 31) 3465 4500

www.grupoautentica.com.br
SAC: atendimentoleitor@grupoautentica.com.br

Para as Garotas da Capa
Que compartilham o amor por bons livros,
gargalhadas, um bom vinho e
uma amizade extraordinária.
Para Kathy e Becky, que nos fizeram começar.
Para Wendy, Jenn e Felicia
por nos manterem juntas.
Clubes do livro são demais!

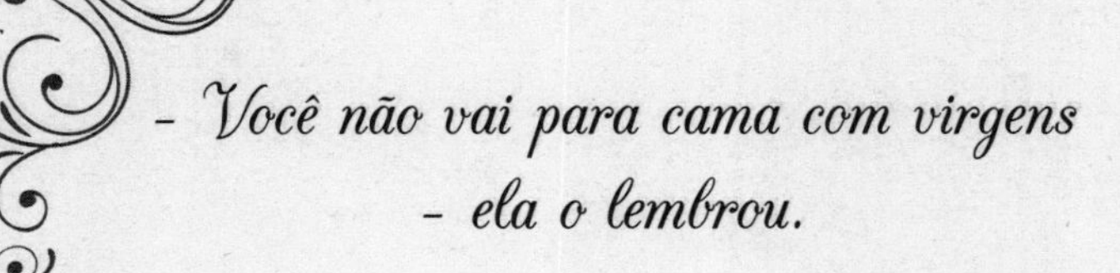

- Você não vai para cama com virgens - ela o lembrou.

– Decidi abrir uma exceção. Que Deus me ajude. Não consegui parar de pensar em você. – Então a boca de Ashe desceu sobre a dela outra vez, exigente e decidida, como se pretendesse devorar cada pedacinho dela.

Tola que era, Minerva exultou em ser desejada. Não importava que tudo que ele quisesse, tudo o que conhecia dela, fosse a superfície, o corpo. Finalmente, um homem queria levá-la para a cama. Um homem a desejava. E estava louco para possuí-la.

Não era algo completo ou perfeito, profundo ou duradouro. Mas era calor e fogo, urgência e necessidade. E ela aceitava.

Minerva queria envolvê-lo com os braços, mas Ashe ainda os mantinha no lugar, exercendo o controle sem lhe dar guarida. Quando interrompeu o beijo, ele respirava com a mesma dificuldade que ela.

– Retire a máscara. Mostre-me quem você é! – Ele ordenou.

Prólogo

Na noite de 15 de novembro ocorreu um dos desastres mais terríveis da história ferroviária britânica, quando um trem de passageiros colidiu de frente com um trem de carga que transportava produtos inflamáveis. Diversos vagões foram instantaneamente engolidos por uma bola de fogo flamejante. É impossível descrever a horrenda carnificina de corpos mutilados, viajantes empalados e destroçados, cadáveres carbonizados... Vinte e sete vidas foram perdidas...

Noticiado no Times, *1858*

Enquanto a carruagem seguia rangendo pela estrada acidentada, Nicholson Lambert, recentemente intitulado como Duque de Ashebury, observava a paisagem que passava, árida e melancólica como sua alma. Ele se sentia oco, vazio, como se, a qualquer momento, seu corpo pudesse murchar e deixar de existir. Não sabia por quanto tempo mais conseguiria continuar respirando, seguindo em...

– Não me toque! – Exigiu o Conde de Greyling, sentado à frente dele.

Nicky ergueu os olhos a tempo de ver Edward, gêmeo do conde, empurrar o ombro do irmão. O conde devolveu o empurrão. Edward lhe deu uma bofetada. O conde deu um pulo no assento, ficando de joelhos, sua nova posição lhe conferindo mais altura enquanto ele fechava o punho, levava o braço para trás e...

– Agora chega, rapazes. – Interveio o Sr. Beckwith, colocando de lado o livro que estava lendo e lançando-se para frente, para esticar o braço e proteger Edward do ataque do irmão. Ainda assim, o conde soltou o punho fechado, acertando o antebraço do Sr. Beckwith com um baque inofensivo.

Em outro momento, Nicky poderia ter achado graça na ineficiente técnica de luta do garoto. Apenas alguns meses antes, pouco depois de Nicky completar 8 anos, seu pai o levou para assistir a uma luta de boxe, de modo que ele sabia bem como era o som de um soco potente quando o punho encontrava a carne do adversário. O punho do conde produziu o mesmo impacto que uma pétala de rosa flutuando até o chão.

– Esse não é o tipo de comportamento que um lorde real deve demonstrar. – O Sr. Beckwith repreendeu o conde.

– Foi ele que começou – Greyling resmungou, não pela primeira vez, desde que aquela jornada árdua e horrenda tinha começado em Londres.

– Sim e eu estou terminando. Vossa Graça, por favor, troque de lugar com o conde. – A ordem foi dada com naturalidade, como se Nicky, que estava com dificuldade para se imaginar como Duque de Ashebury, pensando se um dia conseguiria desempenhar esse papel, tivesse a capacidade de se mover quando quisesse, como se não fosse necessário, para ele, buscar forças em alguma reserva oculta, enterrada no fundo do seu ser.

Olhando por cima do ombro, o Sr. Beckwith arqueou as sobrancelhas sobre o olhar azul que parecia enxergar longe.

– Vossa Graça?

Inspirando profundamente, Nicky reuniu suas forças para se erguer do banco e suas botas bateram no chão. Fazendo um esforço imenso, ele manteve o equilíbrio e trocou de lugar com o Conde de Greyling. Depois que todos estavam dispostos de acordo com a vontade de Beckwith, o advogado ajustou os óculos e voltou a atenção para o livro que lia. Edward mostrou a língua para o irmão. Lorde Greyling envesgou os olhos e empurrou a ponta do nariz para cima, ficando parecido com o de um porco. Nicky voltou sua atenção para a janela, para a paisagem, e desejou que o Sr. Beckwith lesse em voz alta, para que sua voz abafasse o uivo do vento sobre o pântano. Ele desejou que...

– Eu não vou ficar. – Edward avisou. – Eu vou fugir. Você não pode me obrigar a ficar.

Nicky olhou para Edward. Ele parecia tão confiante, tão certo de si, o queixo elevado, os olhos castanhos penetrantes encarando o advogado. Será que isso era só o que bastava para interromper aquela viagem torturante até Dartmoor? Fazer uma declaração simples de que não seria daquela forma?

Devagar, Beckwith baixou o livro, demonstrando compreensão, compaixão e tristeza com o olhar.

– Isso não agradaria seu pai.

– Meu pai está morto.

O conde soltou uma exclamação. Nicky sentiu aquelas palavras como um verdadeiro soco no peito. Ele mal conseguia respirar diante da verdade nua e crua que nem ousava sussurrar para si mesmo. Ele imaginava que, se não pensasse naquelas palavras, elas não seriam verdadeiras, seu pai não estaria morto e ele não seria o Duque de Ashebury. Mas era difícil manter a ilusão de que seu mundo não havia desmoronado.

– Ainda assim, ele gostaria que você se comportasse de maneira adequada à sua posição. – O Sr. Beckwith disse, gentil.

– Eu não quero ficar lá! – Edward acrescentou com veemência. – Eu quero ir para casa.

– E vocês irão... quando for a hora. Seu pai... – ele olhou para Nicky – ...os pais de vocês conheciam muito bem o Marquês de Marsden. Eles foram para a escola juntos, eram amigos. Seus pais confiaram a ele a criação de vocês, garotos. Como eu expliquei antes, eles deixaram instruções para que, no caso de morrerem, o marquês fosse seu guardião. E assim será.

O lábio inferior de Edward começou a tremer e ele olhou para o irmão.

– Albert, você é o conde agora. Diga para ele que nós não queremos ir. Faça com que ele nos leve para casa.

Com um suspiro abafado de submissão, o novo Conde de Greyling coçou a orelha direita.

– Nós temos que ir. É a vontade do nosso pai.

– É idiotice. Eu te odeio. Eu odeio todos vocês! – Edward recolheu os pés para cima do assento e se virou de costas para ele, enterrando o rosto no canto da carruagem.

Nicky percebeu que os ombros dele tremiam e soube que Edward estava se esforçando para não deixá-los ver que chorava. Ele também quis chorar, mas sabia que demonstrar tanta fraqueza decepcionaria seu pai. Ele era o duque e tinha que ser forte. Não importava que seu pai e sua mãe estivessem mortos. Sua babá tinha lhe garantido que os dois ainda podiam vê-lo e ficariam sabendo se ele se comportasse mal. Se ele fosse um garoto mau iria para o inferno quando morresse e nunca mais veria os pais.

– Lá está, garotos. A Mansão Havisham. Será seu lar por algum tempo. – O Sr. Beckwith anunciou, solene.

Encostando o rosto no vidro e olhando para fora, Nicky encarou a silhueta imensa que se destacava contra o céu plúmbeo. A casa em que ele foi criado era tão grande quanto aquela, mas não parecia tão sinistra. Nicky engoliu em seco. Talvez Edward estivesse certo e eles devessem fugir.

A carruagem parou de repente. Ninguém saiu da casa para recebê-los. Era como se não estivessem sendo esperados. Um criado desceu da carruagem e abriu a porta. O Sr. Beckwith desceu.

– Venham comigo, rapazes. – A voz dele não deixava dúvida de que eles deveriam estar ali, de que aquele era o lugar certo e eles seriam bem recebidos.

Nicky observou o conde e depois o irmão. Os dois tinham ficado pálidos, arregalando os olhos castanhos. Eles esperaram. Nicky era o mais velho, possuía o título mais importante, e, assim, cabia a ele ser o primeiro. Embora tudo dentro dele gritasse para que ficasse onde estava, Nicky reuniu toda sua determinação de não parecer covarde e desceu. Ele inspirou fundo quando o vento frio o açoitou. Os irmãos também desceram, parando atrás dele. Em silêncio, os meninos seguiram o Sr. Beckwith escada acima. No vestíbulo, o advogado ergueu a pesada aldrava de ferro e a deixou cair. Um clangor ecoou, sinistro, ao redor deles. De novo, Beckwith bateu. E de novo, e de novo...

A porta se abriu e um velho decrépito apareceu ali, com o paletó e o colete pretos desbotados e puídos.

– Posso ajudar?

– Charles Beckwith. Para ver o Marquês de Marsden. Ele está me esperando. – Com um giro hábil de sua mão, o Sr. Beckwith entregou seu cartão de visita.

Pegando-o, o mordomo de cabelos brancos abriu mais a porta.

– Entrem, vou avisar Sua Excelência que estão aqui.

Ainda que Nicky gostasse da ideia de se afastar do vento do lado de fora, ele preferia continuar onde estava. O saguão era escuro e tão frio quanto lá fora. O mordomo se retirou por um corredor sombrio, e Nicky receou que aquele fosse o caminho para as profundezas do inferno de que sua babá tinha falado. Ele não conseguia enxergar o fim daquele corredor.

Um rápido olhar para os gêmeos não o tranquilizou. Parecia que o medo dos garotos tinha aumentado dez vezes. Quanto ao dele, era pelo menos o dobro disso. Nicky queria ser forte, corajoso, destemido. Queria ser o filho bom, agradar ao pai, mas ficar naquele lugar o mataria. Ele tinha certeza disso.

Eles esperaram no silêncio opressivo. Nem mesmo o relógio alto no saguão fazia barulho; seus ponteiros não se moviam. Aquele sentinela silencioso fez um calafrio percorrer a espinha de Nicky.

Um homem alto e magro emergiu do corredor sinistro, usando roupas que pendiam de seu corpo como se tivessem sido feitas para um homem com o dobro de seu tamanho. Embora suas bochechas e suas olheiras estivessem afundadas, e seu cabelo fosse mais branco que preto, ele não parecia ser realmente velho.

Beckwith se adiantou.

– Meu lorde, sou Charles Beckwith, advogado...

– É o que diz seu cartão. Por que você está aqui? – A rouquidão de sua voz sugeria que não costumava ser usada.

– Eu trouxe os meninos.

– O que eu vou fazer com meninos?

Beckwith endireitou os ombros.

– Eu lhe enviei uma carta, meu lorde. O Duque de Ashebury, o Conde de Greyling e suas respectivas esposas tiveram uma morte trágica em um acidente de trem.

– Trem? – Repetiu o marquês. – Se Deus quisesse que nós viajássemos nessas máquinas infernais, Ele não teria nos dado cavalos.

Nicky arregalou os olhos. Onde estavam a compaixão e a empatia daquele homem? Por que ele não estava lhes oferecendo condolências?

– Seja como for – Beckwith disse, impassível –, eu esperava vê-lo no funeral.

– Eu não vou a funerais. São um pavor de tão deprimentes.

Nicky pensou que aquilo era a mais pura verdade. Ele detestou o funeral de seus pais. Durante o velório, ele quis abrir os caixões para ter certeza de que eram eles, mas sua babá disse que não seria possível reconhecê-los. Seus pais tinham se transformado em carvão. Conseguiram identificar o corpo do duque por causa do anel de sinete, joia que Nicky agora usava pendurada em uma corrente ao redor do pescoço. Mas como ele poderia ter certeza de que a mulher enterrada com seu pai era mesmo sua mãe? E se não fosse? E se agora ela não estivesse com ele?

– É por esse motivo que eu lhe trouxe os rapazes, porque você mesmo não foi buscá-los. – Beckwith prosseguiu.

– Por que trazê-los para mim?

– Conforme eu expliquei na carta...

– Eu não me lembro de nenhuma carta.

– Então eu peço desculpas, meu lorde, porque ela foi extraviada pelo mensageiro. Contudo, tanto o duque quanto o conde o nomearam como guardião de seus filhos.

Como se só então tivesse se dado conta da presença deles, Marsden focou seus olhos verde-escuros nos garotos. Nicky sentiu como se seu coração tivesse sido perfurado por um atiçador de lareira. Ele não queria ser deixado aos cuidados daquele homem que parecia não possuir nenhuma pitada de bondade ou compaixão.

Franzindo o cenho, o marquês voltou sua atenção para Beckwith.

– Por que eles fariam uma tolice dessas?

– É óbvio que eles confiavam em você, meu lorde.

Marsden gargalhou como se aquela fosse a coisa mais engraçada que já tivessem lhe dito em toda sua vida. Nicky não conseguiu suportar: ele correu para frente, cerrou os punhos e socou o marquês na barriga, várias vezes.

– Não ria! – Nicky gritou, envergonhado pelas lágrimas que queimavam seus olhos. – Não ouse rir do meu pai!

– Calma, garoto! – Beckwith disse, puxando-o para trás. – Não se consegue nada com socos.

Só que isso não era verdade, porque o marquês parou de rir. Respirando com dificuldade, Nicky estava preparado para atacar de novo caso fosse necessário.

– Desculpe, garoto. – O marquês disse. – Eu não estava rindo do seu pai, mas apenas do absurdo que seria eu cuidar de vocês.

Envergonhado do seu rompante, Nicky se virou, ficando surpreso quando viu um garoto magricela – vestindo apenas calções que pareciam pequenos demais e uma camisa branca de algodão – agachado atrás de um grande vaso de planta. Seu cabelo preto e comprido caía diante de seus olhos.

– Mas você irá honrar o pedido deles. – Beckwith declarou, enfático.

Voltando seus olhos para o marquês, Nicky o viu concordar com um aceno rápido de cabeça.

– Sim. Pela amizade.

– Muito bem, meu lorde. Se o senhor puder mandar alguns criados para pegar os baús dos garotos...

– Mande seu cocheiro e seu criado trazê-los. Depois pode ir.

Beckwith pareceu hesitar, mas depois se ajoelhou diante de Nicky e dos gêmeos.

– Mantenham a cabeça erguida e sejam bons, rapazes; orgulhem seus pais. – Ele pôs a mão no ombro de Edward e apertou. Fez o mesmo com Greyling. E finalmente com Nicky.

Nicky queria implorar para não ser deixado ali. *Por favor, por favor, leve-me com você!* Mas ele se conteve. Nicky já tinha passado vergonha uma vez. Não iria passar de novo.

Beckwith se levantou e olhou para o marquês.

– Eu voltarei para ver como estão se saindo.

– Não será preciso. Estão sob os meus cuidados, agora. Vá embora o mais rápido possível. – Ele olhou na direção das janelas. – Antes que seja tarde demais.

Com um aceno curto de cabeça, Beckwith se virou e saiu. Ninguém se mexeu. Ninguém falou. Os baús foram trazidos para dentro. Pouco depois, Nicky ouviu o ranger das rodas da carruagem, os cascos dos cavalos batendo apressados, como se Beckwith tivesse ordenado ao cocheiro que se apressasse, para que fugissem dali o mais rápido possível.

– Locksley! – O marquês gritou, fazendo Nicky pular.

O garoto atrás do vaso correu até eles.

– Sim, pai?

– Leve-os lá para cima. Deixe que escolham o quarto que quiserem.

– Sim, senhor.

Como se já não tivesse mais ciência da presença deles, o marquês saiu pelo corredor escuro e agourento de onde tinha emergido.

– Vamos. – O garoto chamou, virando-se para a escada.

– Nós não vamos ficar. – Nicky anunciou de repente, decidindo que estava na hora de assumir o comando, de ser o mais ducal possível.

– Por que não? Eu gostaria de ter alguém com quem brincar. E vocês vão gostar daqui. Vão poder fazer o que quiserem. Ninguém se importa.

– Por que seu relógio não está funcionando? – Edward perguntou, aproximando-se do objeto, de repente parecendo interessado na máquina.

Locksley franziu a testa.

– Como assim?

Erguendo a mão, Edward desenhou um círculo no ar.

– Ele deveria estar funcionando. Os ponteiros têm que passar pelos números. – Ele estendeu a mão...

– Não toque nisso! – Locksley gritou enquanto corria para a frente do relógio. – Você não deve tocar nisso. Nunca.

– Por que não?

Parecendo confuso, Locksley meneou a cabeça.

– Porque não.

– Onde está sua mãe? – Greyling perguntou, aproximando-se de Edward, como se precisasse do conforto de uma presença familiar naquele lugar lúgubre e ameaçador.

– Ela está morta – Locksley disse, sem emoção. – É o fantasma dela que fica guinchando nos pântanos. Se você sair à noite, ela vai te pegar e o levará com ela.

Um calafrio gelado percorreu a coluna de Nicky. Ele olhou para a porta. As janelas de cada lado dela revelavam a escuridão que encobria o céu. Nicky receou que a penumbra também o cobrisse, e que quando pudesse, afinal, sair daquele lugar, restaria pouco dele – apenas cinzas, como seus pais.

Capítulo 1

Londres
1878

A etiqueta ditava que um cavalheiro não podia estender sua visita além de quinze minutos, de modo que a Srta. Minerva Dodger sabia que seu tempo na companhia de Lorde Sheridan chegaria ao fim dentro dos próximos 180 intermináveis segundos. Antes, se a sorte estivesse do seu lado, mas parecia que o cavalheiro sentado à sua esquerda no sofá, na sala de visitas, estava decidido a estender ao máximo sua permanência. Desde que ela lhe entregou uma xícara de chá, logo depois que Sheridan chegou, ele pareceu ter se esquecido do motivo de sua visita. A bela xícara de porcelana de ossos com rosas vermelhas não saiu nenhuma vez do pires que ele equilibrava com tanta perícia sobre a coxa.

Essa era a terceira visita do mesmo cavalheiro em sete dias, e tudo o que ela aprendeu a seu respeito no tempo em que passaram juntos foi que ele exagerava um pouco na colônia de bergamota, mantinha as unhas muito bem cuidadas e, de vez em quando, soltava suspiros por nenhuma razão evidente. E que pigarreava para sinalizar o fim de sua visita.

Ela então deu graças ao ouvir esse som gutural quando ele pôs a xícara de lado antes de se levantar. Colocando a própria xícara sobre a mesa baixa à sua frente, ela se pôs em pé e fez um esforço enorme para não parecer satisfeita demais pela provação ter, enfim, terminado.

– Muito obrigada por ter vindo, Lorde Sheridan.

– Espero poder visitá-la amanhã. – A franqueza nos olhos castanhos a alertou de que ele não estava pedindo permissão, mas apenas declarando sua intenção.

– Se me perdoa a ousadia, meu lorde, eu gostaria de perguntar se esta é mesmo a forma como pretende gastar o resto de sua vida... ficar sentado sob um silêncio pesaroso, com apenas o tique-taque do relógio para nos lembrar da passagem do tempo?

Ele piscou várias vezes.

– Perdão?

Foi a vez de Minerva suspirar, detestando ser obrigada a tanta sinceridade, já que ele se recusava a reconhecer a verdade daquela situação.

– Nós não somos compatíveis, meu lorde.

– Não sei como você chegou a essa conclusão.

– Nós não conversamos. Eu tentei iniciar uma conversa sobre diversos assuntos...

– Sobre a conveniência da expansão da Inglaterra na África. Não é um assunto que deva ser do interesse de uma mulher.

– Isso vai ser do interesse de um grande número de mulheres se a guerra estourar e elas se virem lançadas na viuvez. Para não mencionarmos o custo financeiro para o país... – Ela ergueu a mão. O homem parecia definitivamente horrorizado. – Peço desculpas. O senhor não queria tocar no assunto antes e tenho certeza de que não quer falar a respeito agora que se prepara para sair. Acontece que eu tenho opiniões e acredito ter o direito de manifestá-las. O senhor parece não ter interesse em ouvir o que tenho a dizer, a não ser sobre o clima.

– A senhorita será uma condessa.

Foi a vez de Minerva piscar várias vezes.

– O que isso tem a ver com qualquer coisa?

– Será Lady Sheridan. Como tal, estará ocupada demais com seus deveres e afazeres caridosos para ficar sentada na sala de visitas conversando comigo à tarde.

– E à noite?

– Eu tenho uma biblioteca imensa que estará à sua disposição. Embora, com certeza, a senhorita terá seus bordados.

– Eu não bordo, na verdade. Acho um tédio. Prefiro um debate animado a respeito de reformas sociais.

– Não irei tolerar uma esposa que se envolva em *debates animados*. É indecoroso.

– E é por isso, meu lorde, que não somos compatíveis. – Ela repetiu, com delicadeza, quando na verdade queria perguntar por que ele achava que alguma mulher iria querer se casar com ele.

– Eu tenho uma propriedade muito grande, Srta. Dodger. É certo que ela precisa de alguns reparos, mas o seu dote irá restaurá-la.

E lá estava, declarada, afinal, a razão da presença dele em sua sala de visitas.

– Mas veja bem, Sheridan, eu *vou junto* com meu dote. Mais do que isso, eu vou *exatamente* como sou. Com minhas próprias ideias, não necessariamente as do meu marido. Tenho meus próprios interesses, que, de novo, podem não ser os do meu marido. Mas eu quero que ele respeite minhas opiniões e meus interesses. Eu quero ser capaz de conversar com ele sabendo que sou ouvida.

– Eu lhe darei filhos.

O que isso tinha a ver com ser ouvida? Algo que, obviamente, ele não estava fazendo. Ela se sentiu como uma mula a quem atiravam cenouras na esperança de que isso convencesse o animal a se mover. E, embora ela desejasse desesperadamente ter filhos, não estava disposta a pagar qualquer preço para tê-los. Se ela não fosse feliz, como as crianças conseguiriam sê-lo?

– Você vai me dar amor?

Ele rangeu os dentes antes de responder.

– É possível que, com o tempo, meu afeto pela senhorita cresça.

Ela lhe deu um sorriso tolerante.

– Eu creio que o senhor vai achar muito difícil conviver comigo.

– Eu tenho duas propriedades. – Ele redarguiu. – Depois que eu tiver meu herdeiro, não vejo motivo que nos obrigue a morar na mesma residência.

Minerva precisou de toda sua força interior para não soltar uma risada histérica. O homem se recusava a ouvir o que ela estava dizendo, e esse era o problema desde o início.

– Pode me visitar se quiser, meu lorde, mas saiba que de modo algum vou me casar com o senhor.

– Não vai receber uma proposta melhor.

– Isso pode mesmo ser verdade, mas duvido muito que eu receba uma proposta *pior*.

Virando a cabeça para o lado, ele fuzilou a mãe dela com o olhar, que bordava sentada no canto, como se aquela senhora fosse responsável pelas palavras que escapavam da boca de Minerva.

– Vossa Graça... – ele começou.

– Sra. Dodger. – A mãe dela o corrigiu.

Sheridan soltou um suspiro de frustração.

– A senhora é viúva de um duque.

– Sou a esposa de Jack Dodger e prefiro que se dirijam a mim de acordo.

Ele rangeu os dentes várias vezes antes de pigarrear.

– Muito bem, se insiste.

Ela abriu um sorriso gentil.

– Eu insisto, desde que me casei com ele, muitos anos atrás, mas não creio que o senhor esteja aqui para discutir as escolhas que fiz na minha vida.

– Tem toda razão, madame, não estou. Poderia ter a gentileza de explicar para sua filha por que ela não deveria ser tão rápida ao me dispensar?

Com o rosto sereno, a Sra. Dodger abriu um sorriso indulgente.

– Para ser muito honesta, Lorde Sheridan, acredito que gastaria melhor suas tardes em outro lugar.

Pigarreando alto, ele fuzilou Minerva com o olhar.

– Pretendo ter uma esposa até o fim da temporada. Não vou esperar que recobre o juízo, Srta. Dodger. Vou seguir em frente.

– Eu acredito que seria o mais sábio a fazer.

– A senhorita é tola de dispensar o que eu posso lhe oferecer.

– Com a ajuda do meu dote.

Ele rangeu os dentes de novo. Com o tempo, aquele hábito, sem dúvida, acabaria sendo enlouquecedor.

– Bom dia, madame, Srta. Dodger. – Com isso ele deu meia volta e saiu da sala sem nem olhar para trás.

Suspirando profundamente para soltar boa parte da tensão que a acompanhou durante aquela visita, Minerva relaxou os ombros e cruzou a sala, deixando o corpo cair sem cerimônia sobre uma poltrona ao lado da mãe.

– É estranho, mas eu me sentiria uma tola ainda maior se casasse com ele.

A mãe estendeu o braço e apertou a mão de Minerva.

– Você não tem nada de tola. Você sabe o que quer. Existe um homem, em algum lugar, que vai adorar sua personalidade e a enxergará como algo mais do que um enfeite.

Embora Minerva não fosse pessimista, nesse assunto em particular ela não conseguia compartilhar do otimismo da mãe.

– Eu acabei de passar por Lorde Sheridan. – Comentou Grace Stanford, Duquesa de Lovingdon e melhor amiga de Minerva, ao entrar na sala com o filho de dois anos preso ao quadril. – Não é exagero dizer que ele estava com a aparência de uma nuvem prestes a romper em tempestade.

– Que surpresa maravilhosa você passar para nos ver! – Exclamou a mãe de Minerva, com um sorriso mais brilhante do que qualquer coisa que o sol pudesse produzir, enquanto se levantava para receber os recém-chegados. – Como está meu neto?

O garoto se esticou para ela, que o pegou nos braços.

– Nossa, você cresceu tanto desde a última vez que o vi.

– A senhora o viu há poucos dias. – Grace lembrou a sogra.

– É tempo demais.

Aproximando-se, Minerva tentou ler a expressão da amiga, mas Grace era conhecida por nunca revelar o que sentia. Isso a tornava uma oponente muito habilidosa nos jogos de carteado.

– Então... Lorde Sheridan? – Grace provocou.

Com um suspiro, Minerva deu de ombros.

– Ele achou que nós combinávamos. Eu, não.

– Ele tem uma dívida considerável. – Grace observou.

– Exatamente.

– Ele tem boa aparência e sabe ser encantador.

– Ele ficou sentado aqui 15 minutos, encarando a xícara como se tivesse a esperança de conseguir ver o chá evaporar.

– Oh, céus... – Os olhos de Grace demonstraram simpatia e compreensão. Antes de se casar com o meio-irmão de Minerva, o Duque de Lovingdon, Grace também navegou pelo mar de caçadores de fortuna.

– Então, o que a traz à nossa casa? – Minerva perguntou.

– Eu só queria falar um pouco com você.

– Vou deixar vocês, garotas, à vontade. – A mãe disse, distraída, enquanto apertava a bochecha rosada do menino. – Venha, querido. Vamos encontrar seu avô. Ele vai adorar ver que você está aqui. – Ela olhou para Grace. – Tudo bem se eu levá-lo comigo?

– Claro. Eu a encontro quando for embora.

– Fique à vontade – disse a mãe de Minerva antes de sair da sala à procura do marido. Se a Sociedade algum dia visse Jack Dodger brincando de se esconder com o filho do enteado, sua reputação agressiva ficaria abalada.

– Ela adora o neto. – Minerva disse, ignorando a dor no peito que surgia quando pensava que talvez nunca desse um neto a seus pais.

– Eu sei. Além do mais, eu sabia que a presença dele iria garantir que nós tivéssemos algum tempo sozinhas, sem sermos interrompidas.

Uma mistura de receio e ansiedade afligiu Minerva.

– Você conseguiu o endereço?

– Vamos nos sentar? – Como se para apressar a conversa, Grace correu para o sofá e se sentou.

Minerva se juntou a ela, a agitação devido às possibilidades superando seu receio inicial.

– Você conseguiu? – Ela perguntou, impaciente.

Grace se remexeu, constrangida.

– Você tem certeza disso, Minerva? Depois que a perder...

– Eu sei muito bem como funciona a virgindade, Grace. – Ela estalou os dedos, impaciente. – Passe o endereço para mim.

Minerva não ousou dizer em voz alta o nome do estabelecimento. Ninguém ousava. Boatos sobre a existência do secreto Clube Nightingale se espalhavam por Londres havia anos, mas sua localização era um segredo muito bem guardado, porque acreditava-se que suas proprietárias fossem membros da aristocracia – mulheres casadas que tinham estabelecido um lugar onde outras, como elas, pudessem se encontrar discretamente com seus amantes, sem que os maridos ficassem sabendo dessas atividades ilícitas. Os objetivos do clube evoluíram ao longo dos anos, de modo que mesmo aquelas que não tinham amantes poderiam conseguir um por uma noite. Era tudo que Minerva queria. Uma noite.

– Seu irmão vai me matar se souber que eu a ajudei com isso.

– Ele não vai fazer nada. Ele te adora demais. Além do que, ele não vai descobrir. Não vou sair por aí anunciando. E você sabe muito bem o tipo de vida que ele levava antes de se casar com você. Por que é aceitável que os homens sejam libertinos, mas não que as mulheres possam usufruir das mesmas liberdades?

– É o modo como as coisas são. E se você se apaixonar...

Minerva não conseguiu se segurar e riu alto daquilo.

– Já tive seis temporadas de bailes de debutantes, Grace. Vou ficar na prateleira acumulando pó, a não ser por um eventual caçador de fortuna. E eu não tenho interesse em um casamento que seja um acordo comercial. Eu quero ser amada por quem sou. Meu dote imenso não me ajuda a encontrar o amor e eu não sou exatamente uma beldade.

Grace abriu a boca para contestá-la, mas Minerva a cortou antes que a amiga pudesse falar.

– Você sabe que é verdade. – Por causa do dote que seu pai, um dos homens mais ricos de Londres, tinha prometido ao futuro marido, não lhe faltaram pretendentes declarando seu interesse, mas nenhuma dessas declarações possuía uma pitada de sinceridade. Ela não era especialmente linda, nem podia se declarar bonita ou atraente no quesito aparência. – Eu sou muito parecida com meu pai. Os olhos escuros, os traços comuns. E eu tenho a cabeça dele para os negócios. Sou inteligente e falo o que penso. Não sou acanhada nem submissa. Eu quero paixão e fogo, não a frieza do silêncio e suspiros enquanto esperamos passar os minutos que faltam para nos livrarmos da companhia um do outro. Você tem alguma ideia de quantas vezes eu fiquei sentada, nesta mesma sala, com um cavalheiro que fez pouco mais do que manter a xícara sobre a perna e fazer comentários sobre bolos e biscoitos como se isso fosse o resumo da minha vida? Eu sei que posso ser intimidante. Às vezes eu penso em ficar de boca fechada, mas não quero passar ao cavalheiro uma impressão falsa da mulher que ele está cortejando. Não sou tímida na hora de dar minhas opiniões, e os homens acham esse comportamento intolerável.

– Você só não encontrou o homem certo, ainda.

– Até parece que eu estou me escondendo. Tenho me exposto; fui vista por todo mundo. Meu dote é atraente, mas *eu* não sou. Os homens não me procuram movidos pela paixão, mas pela minha fortuna. Está ficando cansativo.

Grace observou a amiga em silêncio por alguns instantes.

– E se você ficar grávida? – Ela perguntou, afinal, e Minerva quase gemeu diante da pergunta entediante, mas percebeu que a amiga estava genuinamente preocupada com ela.

– Eu pesquisei. Vou tomar precauções.

Grace encostou-se no espaldar do sofá, mordendo o lábio inferior.

– O ato em si é incrivelmente íntimo, Minerva. Não consigo me imaginar fazendo isso com alguém que eu não ame.

– Estou ciente de que não vai ser perfeito, Grace, mas a esta altura da minha vida, eu quero me sentir desejada. Eu soube que a maioria dos homens que frequentam esse lugar são da aristocracia. Então é possível que o ato aconteça com alguém de quem eu goste. Eu desejo muitos dos cavalheiros; eles é que não me desejam.

– Mas depois de tudo o que vocês vão fazer, não vai ser constrangedor quando você o vir no futuro?

– Ele não vai saber quem eu sou. Vou usar uma máscara o tempo todo. – Máscara que ela comprou antes mesmo de saber a localização desse clube infame e que cobria dois terços de seu rosto, deixando apenas olhos, lábios e queixo visíveis.

– Mas *você* vai saber. Tudo o que ele fez, onde tocou, tudo o que você tocou...

Calor e um pouco de vergonha percorreram o corpo de Minerva enquanto ela se imaginava acariciada por mãos fortes e grandes. Ela ia para cama todas as noites com essas imagens, que não faziam nada por ela além de deixá-la querendo algo que nunca tinha experimentado. Seu maior medo, de fato, era que pudesse chorar quando um homem a acariciasse com as mãos nuas. Ela já tinha sido tocada por homens antes, mas sempre com algum tecido – luvas, no mínimo – servindo de barreira.

– Eu pensei nas implicações de forma exaustiva, Grace. Isso não é algo que eu decidi por capricho. Você faz alguma ideia da solidão que é nunca ter sido tocada sequer pelo dedo de um homem? Durante os jantares, ninguém tenta um toque dissimulado por baixo da toalha de mesa, escondido da visão dos outros, quando minhas luvas descansam sobre o meu colo e minhas mãos estão descobertas. Ninguém tenta nada impróprio quando se trata de mim.

– Se me permite ser honesta, esse recurso parece de mau gosto. Talvez fosse melhor você arrumar um amante.

– Você não está entendendo, Grace. Os homens não pensam em mim desse jeito. Eles não têm ideias indecorosas nem me consideram sedutora. Se um homem algum dia sugerir que me deseja, eu caso com ele.

– Você já recebeu propostas de casamento.

– De cavalheiros empobrecidos, e ficou muito claro para mim, bem depressa, que eles queriam pôr as mãos no meu dote, não no meu corpo. Você me deu conselhos sobre como identificar os caçadores de fortuna, e até aqui, para minha infinita decepção, todos eram caçadores de fortuna.

– Talvez você tenha levado minhas palavras muito ao pé da letra.

– Ninguém olha para mim do jeito que meu irmão olha para você. Mesmo antes que ele confessasse seu amor, era óbvio que ele a queria do modo mais obsceno possível.

Incapaz de negar aquelas palavras, Grace corou. Minerva se levantou e começou a andar de um lado para outro. Ela se esforçava para não demonstrar como estava nervosa com a decisão que tinha tomado. Era o correto para ela. Minerva queria saber como era estar com um homem e tinha se cansado de esperar.

– O anonimato me agrada. Se eu estragar tudo, ninguém vai saber que fui eu.

– Você não vai estragar nada. Mas fico preocupada que vá se machucar.

Ajoelhando diante de sua amiga querida, Minerva pegou as mãos dela entre as suas.

– Como é que vou me machucar se, ainda que por um instante, eu me sentirei cobiçada? Grace, em toda minha vida eu nunca senti como é ser desejada por um homem. E embora eu tenha consciência de que ele não vá saber que sou eu, que tudo que realmente deseja é o meu corpo, vai ser o *meu* corpo que ele irá tocar, o *meu* corpo que lhe dará prazer, o *meu* corpo que sentirá prazer. Pode não ser perfeito, mas é alguma coisa.

– É algo muito temerário, quando existem alternativas. Você poderia propor a algum homem que se tornasse seu amante.

– E como eu vou lidar com meu constrangimento quando ele disser não?

– Ele pode dizer sim.

– Seis Temporadas, Grace, e eu nunca fui beijada. Nunca fui levada para as sombras de um jardim. Meus parceiros de dança têm diminuído em número e frequência. Sou reconhecida pelo que sou: uma solteirona. Está na hora de eu aceitar que nunca vou viver um grande amor, e não vou suportar o fardo de um marido que não me ame com a mesma intensidade que meu pai ama minha mãe. Ou com que meu irmão ama você. Se vou ficar com alguém pelo resto da minha vida, quero um cavalheiro apaixonado por mim. E se não posso ter isso, quero saber pelo menos uma vez como é estar com um homem sem as barreiras que os costumes da sociedade impõem. Talvez, então, eu possa seguir adiante e encontrar a felicidade em outro lugar.

Com um suspiro, Grace soltou suas mãos das de Minerva e retirou um pedaço de papel dobrado do bolso da saia. Minerva quis agarrar o papel, mas receou rasgá-lo, porque os dedos de Grace estavam ficando brancos com a força evidente com que segurava a frágil anotação.

– Com o endereço – Grace começou –, eu incluí uma lista de cavalheiros a serem evitados caso você os encontre. Lovingdon me garantiu que eles são amantes egoístas. Claro que ele não sabia por que eu estava perguntando, mas parece que, na privacidade dos clubes, os homens costumam se vangloriar de suas conquistas. – Apertando os lábios, ela estendeu o papel. – Por favor, tome muito cuidado.

Minerva fechou a mão ao redor da resposta aos seus sonhos. O tempo de ser cautelosa já tinha passado. Ela ansiava por uma noite da qual se lembraria.

– Imagino que você não tenha uma lista de cavalheiros que eu deveria considerar?

Grace soltou uma risada forçada.

– Receio que não. Eu só gostaria que um cavalheiro pudesse enxergar seu verdadeiro valor, algo que não tenha nada a ver com seu dote.

– Nem todo homem pode ser tão sábio quanto meu meio-irmão.

– Isso é uma pena.

Pena mesmo. Mas Minerva não era mulher de se entregar às coisas negativas. Ela não teve sucesso no quesito casamento. Estava na hora de tentar o reino do prazer.

Ashe, o Duque de Ashebury, estava em busca de um par de pernas longas e bem torneadas. Parado como quem não quer nada, com o ombro encostado na parede na sala da frente do Clube Nightingale, ele observava com seu olhar cínico quem entrava. As mulheres vestiam sedas esvoaçantes que acariciavam sua pele, do mesmo modo como um amante poderia fazê-lo antes do fim da noite. O tecido reluzente delineava o corpo de modo sedutor, destacando elevações e reentrâncias. Os braços estavam nus. Os decotes eram baixos, com a seda delimitando uma amostra do busto projetada para seduzir. As pessoas murmuravam e bebericavam seu champanhe, enquanto trocavam olhares lânguidos e sorrisos convidativos.

O flerte que acontecia entre aquelas paredes era muito diferente do que era visto em um salão de baile. Ninguém ali procurava um parceiro de dança. O que se desejava era um parceiro de cama. Ashe gostava da honestidade do local, e esse era o motivo pelo qual ele parava ali com frequência quando estava em Londres. Nada de fingimento, joguinhos ou falsidade.

Ele já tinha reservado um quarto, cuja chave descansava no bolso de seu paletó, pois não queria que ninguém perturbasse o que ele havia preparado com tanto cuidado. Suas necessidades eram exclusivas, e ele sabia que dentro daquelas paredes seriam mantidas em segredo. As pessoas não conversavam sobre o que acontecia no Clube Nightingale. Na maior parte de Londres, a existência do clube era algo sobre o que se especulava em sussurros, por pessoas que achavam se tratar apenas de um mito. Mas para quem o conhecia, o lugar servia de santuário; era libertador. Era tudo aquilo que precisassem que fosse.

Para Ashe, era a salvação, algo que o resgatava das trevas. Vinte anos se passaram desde a morte de seus pais, mas ele ainda sonhava com corpos destroçados e carbonizados. Ainda ouvia os gritos aterrorizados da mãe e as exclamações infrutíferas do pai. O comportamento de Ashe na última vez em que viu os pais ainda o assombrava. Se soubesse que nunca mais os veria...

Decidido, ele afastou os pensamentos sombrios que disparavam calafrios por sua coluna. Ali ele conseguiria esquecer, pelo menos por algumas horas. Ali os arrependimentos não o devoravam sem perdão. Ali ele podia se esquecer do mundo enquanto buscava o prazer perfeito, definitivo.

Ele precisava apenas escolher a mulher que melhor se adequaria aos seus propósitos, que estaria disposta a atender seu pedido incomum sem reclamar. Ele não se importava nem um pouco que as mulheres usassem máscaras. Não ligava para o rosto delas, pois compreendia a necessidade de anonimato. O disfarce delas trabalhava a favor dele, pois tinha descoberto que as mulheres ficavam mais à vontade com seu pedido quando estavam certas de que aquilo seria mantido em segredo – e o fato de que ele não sabia a identidade delas fazia com que fossem mais ousadas do que se permitiriam sem o anonimato. Elas gostavam de ser um pouco obscenas – desde que não fossem pegas. E ele não poderia desmascará-las se não soubesse quem eram.

Ainda assim, Ashe tinha uma regra fundamental que sempre seguia: nunca duas vezes a mesma mulher.

As mulheres traziam consigo suas máscaras quando iam ao clube e raramente as trocavam, pois se tornavam seus cartões de apresentação, tão eficientes na hora de identificá-las quanto os cartões que entregavam aos mordomos quando faziam suas visitas sociais de início de tarde. A mulher de máscara preta decorada com penas de pavão possuía uma cicatriz logo acima do joelho esquerdo, de uma vez que caiu de um pônei quando era criança. A de máscara azul com penas pretas tinha duas covinhas deliciosas na parte de baixo das costas. A de máscara verde com detalhes em renda amarela tinha quadris ossudos que se mostraram um desafio, mas ele ficou satisfeito com o resultado quando terminou seu tempo com ela. De qualquer modo, ele sempre se lançou ao desafio de descobrir a perfeição na imperfeição.

Os três copos de *scotch* que Ashe ingeriu tamborilavam em suas veias. A atmosfera de intimidade era calmante. Os músculos, antes tão tensos, agora estavam relaxados. Ashe estava em seu ambiente, ou logo estaria. Assim que encontrasse o que procurava. Ele não se contentaria com menos do que queria; nunca tinha se contentado. Se existia algo que podia ser dito com certeza a respeito do Duque de Ashebury, era que ele se conhecia. Que era obstinado na hora de conseguir o que precisava – ou queria. A empreitada dessa noite atenderia tanto o que ele precisava quanto o que queria. Todas as suas necessidades seriam atendidas antes do dia raiar. Então, talvez, poderia ficar feliz por estar de volta a Londres.

Erguendo seu copo para mais um drinque, ele viu uma mulher que usava seda branca drapeada e uma máscara branca com penas curtas entrar hesitante no salão, como se imaginasse que a qualquer momento o chão poderia se abrir debaixo de seus pés. Ela não era exatamente alta, mas baseando-se no modo como a seda se movia sobre seu corpo a cada passo gracioso, era claro que ela possuía pernas longas e esguias. Ashe se perguntou se ela estaria ali para encontrar-se com alguém, se já tinha algo marcado. Algumas mulheres tinham – esse era um dos motivos pelos quais os homens não usavam máscara. Assim poderiam ser identificados com facilidade caso suas amantes quisessem encontrá-los ali. Outro motivo era que os homens simplesmente não ligavam se alguém soubesse que eles estavam a fim de um bom sexo. Mesmo os casados não tinham vergonha de ser reconhecidos.

A mulher de branco parecia ter cabelo escuro, preso em um penteado complexo que sem dúvida exigia uma abundância de grampos. Ele não tinha certeza da cor por causa da iluminação do local – apenas velas bruxuleantes –, que aumentava o clima de mistério mas também criava uma atmosfera de intimidade, além de ajudar no disfarce das mulheres, confundindo algumas características pessoais que poderiam ser identificadas pela cor: cabelos, olhos e até mesmo o tom de pele. Talvez ela se movesse devagar porque seus olhos ainda estariam se acostumando com a penumbra. Os cavalheiros ainda sem companhia não correram para ela. Mas essa era a regra do clube. A sedução acontecia devagar. As mulheres precisavam indicar seu interesse.

Mas se aquela fosse a primeira vez dela, talvez não soubesse das regras sutis. Ele estava certo de não tê-la visto antes. Um conhecedor do corpo feminino como ele teria se lembrado da elegância de seus movimentos, do modo como o tecido caía sobre sua pele, delineando suas curvas. As pernas eram esguias, mas o corpo tinha carne onde interessava. Nada de quadris ossudos.

Com um gole demorado, Ashe terminou seu *scotch*, saboreando a constatação de que a busca tinha terminado. Ele achava que queria uma mulher alta, mas estava enganado.

Ele queria *aquela* mulher.

Capítulo 2

Minerva passou um pouco mais de três horas preparando-se para sua primeira visita ao Clube Nightingale, só para descobrir, assim que chegou, que precisava se trocar e vestir algo que lembrava muito uma camisola de seda. Só que nenhuma camisola que ela já tinha vestido revelava ou acariciava sua pele de modo tão delicioso como aquela. Depois que uma camareira a ajudou a se trocar, ela observou seu reflexo no espelho. Sem a roupa de baixo nem anáguas entre ela e a seda, Minerva quase mudou de ideia e foi embora dali. Grace sem dúvida tinha razão e ela deveria voltar ao seu mundo para propor um acordo a alguém de quem ela gostasse, ainda que só um pouquinho...

Mas isso lhe parecia ainda mais constrangedor e desagradável do que sua situação no momento. E se esse alguém não estivesse nem um pouco interessado nela, ou se as coisas entre eles fossem... terríveis? Ele saberia quem ela era. E se contasse para os outros, para seus melhores amigos, do acordo com Minerva? Grace disse que os homens se vangloriavam de suas aventuras. Minerva suspeitava que eles debochassem das mulheres que não correspondiam às suas expectativas. Com certeza, eles não confessariam suas próprias deficiências. Não, o Clube Nightingale era a melhor solução. O anonimato garantia que aquilo permaneceria em segredo. Ninguém jamais descobriria *o que* ela fez nem com *quem* fez.

Para não falar que era um tantinho excitante a noção de que o homem não saberia sua identidade, de que tudo aconteceria secretamente. Sem dúvida, os homens também achavam aquele ar de mistério provocante.

Passando os olhos pelo salão mal iluminado, Minerva sentiu um misto de curiosidade e irritação. Os homens estavam completamente vestidos, com calças, paletós, coletes, camisas e gravatas com nós muito bem dados. Por que eles não eram obrigados a vestir trajes com os quais se sentiriam quase nus? Talvez porque a roupa de um cavalheiro não apelasse tanto à imaginação como a de uma mulher. Ainda assim, aquilo parecia muito injusto. Era certo que, se tivessem a opção, as mulheres gostariam de admirar braços musculosos e peitos nus. Ela gostava de ombros largos e olhos que cintilassem com a habilidade de provocar. A maioria dos homens que a visitou em sua casa possuía olhos aborrecidos ou reveladores de que seus pensamentos estavam em outro lugar.

Minerva reconheceu vários cavalheiros. Lorde Rexton estava parado junto à lareira conversando com uma mulher alta. Como ela queria ter mais altura. Não que desejasse a atenção de Rexton. Corando provavelmente dos pés à cabeça, ela se virou para o outro lado, sabendo que era ridículo temer que ele a reconhecesse ou ficar constrangida por ver o irmão de Grace seduzindo alguém. Ele era jovem, viril. As mulheres certamente adoravam a oportunidade de ter a companhia dele. Ele era o herdeiro de um ducado lendário e poderoso.

Meu Deus, ela desejou não encontrar seus irmãos. Mesmo que encontrasse, contudo, era improvável que eles a reconhecessem apenas pelo queixo e pela boca. O restante de seu rosto estava coberto. Ela não podia fazer muita coisa com o cabelo, mas as mechas castanho-avermelhadas não eram assim tão marcantes. Seus olhos escuros não eram do tipo que incitava poesia. Os homens não iriam se afogar neles. Eram tão entediantes quanto o resto da aparência física dela.

Muitos casais conversavam. Aquilo, sem dúvida, fazia parte do ritual. Era uma bobagem pensar que algum homem iria simplesmente jogá-la sobre o ombro, como um saqueador medieval, e levá-la para uma cama no andar de cima. Ela não permitiria, de qualquer modo. Minerva queria um pouco de sedução.

Um criado se aproximou, carregando uma bandeja de copos com um líquido âmbar e taças de champanhe. Ela se decidiu pelo âmbar, que pegou e virou, deleitando-se com o calor que desceu pela garganta e se espalhou por seu corpo. Quando jovens, ela e Grace nunca tiveram medo de atacar o armário de bebidas. Minerva ponderou, contudo, que para ser atraente para um homem ela deveria pelo menos ter fingido preferir champanhe. Era mais refinado e digno de uma dama, mas assim como não fingiu ser diferente do que era nos salões de baile, Minerva não fingiria no Clube Nightingale. Os homens podiam não ver seu rosto, nem saber quem era, mas ela pretendia ser fiel ao seu comportamento verdadeiro. E ela não queria mesmo saber de homens que fogem de uma mulher que bebe *scotch*. Na medida do possível, aquela noite obedeceria às regras dela.

O criado recolheu seu copo vazio. Antes que ele se afastasse, Minerva pegou mais um copo, e talvez devesse ter pegado dois, então se conformou em tomar apenas um bom gole. Ela cruzaria com outros criados, outras oportunidades e, aparentemente, haveria muito tempo para se embebedar. As coisas ali pareciam acontecer a passo de lesma. Isso era bom, pois lhe dava a chance de decidir.

Enquanto passava os olhos pela multidão, ela percebeu que tinha conversado com a maioria daqueles lordes em algum momento de sua vida. Se eles não a tinham interessado em um salão de bailes, o que a fazia pensar que a interessariam ali?

Você não está aqui para casar com ninguém. Nem precisa gostar do candidato. Só precisa verificar se ele tem qualidades físicas para ser um bom amante.

Aquela devia ser uma noite para fantasias. Para ombros largos e quadris estreitos. Olhos gentis e lábios carnudos. Uma cabeleira farta. A cor do cabelo não era importante, ela bufou. Talvez nem o cabelo fosse importante. Um careca poderia se revelar um amante maravilhoso. Tendo sido julgada por seu nariz grande demais, testa alta e bochechas redondas, Minerva não seria hipócrita a ponto de julgar um homem por sua aparência. Ela queria alguém com um pouco de inteligência, uma pitada de humor e um interesse por assuntos diferentes.

Então ponderou suas opções: Lorde Gant era atraente, mas cuspia quando falava; Lorde Bentley era um tédio em suas conversas... seria entediante também na cama?

Minerva detestou quando se pegou começando a concordar com Grace. Aquele negócio de amante era mais do que altura, força e boa aparência. Ela precisava de alguém que não conhecesse. Um completo estranho, não alguém com quem já tivesse rodopiado por uma pista de dança ou conversado durante um jantar. Nada de noções preconcebidas.

Ou ela poderia escolher alguém por quem tivesse se interessado, mas que não tenha se interessado por ela – pelo menos não o bastante para pedir sua mão. O problema era que ela não tinha se interessado *de verdade* por alguém, e esse era mais um dos motivos pelos quais ela estava ali. Verdade fosse dita, Minerva ainda precisava conhecer um homem pelo qual *quisesse* ser cortejada. Talvez ela fosse exigente demais. Seria mesmo assim tão terrível que um homem quisesse apenas seu dinheiro? Ele poderia simular paixão e carinho? Ele faria isso? Ela merecia algo melhor. Toda mulher merecia.

Quando foi tomar outro gole de uísque, ela percebeu que já tinha esvaziado aquele copo em algum momento. Mais um afastaria de vez o seu nervosismo. Antes que ela começasse a procurar um criado, uma voz profunda soou atrás dela.

– Vamos trocar o copo?

Virando-se, sobressaltada, ela se viu encarando os incríveis olhos azuis do Duque de Ashebury. Ela podia contar na mão o número de vezes que esteve tão perto dele. Os dois talvez tivessem trocado meia dúzia de palavras, de passagem. Lindo como o pecado, com um jeito indiferente, ele normalmente ficava rodeado de mulheres competindo por sua atenção. Órfão aos 8 anos, ele ficou sob a tutela de um louco – não que alguém tivesse percebido o estado mental do Marquês de Marsden na época. O passado trágico dele fazia com que as mulheres o achassem ainda mais atraente. Elas queriam ser seu porto seguro, dar-lhe o amor que ele não teve durante anos.

E ele sabia muito bem disso. Ashebury não se envergonhava de tirar vantagem de corações generosos. Ela não sabia quantas mulheres ele tinha arruinado, embora nenhuma tivesse confessado ter sido arruinada nas mãos dele. Ainda assim, os boatos eram numerosos. E, apesar de sua reputação questionável, não havia uma única mãe em toda a Inglaterra que não desejasse ver a filha ao lado dele no altar. E, Minerva, e seu maldito coração feminino, teria se contentado em dançar uma vez que fosse com ele, passar alguns minutos no círculo formado por seus braços. Ashebury era, literalmente, a criatura mais linda na qual ela teve a sorte de pousar seus olhos. A ironia de seus pensamentos não lhe passou despercebida. A aparência de Minerva mantinha os homens à distância, enquanto a dele chamava atenção como se fosse um ímã – e ela, droga, tinha se transformado em aparas de metal.

Com um sorriso projetado para derreter corações e fazer uma mulher não ligar para o fato de que não tinha interesse em relações duradouras, ele pegou o copo dela, colocou-o de lado e então, com seus dedos longos e quentes cobrindo os dela, fechou a mão de Minerva em volta do copo que carregava. Ela nunca tinha sentido a mão nua de um homem tocar a sua – ou, a propósito, qualquer outra parte de seu corpo. Aquilo deveria ter sido perturbador. Mas na verdade, o toque pareceu se espalhar por toda pele dela...

E se espalhou mesmo. Sem tirar o olhar do de Minerva, ele deslizou, muito lentamente, sua mão grande e áspera pelo antebraço dela, passando pelo cotovelo e subindo até o ombro, onde seus dedos pararam, de leve, para brincar com a alça fina da camisola, como se desejasse afastá-la de lado para ver a roupa escorregar até o chão. Ela mal conseguia respirar, mas ainda assim seria rude não o cumprimentar.

– Vossa Graça. – Minerva conseguiu dizer, com a voz rouca que andou ensaiando para disfarçar outra de suas características. – Não sabia que tinha voltado do safári.

Aqueles lindos olhos azuis se abriram um tantinho e o sorriso diminuiu um pouco enquanto ele inclinava a cabeça para estudá-la com mais atenção.

– Nós nos conhecemos?

Ela começou a abrir os lábios para falar quando ele colocou um de seus dedos longos e grossos sobre eles.

– Não responda. Aqui o anonimato é sagrado para as mulheres. Eu seria jogado na rua se alguém pensasse que eu tentei, de propósito, descobrir quem você é.

Ela duvidava que alguém o jogaria para fora. A família dele é poderosa – ou era antes de seu pai morrer. Pelos boatos que tinha ouvido, o Duque de Ashebury ainda estava para assumir suas responsabilidades com seriedade – não que alguém o culpasse por isso. Na verdade, a Sociedade parecia se encantar com as aventuras dele. O duque passava mais tempo fora da Inglaterra do que no país, viajando o mundo com os jovens com quem cresceu, e, se era possível acreditar nas histórias que os outros contavam, eles faziam um inferno aonde quer que fossem. Eles eram favorecidos, requisitados, encorajados. Os tímidos se empolgavam com as aventuras deles – se bem que, comparada àqueles jovens, a maior parte de Londres era tímida.

– Como posso chamá-la? – Ele perguntou, o dedo ainda pressionando os lábios dela, fazendo pequenos comichões agitarem a pele sensível. – E não use seu nome verdadeiro.

Mesmo sem a advertência, ela não o teria usado. Ela não estava tão atordoada pela proximidade dele que não conseguisse pensar com clareza. Talvez seus pulmões tivessem parado de funcionar direito, mas sua cabeça continuava em forma.

– Lady V. – Ela respondeu.

– Victoria? – Ele arqueou a sobrancelha.

Virgem. Não que ela fosse admitir isso para um homem que, provavelmente, tinha deflorado metade da cristandade.

Ele baixou a sobrancelha e seu sorriso deslumbrante voltou, os olhos cintilando com um toque de malícia.

– Não... – Ashe murmurou de um jeito provocador que fez um calor desabrochar na boca do estômago dela e se espalhar por todo seu ser. – Alguma coisa mais exótica. Vênus, talvez.

– Talvez. – Era tão injusto que ela se sentisse cativada por um homem com a reputação dele, mas para uma mulher que procurava aventuras de alcova, aquele homem seria perfeito. Disso ela não tinha dúvida. A sensualidade irradiava de todos os poros dele, do alto de sua cabeça (ele tinha bem mais de 1,80 m) até a sola dos pés bem calçados.

Minerva recuou um pouco a cabeça para que o dedo dele não cobrisse mais seus lábios, embora a outra mão continuasse em seu ombro. Tomando um gole do *scotch*, ela se sentiu grata por suas mãos não estarem tremendo de nervosismo. Quando fez seus planos para aquela noite, com certeza não pensou em cair na cama com um duque, ainda mais um conhecido por suas façanhas sexuais. As mulheres falavam dele em sussurros, comentando sua habilidade lendária. Ele sem dúvida ia rir da inexperiência dela, de sua falta de jeito. Ela queria que sua primeira vez, possivelmente a única, fosse com um mortal, não com um deus.

Ela engoliu de novo, mas, dessa vez, em seco. Minerva não sabia como faria para sair daquela situação. Ela deveria apenas se afastar? Ou confessar que ele estava muito próximo do seu reino de fantasia...

Mas não era exatamente uma fantasia que ela procurava? Se ela desejava lembranças que pudesse carregar até a velhice, não seria melhor encontrar um homem com vasta experiência, um homem que sabia o que fazer com o corpo de uma mulher, um homem que assumisse o comando e garantisse que a cópula fosse inesquecível? Baseando-se na reputação dele, Ashebury era o homem perfeito para o que ela precisava. Para ser honesta, ele reinava no alto de sua lista de homens desejados... O que não era uma proeza muito grande, quando ele era o único nessa lista. Mas Minerva sempre soube que ele nunca lhe dedicaria um segundo de seu dia nem pensaria em levá-la para cama. Ele não precisava do dote dela. Não precisava de nada dela.

– Esta é sua primeira vez... – Ele começou, fazendo-a imaginar se sua inexperiência estava escrita em suas mangas. Só que ela não tinha mangas. Ela só tinha o braço nu onde ele descrevia lentamente pequenos círculos com o dedo – ...aqui. – Ele completou a frase.

Não havia nenhum mal em admitir isso. Ela aquiesceu.

– Não é bem o que eu esperava.

– Você pensou que encontraria uma orgia?

– Algo assim. – Ela admitiu. – As pessoas estão paradas conversando, e eu imaginei que estariam fazendo coisas indecorosas.

Os olhos azuis dele escureceram.

– Ah, não se deixe enganar, elas estão fazendo coisas muito indecorosas. Está vendo Lorde Wilton conversando com a mulher de máscara vermelha?

– Estou.

– Desconfio que ele esteja dizendo para ela que pretende lhe morder a orelha, o pescoço, o ombro, e como vai levar a boca em uma jornada por todos os cantos do corpo dela.

– Por que ele apenas não anda logo com isso?

– O prazer aumenta com a expectativa, alimentando lentamente o fogo que irá consumir tudo.

Sim, Minerva podia entender. Só as palavras de Ashebury já tinham acendido alguma coisa dentro dela. Só de imaginar o duque mordendo sua pele, Minerva ficou tão quente que foi um espanto não ter derretido aos pés dele, transformando-se em uma poça de desejo.

– É isso que você faz? Cria expectativa com palavras?

– Não, eu sou um homem de mais ação. Eu simplesmente faço.

– E se a mulher não quiser?

– Então eu paro, eu acho... Mas ainda não estive com uma mulher que não quisesse.

– Com certeza você tem confiança de sobra.

Ele a encarou, sustentando o olhar dela em um tipo de desafio.

– Você iria querer um homem que não tivesse?

Ele tinha razão nisso. Ela queria um homem que soubesse exatamente o que estava fazendo e que o fizesse muito bem. Com uma negativa rápida de cabeça, ela voltou sua atenção para a bebida, terminando-a e sentindo-se grata porque o *scotch*, enfim, começava a surtir efeito, ajudando-a a relaxar.

Tirando o copo de sua mão, ele o entregou a um criado, sem nunca tirar os olhos dela. Minerva se pegou desejando que um homem olhasse para ela com aquela mesma intensidade quando não estivesse mascarada. Ela pensou em arrancar o disfarce, mas então ele se afastaria e ela nunca mais teria a oportunidade de conseguir a atenção de alguém como ele. Ou pior, ele riria da audácia dela em aparecer no Clube Nightingale. Tinha confiança em tudo, menos em sua habilidade de fazer um homem desejá-la.

– Preciso lhe pedir perdão. Supostamente, aqui os cavalheiros não abordam as mulheres, mas esperam até que elas façam suas escolhas.

– Mas você não é muito de seguir as regras.

Ele semicerrou os olhos de novo.

– Nós *realmente* nos conhecemos.

– Sua reputação de indisciplinado é bem conhecida e documentada, pelo que se lê nos jornais de fofocas.

– Acredito que tive meus momentos.

Uma abundância de momentos, pelo que os boatos e as especulações davam a entender. Ela nunca se interessou muito pelos periódicos de fofocas. Aquilo não era jornalismo de verdade, mas serviu para abastecê-la com fatos que estavam sendo úteis naquele momento.

– Estou em desvantagem – ele disse –, pois tudo que sei a seu respeito é que gosta de uma aventura.

O coração de Minerva deu um salto. Teria ele descoberto a sua identidade?

– Como você pode saber disso?

– Você está aqui. Este não é um lugar para tímidos, mas para pessoas ousadas. Mas uma dúvida persiste... quanto de ousadia há em você? – Ashe deslizou o dedo pelo lado do pescoço dela. Minerva nunca tinha reparado como a pele era sensível ali. Ou talvez era apenas o dedo dele que continha propriedades mágicas que aumentavam sua sensibilidade. Ela imaginou como seria aquele toque em seu corpo inteiro, a satisfação que lhe proporcionaria. – Ousadia suficiente para se retirar comigo para o quarto que já reservei, para ceder aos meus desejos e ter prazer nos meus braços?

Minerva nunca fugiu dos desafios: beber destilados, fumar os charutos do pai, falar palavrões. E tinha certeza de que seu comportamento impetuoso e sua falta de vontade de ser vista como uma mulherzinha frágil eram os maiores responsáveis por nunca ter encontrado um pretendente que se apaixonasse perdidamente por ela. Mas ali estava um homem que parecia admirar ousadia em uma mulher, pelo menos em uma que ele queria levar para cama, e não necessariamente se casar com ela.

Endireitando os ombros, ela o encarou e sustentou o olhar dele. Nessa noite, ela só podia dar uma resposta que a deixaria satisfeita.

– Sim.

Os olhos dele escureceram com o triunfo e Ashe abriu um sorriso de pura masculinidade que fez o coração dela disparar. Minerva quis que ele lhe desse aquele mesmo sorriso depois que terminassem. Quis ser muito mais do que ele jamais teve, dar-lhe algo melhor do que ele jamais experimentou. Seu espírito competitivo, que mais de um cavalheiro tinha considerado nada atraente, estava chegando ao nível máximo. Não era o desejo de toda mulher ser inesquecível?

Com uma leve reverência, Ashe indicou a porta pela qual ela tinha entrado antes. Quando Minerva se virou na direção indicada, ele colocou a mão possessiva na parte baixa das costas dela, e o calor da pele dele irradiou pelo tecido fino, aquecendo-a dos pés à cabeça. Ele incendiava as paixões dela com tanta facilidade. Os nervos dela gritaram, pedindo um toque mais forte, mais decidido.

Confiante, Ashe a conduziu pelo saguão e escada acima. A cada degrau, Minerva sentia os joelhos enfraquecer. Agarrando o corrimão, ela se recusou a desfalecer ou dar qualquer indício de que, por mais que quisesse aquilo, estava nervosa com o destino final daquela jornada. O patamar se estendia para três corredores e eles viraram para a direita. Foi sinistro como os pés deles não produziam barulho no carpete grosso. Era evidente que ninguém desejava ser incomodado. Gemidos, guinchos agudos e grunhidos emanavam dos quartos pelos quais eles passavam.

– Portas mais grossas não seriam má ideia. – Ela não percebeu que tinha falado até ele rir.

– Seus gritos de prazer vão abafar todos os outros.

Ela virou a cabeça para observá-lo. Não havia arrogância na declaração, apenas conhecimento e confiança. Ele sabia do que estava falando. Era isso que Minerva queria: um homem experiente e habilidoso. Parecia tolice hesitar agora que tinha conseguido o que buscava. Afinal, ela tinha ido até aquele lugar para perder a virgindade de um modo que não deixaria arrependimentos. E deitar-se com o Duque de Ashebury seria uma experiência inesquecível.

Quando chegaram à última porta, ele tirou uma chave do bolso interno do paletó e a inseriu na fechadura. Uma volta da chave, outra da maçaneta e a porta abriu só um pouco, o suficiente para revelar a cama envolta em sombras que dançavam conforme as velas tremeluziam.

Ela era inacreditavelmente grande, com espaço suficiente para, talvez, até três pessoas. Um dossel de veludo estava amarrado para trás, revelando uma coberta grossa, com um canto dobrado expondo lençóis de cetim vermelho. Era entre eles que ela se deitaria com Ashebury.

Ashe não a empurrou para frente, nem a apressou para entrar. Apenas esperou, como se os dois tivessem todo o tempo do mundo, como se os minutos não estivessem passando, como se ninguém fosse aparecer ali e saber o tipo de imoralidade ao qual eles estavam prestes a se entregar.

– Se você mudou de ideia... – ele disse em voz baixa. Talvez não todo o tempo do mundo, afinal, mas o tom de voz não refletia impaciência.

O duque não disse que a deixaria ir, mas ainda assim ela ouviu as palavras como se ele as tivesse gritado. Nada que Ashe pudesse ter dito, nada que pudesse ter falado daria mais certeza a Minerva de que ele seria cuidadoso com ela. De que era com ele que deveria passar aquela noite.

Ela entrou no quarto. As poucas velas que tremeluziam em pontos estratégicos e o fogo baixo que queimava na lareira impediam a escuridão completa. Sobre a mesa ao lado descansavam uma garrafa de champanhe, uma garrafa de cristal, copos e taças. Havia um sofá de frente para a lareira e uma *chaise longue* perto da janela.

Ele entrou. A porta estalou ao ser fechada. A chave produziu um clique.

Minerva contemplou os lençóis de cetim, mas sua atenção logo foi atraída para uma caixa apoiada sobre três pernas ao pé da cama. Com dois passos, ela se aproximou e estudou o objeto, tentando compreender por que estaria ali.

– Essa câmera é sua? – Ela perguntou.

– É.

Ela se virou para encará-lo.

– Não acredito que você queira tirar uma fotografia de nós dois... copulando.

Ele riu baixo.

– Seria uma foto e tanto... mas não. Eu quero tirar uma foto só de você... deitada na cama.

Capítulo 3

Ashe não sabia dizer quem ficou mais chocado: ela, ao ouvir o pedido dele, ou ele ao ouvi-la usar a palavra *copulando*. As mulheres tinham a tendência de romancear o ato com expressões delicadas como "fazer amor", quando, em toda sua vida, ele nunca tinha feito amor com uma mulher. Ele ia para a cama, fornicava, ele... *copulava*. Era estimulante estar com uma mulher realista quanto ao objetivo deles naquele quarto.

Ainda assim, baseado no modo como a moça arregalou os olhos, ela podia estar muito bem-disposta a copular, mas posar para ele era uma história diferente. Isso não era raro. Seu pedido em geral provocava hesitações.

– Antes que você diga não, deixe que eu lhe explique.

– É uma perversão. Nenhuma explicação é necessária.

Talvez a franqueza dela não fosse algo muito bem-vindo, afinal.

– Posso lhe garantir que o que eu tenho em mente é algo bem distante de uma perversão. Por favor, sente-se diante do fogo. – Sem lhe dar chance para recusar o convite, Ashe foi até a mesa e pegou a garrafa de cristal. – Eu nunca conheci uma mulher que não preferisse champanhe. – Ele serviu em dois copos o *scotch* que tinha reservado para si próprio, pegou-os e a encarou. Ela não se moveu.

A desvantagem de não saber a identidade daquela mulher era que ele não conhecia a história dela e, assim, não sabia como traçar uma estratégia. Esse foi um desafio que ele aceitou. A maioria das mulheres queria tanto ficar com ele que estava disposta a fazer qualquer coisa que Ashe pedisse. Mas aquela ali não. Ele ficou sem defesa com a emoção de estar na presença de uma que parecia não ter pressa para cair em seus braços.

Como ela sabia quem ele era, aquela mulher devia frequentar o mesmo círculo refinado que ele, o que significava, com toda probabilidade, que se tratava de uma aristocrata. Possivelmente casada. A luz insuficiente não deixava que Ashebury visse se no dedo dela havia a marca de uma aliança removida há pouco. Não que isso importasse. A presença dela ali indicava infelicidade, curiosidade ou tédio. As mulheres iam àquele clube pelos mais variados motivos. Os homens, apenas por um: eles queriam uma parceira disposta e que provavelmente não estivesse infectada com sífilis. Os homens pagavam taxa de associado; as mulheres, não.

Inclinando de leve a cabeça, ele indicou o sofá.

– Por favor.

Ele observou os músculos delicados do pescoço dela trabalhando enquanto ela engolia em seco antes de sentar-se no sofá e encolher-se em um canto. Cada movimento era sereno e elegante. O comportamento dela não era obra do acaso. Aquela moça tinha sido treinada. Nobre, com toda certeza.

Acomodando-se no outro canto, ele lhe ofereceu o copo e se sentiu grato quando ela o aceitou. Ele estendeu o braço sobre o encosto do sofá. Se desdobrasse os dedos, tocaria a pele dela e Ashebury se sentia tentado a fazer isso mesmo, mas receou que sua ousadia pudesse assustá-la. Além disso, o desejo pela fotografia vinha em primeiro lugar. Ela não recuou nem estremeceu, mas seus olhos estavam alertas, vigilantes. Ele gostou de ver que ela não estava com medo e que também não era estúpida.

– Eu não sou de machucar mulheres. – Ele se sentiu compelido a dizer.

– Espero que não. Meu pai o mataria. De um modo extremamente doloroso e lento.

Nada de marido, então, ou talvez um vagabundo que não ligasse para ela.

– Você confessaria que esteve aqui?

Ela ergueu o ombro delicado e claro.

– Eu suportaria a decepção dele com mais facilidade do que poderia suportar o fato de não me vingar por ser maltratada. – Ela ergueu um canto da boca. – Por outro lado, talvez eu mesma o matasse... – ela confirmou com a cabeça. – É o mais provável. Eu teria imensa satisfação nisso, pensando bem.

Ela tomou um gole do *scotch* e surgiu um brilho em seus olhos escuros, como se a ideia de acabar com a raça dele a agradasse. Por um momento,

Ashebury quase se esqueceu da fotografia, ao sentir a pontada de um desejo mais forte do que havia sentido em muito tempo. Ele quase lhe pediu que tirasse a maldita máscara, que se revelasse, que lhe dissesse por que tinha decidido ir ao clube naquela noite. Mas resolveu honrar o objetivo daquele lugar, de manter a solenidade dos segredos.

– Com certeza você tem confiança de sobra. – Ele repetiu as palavras dela.

– Não, nunca fui acusada disso.

Ele percebeu na voz dela que aquela mulher tinha sido acusada de algo, de ser deficiente em algum aspecto. E quase seguiu essa linha de interrogatório, mas aquele lugar não era um confessionário e ele não estava ali para aliviar os problemas de ninguém. Apenas os seus. Para encerrar, Ashe engoliu um bom gole de seu *scotch*, apreciando o calor da bebida, que se espalhava pelo peito.

– Existe beleza na forma humana. – Ele disse em voz baixa.

O olhar dela pousou nele, e Ashebury pensou que também havia beleza nos olhos. Ele amaldiçoou a máscara que disfarçava os dela. Castanhos, talvez. E inteligentes. Ele gostaria de vê-los à luz do sol, gostaria de vê-los ardendo quando ela estivesse perdida em um vórtice de paixão, quando o corpo dela alcançasse o clímax, quando o êxtase a arremessasse para fora de si mesma.

– Mas nós nos escondemos debaixo de tantas camadas de roupa que parece que devemos nos envergonhar das nossas formas. – Ele concluiu.

– Nossos corpos são pessoais, particulares.

– Não quero tanto assim de você. Suas pernas são tudo o que eu desejo.

Como se ele fosse um estudante precisando levar uma reguada na mão, ela semicerrou os olhos.

– Os tornozelos de uma mulher não devem aparecer.

– Ainda assim, neste momento você está descalça.

– Fui informada de que essa era a norma aqui. Mas você continua calçado.

– Você gostaria que eu ficasse descalço, para equilibrar a situação? – Antes que ela pudesse responder, Ashe tirou as botas e as meias e esticou as pernas. – Quanto aos seus tornozelos, é bobagem da Sociedade acreditar que a exibição de um pouco da perna vai transformar os homens em selvagens incontroláveis, incapazes de conter seus instintos mais baixos. – Ele se inclinou na direção dela, sentindo-se grato por ela não recuar. Mas algo lhe dizia que ela não era mulher de recuar. – O corpo deveria ser celebrado. Cada linha, cada reentrância, cada curva. Tudo se une com tanta perfeição. É uma maravilha, na verdade. A beleza do corpo me dá muito prazer. Estátuas de nus são consideradas grandes obras de arte. Existem pinturas de nus que as pessoas admiram, e quase caem de joelhos por serem tão magníficas. A fotografia pode ser igualmente artística e arrebatadora quando benfeita. Eu não sei quem você é. Ninguém vai saber que você posou para mim. Ninguém nunca verá a imagem produzida, a não ser eu. É para a minha coleção particular. Você não vai tirar a camisola. Só vou levantá-la um pouco acima dos joelhos. Vou trabalhar com a sombra e a luz. Então você será capturada como arte.

– Não foi para isso que eu vim.

– Você veio pelo sexo.

Ela abriu a boca, depois a fechou. Um suspiro.

– Bem, sim, para ser bem honesta.

– Você terá isso também. Uma fotografia antes, talvez outra depois, se estiver disposta. Uma com a camisola, outra com os lençóis. Vamos contar uma história.

Ela meneou a cabeça.

– Parece errado.

Não para ele. Ashebury se levantou, foi até a lareira e encarou as chamas que se retorciam. Como ele poderia explicar para ela o que era sonhar constantemente com corpos mutilados? Mesmo depois de vinte anos, em algumas noites ele ainda acordava suando frio, ouvindo os ventos uivantes sobre o pântano e imaginando que eram gritos de seus pais. Ele não dormia uma noite inteira desde os 8 anos de idade. Ashebury acreditava que se pudesse substituir as imagens tenebrosas de membros amputados e retorcidos pela beleza perfeita, uma hora os pesadelos diminuiriam. Talvez até cessassem por completo.

– O que há de errado em se admirar a beleza de uma perna bem torneada, de um tornozelo delicado, do arco do pé, o modo como os dedos se dobram?

Ashebury não fotografava nada que pudesse deixar a mulher constrangida, ou sentindo que tinha sido abusada. Ele só queria encontrar um pouco de paz.

– Sinto muito, mas não estou preparada para ser exposta dessa maneira... para a eternidade.

Ele ouviu a decisão absoluta na voz dela e ficou dividido entre admirá-la por sua convicção ou amaldiçoá-la pela teimosia. Virando-se, ele deu um passo na direção dela e lhe estendeu a mão.

– Muito bem, então. Se você não está à vontade para se deixar fotografar, vamos fazer o que a trouxe até aqui. Eu me contento com isso.

Sem pegar a mão dele, ela se levantou de repente e Ashebury viu a raiva cintilando nela. Por que diabos ele achava aquilo tão atraente? As mulheres nunca manifestavam descontentamento com ele, não importava o quão mal ele se comportasse.

– Você se *contenta* com isso? – Ela perguntou, azeda. – Sempre ouvi dizer que você era encantador. Agora eu tenho que imaginar que outros boatos a seu respeito são falsos.

– Muitos deles, imagino.

– Bem, com certeza não vou para a cama com um homem que não me deseja, que está apenas *se contentando.*

Ela deu meia volta e Ashebury agarrou-lhe o braço, detendo-a. O olhar de fúria que ela disparou poderia ter derrubado um homem mais fraco. Maldição, aquilo só o fez desejá-la ainda mais. Havia um fogo intenso naquela mulher, nunca antes aplacado. Ela estava ali por algo que lhe era tão importante quanto as fotografias eram para ele. Ashebury apostaria a vida nisso.

– Foi uma péssima escolha de palavras da minha parte. Estou decepcionado que você não queira posar para mim, mas pode acreditar, não estou decepcionado que nós vamos... copular.

Ele amaldiçoou a maldita máscara que não o deixava ver se ela estava corando, amaldiçoou as sombras que não o deixavam ver o rubor da pele dela.

– Você não me deseja. – Ela declarou.

– Não a desejo? Você está louca? Nunca desejei tanto alguém. Eu tenho olhar de artista e vejo que, embora a seda esteja te cobrindo, ainda assim revela tudo de você. É por isso que eu sei que você seria perfeita para fotografar.

– Perfeita?

Ela pronunciou a palavra como se não a conhecesse, como se nunca tivesse sido aplicada a ela.

– Sim, perfeita. Você não é alta, mas tem pernas compridas. Baseado no modo como a seda as envolve enquanto você anda, acredito que suas panturrilhas sejam muito atraentes.

– Atraentes?

De novo a dúvida. Ele começava a se perguntar se debaixo daquela máscara haveria uma ogra. Mas embora adorasse linhas, ângulos e curvas, Ashebury não julgava uma mulher apenas pela aparência. E aquela era mais do que rosto, pernas ou corpo. A presença dela era testemunho disso. Mocinhas tímidas não vagavam por aqueles salões e muito menos entravam nos quartos. Ela era uma mulher que sabia muito bem o que queria e ia atrás disso. Na verdade, ele achava essa característica dela mais atraente do que qualquer coisa que poderia descobrir debaixo da seda ou até mesmo da máscara.

– Eu não fotografo qualquer uma. Só aquelas que eu considero atraentes.

– E quantas são, Vossa Graça? Baseada na sua reputação, eu arriscaria pelo menos uma centena.

– Não chegam a uma dúzia.

Ela pareceu surpresa com a afirmação.

– Você pensou que não era especial? – Ele perguntou.

Ela não respondeu, nem mesmo mexeu a cabeça, mas Ashe enxergou a verdade nos seus olhos: ela se considerava insuficiente. Seria esse o motivo por trás da ida dela ao clube naquela noite? Porque ela queria se sentir valorizada? De novo, ele se perguntou se ela era casada, se algum homem não lhe dava a atenção que merecia.

– Será que é possível você mudar de ideia quanto a posar para mim? – Ele perguntou.

– Eu não faria nada tão obsceno.

– A fotografia será de muito bom gosto, eu prometo. Suas características mais íntimas continuarão cobertas. As sombras também vão esconder muita coisa. O foco será nas suas pernas.

– O que você faz com as fotografias?

– Eu não as uso como nenhum tipo de estímulo erótico, se é o que está pensando. Eu apenas aprecio a beleza.

– Beleza? Nas minhas pernas?

Ajoelhando-se, ele envolveu o tornozelo dela com a mão.

– Deixe-me mostrar para você.

Minerva pensou que deveria estar louca de continuar ali, de ainda não ter saído daquele quarto, da presença daquele homem, assim que percebeu que ele queria mais dela do que um encontro entre os lençóis. Por outro lado, será que o que ele lhe pedia era mesmo algo tão terrível, quando ela estava disposta a lhe entregar sua inocência, sua ingenuidade? Uma intimidade incrível iria se passar entre eles, e Minerva iria refugar uma fotografia? Mas só de pensar em ser capturada para toda a eternidade... Ele assegurou que ninguém mais veria a imagem, mas como ela poderia ter certeza? Como foi que os últimos seis anos conseguiram transformá-la em uma pessoa tão cética, que não acreditava na palavra de um homem?

A mão dele era tão grande, tão quente e tão inacreditavelmente gentil que ele parecia estar com medo de esmagar os ossos dela. Ninguém ainda a tinha feito se sentir delicada. Minerva foi criada para saber se defender, saber que não estava abaixo de ninguém. Ainda assim, ela queria ficar debaixo dele.

A paixão de Ashebury pelo corpo humano era evidente enquanto ele falava de sua beleza. Nunca, em toda sua vida, ninguém fez Minerva se sentir linda. Pelo menos ninguém fora da família. Ela era a filhinha preciosa do papai que nunca fazia nada de errado. Mas isso não era o mesmo que ser olhada com admiração por alguém com quem não tinha nenhuma relação.

Minerva inclinou um pouco a cabeça, quase nada, mas ainda assim Ashe percebeu e seus lábios se curvaram num sorriso sem pressa, que parecia atingir o cerne de sua feminilidade. Ele bateu no próprio joelho para avisá-la que iria colocar o pé dela ali. Parecendo ter vontade própria, a mão dela pousou no ombro dele, naquele ombro largo, forte, másculo. Ela não deveria ter ficado surpresa. Ele era um aventureiro. Escalava montanhas, explorava pirâmides, dançava com os nativos. A pele dele era bronzeada de sol.

Isso ficou evidente quando aproximou a mão do pé pálido dela. Terra ao lado da neve, solo fértil ao lado de areias brancas. Minerva contraiu os dedos do pé ao contato com a coxa dele, dura como pedra. Haveria alguma coisa naquele homem que não seria firme? Ela imaginou qual seria a sensação de passar as mãos nele, de testar cada músculo, descobrir que não havia nenhuma parte dele que não era tonificada à perfeição.

– Seu pé é imaculado. – Ele disse, com a voz reverente.

– Não sei se é algo de que eu possa me vangloriar.

Ashebury levantou o rosto para ela e Minerva se viu desejando mais luz, para que pudesse enxergar o azul daqueles olhos.

– Você tem um arco excelente, dedos primorosos. As linhas são boas e lhe dão um tornozelo muito atraente.

– Que você gostaria de fotografar.

– Sim. – A mão dele subiu e a outra se juntou à primeira, envolvendo o tornozelo e subindo até a panturrilha.

Se ela se deitasse com ele, aquelas mãos subiriam muito mais, percorrendo todo seu corpo. O que ela tinha na cabeça ao pensar que ficaria à vontade com um homem em uma situação dessas? *Grace estava certa, droga!* A intimidade era demais.

Minerva tirou o pé e afastou-se dele.

– Desculpe. Não posso fazer isso. Não sou tão ousada, afinal.

Ashe endireitou o corpo com um movimento que, embora parecesse típico de um predador, não a fez se sentir ameaçada.

– Esta é a sua primeira vez a sós com um homem?

Ela soltou uma risadinha de deboche.

– É tão óbvio assim?

Ele riu baixo, mas não havia diversão no som. Parecia mais um eco de decepção.

– Eu deveria ter imaginado. – Então o olhar dele se fixou no dela, agudo e exigente. – Por quê?

– Por que é tão óbvio?

– Não. Por que você está querendo ser deflorada em um lugar de pecadores por um homem que você... – ele bufou – ...eu ia dizer que você mal conhece, mas não sei se esse é o caso. Quem é você, Lady V, para que *esse* tenha que ser seu recurso?

Confessar-se com Grace era uma coisa. Expor sua alma e suas frustrações para aquele homem que poderia ter a mulher que quisesse era impensável.

– Por que eu queria saber o motivo de tanta conversa a respeito deste lugar. Ninguém recrimina os homens por explorarem seus desejos. Por que as mulheres não têm a mesma consideração?

– Porque elas são muito melhores do que nós.

– Mas o ato carnal nos torna iguais, não acha?

– Você é uma mulher com opiniões admiráveis.

Minerva soltou um suspiro rápido de frustração.

– Você fala da beleza do corpo e de como não deveríamos escondê-lo. Por que o que se passa entre homem e mulher deve ficar envolto em sussurros e só ser discutido em cantos obscuros? Por que as mulheres têm que reprimir seus desejos naturais?

Oh, ela deveria ficar quieta. Ele a estudava como se tivesse dito algo ao mesmo tempo profundo e idiota.

– Você tem *desejos*? – Ele perguntou em voz baixa.

– É claro que tenho. E não acredito que seja errado tê-los. É por isso que estou aqui.

Ashe passou o dorso do dedo indicador pelo queixo dela e Minerva quase tirou a máscara para que ele pudesse acompanhar a curva da sua face.

– Se eu fosse qualquer outro homem, trataria de acalmar seus nervos colocando-a deitada num instante. Infelizmente, para nós dois, não me deito com virgens.

Uma decepção profunda a abateu. Ela deveria se consolar com o arrependimento evidente na voz dele. Em vez disso, ela ficou um pouco brava. Até sua virgindade seria usada contra ela?

– Por quê?

– Por que eu gosto de sexo forte e vigoroso. Quero que a mulher grite de prazer, não de dor. A mulher sente desconforto na primeira vez. Você merece alguém que tenha mais paciência. Na verdade, deveria ser alguém que goste de você, alguém que coloque o seu prazer à frente do dele. Deveria ser alguém que você ama; mesmo que esse amor não dure mais que a cópula, ele deveria existir a princípio.

– Na sua primeira vez, você a amava? – Minerva perguntou, mas logo ergueu a mão para impedir que ele respondesse. – Perdão. Não é da minha conta.

Os olhos dele ficaram calorosos e seu sorriso mostrava uma lembrança carinhosa.

– Eu estava perdidamente apaixonado por ela. – Ashe respondeu. – Fiquei assim por duas semanas inteiras. A filha de um fazendeiro, com cabelo da cor do trigo e olhos do tom de uma folha nova na primavera. Não havia nada que eu não faria para agradá-la. Era noite de lua cheia quando ela me apresentou os prazeres do corpo de uma mulher. Era noite de lua nova quando eu a peguei no palheiro fazendo o mesmo por outro sujeito. Ainda assim, não consigo olhar para uma lua cheia sem pensar em pernas longas, pele quente e a fragrância do sexo. A primeira vez só acontece uma vez, Lady V. Esteja um pouco apaixonada por ele.

Bom Deus, Minerva pensou que podia ter se apaixonado um pouco ali mesmo. Só um pouco. Ela não conseguiu evitar olhar para a cama com um toque de vontade.

– Gra... – ela se interrompeu. Nada de nomes, nada que entregasse sua identidade. – Minha amiga tentou me explicar por que vir aqui era uma ideia tão terrível. Ela não foi nem de perto tão eloquente quanto você.

– Não fui nada eloquente. – Ele voltou ao sofá e começou a calçar as botas. – Vou acompanhá-la até sua carruagem.

– Eu vim com um carro de aluguel. Diminui as chances de que minhas aventuras sejam descobertas.

Ele se levantou.

– Vou pedir ao meu cocheiro que a leve para casa.

– Não é necessário.

– Não vou deixar que você fique vagando pelas ruas à procura de uma carruagem a esta hora da noite, e sou muito indolente para ir procurar com você.

– Meu anonimato vai ser comprometido.

– Vou fazer meu cocheiro jurar que não vai me contar aonde a levou. – Ele se aproximou dela. – Eu posso ser um libertino, mas respeito o propósito deste lugar. Seus segredos estão a salvo comigo.

Era provável que aquilo fosse uma tolice, mas ela acreditou nele.

– E quanto à sua câmera?

– Voltarei para pegá-la assim que tiver certeza de que você partiu em segurança.

Ela caminhou até a porta, muito ciente dos passos dele atrás de si, virou a chave na fechadura e envolveu a maçaneta com a mão, encarando a madeira escura...

– Será que você poderia pelo menos me beijar? – Ela sentiu raiva de si mesma por se humilhar ao ponto de implorar, mas sair sem absolutamente nada, depois de tanto planejamento, preparação e risco parecia injusto demais.

– Você nunca foi beijada?

Ela se sentiu afundar num pântano de humilhação, mas era mais fácil daquele modo, sem que Ashebury tivesse ideia de quem ela era, da sua idade ou da sua falta de atrativos.

– Nunca.

Minerva estava consciente da aproximação dele, do calor que seu corpo irradiava, envolvendo-a. Engolindo em seco, ela estava a ponto de se virar quando sentiu a boca de Ashe roçando sua nuca. Ela quase se esqueceu de que queria os lábios dele sobre os seus ao sentir a umidade refrescante se concentrando em um pequeno círculo da sua pele, o calor se infiltrando em seus músculos e ossos, espalhando-se devagar e intensamente por todo seu corpo, deixando um arrepio delicioso em seu rastro. Se ele podia criar sensações assim só com a boca...

Que tola ela foi ao mudar de ideia. Que ridícula seria se mudasse de novo. Mas mesmo que alterasse sua disposição, Ashe não iria satisfazer o desejo que estava provocando. Ela continuava sendo uma virgem, o que não era a preferência dele.

Ashebury estendeu a mão, roçando os dedos no queixo dela ao virar seu rosto um pouco para trás. Então sua boca cobriu a dela com precisão total. Com a outra mão, ele aninhou a parte de trás da cabeça de Minerva enquanto acariciava os lábios dela com a língua antes de entreabri-los. Ele aprofundou o beijo, e muito, explorando a boca de Minerva como ela imaginava que ele tinha explorado boa parte do mundo: de modo lento e completo, dedicando atenção total a cada detalhe minúsculo. Ele a saboreava. Ele a venerava.

Ele soltou um gemido gutural e ela sentiu o som ecoando no peito dele, pressionando-a. Gemendo, Minerva ficou atônita com a intimidade desse prelúdio para algo muito mais primitivo. Aquele homem tomava o que queria; ele era inclemente. Na cama, ele a teria conquistado, e ela não podia acreditar que tinha afastado o conquistador.

Minerva quase chorou de desejo quando ele recuou e passou o polegar de leve pelos lábios formigantes, inchados e molhados. Sombras demais não deixavam que ela lesse a expressão nos olhos dele.

– Você faz com que eu me arrependa de ter aversão a virgens. – Ele disse, a voz um ritmo grave que a fez estremecer.

– Você faz com que eu me arrependa de ter me acovardado.

– Você não se acovardou. Apenas tomou cuidado para não acordar arrependida amanhã.

Ela imaginou se seria possível que uma mulher acordasse sentindo qualquer outra coisa que não êxito após deitar-se com ele. Esticando a mão além dela, Ashe abriu a porta.

– Vamos embora, por favor, antes que mudemos de ideia?

Ela não estava convencida de que isso seria algo ruim. Ashebury a acompanhou até o trocador. Quando a camareira terminou de ajudá-la a se vestir, Minerva o encontrou à sua espera no saguão, as costas apoiadas na parede, o olhar distante, e ela se perguntou aonde os pensamentos o tinham levado. Ainda usando a máscara, ela agradeceu o fato de que ele nunca saberia a identidade da mulher que fez papel de boba naquela noite.

Oferecendo-lhe o braço, ele a conduziu até a rua, onde as carruagens formavam uma fila. Eles chegaram ao veículo que ostentava o brasão ducal dele. Um criado e o cocheiro estavam parados perto dos cavalos. Os dois se voltaram para o duque.

– Wilkins – Ashebury começou –, você vai levar esta lady para casa. Ela vai lhe dar o endereço. Se um de vocês dois algum dia contar para mim ou para qualquer outra pessoa onde a deixaram, vou cortar suas línguas. – Com um sorriso irônico, ele olhou para Minerva. – É o suficiente para preservar sua identidade?

Mesmo sabendo que aquela era uma ameaça vazia, que ele apenas demitiria o homem, Minerva concordou.

– Sim, obrigada. – Ela sussurrou o endereço para o cocheiro. O criado abriu a porta e Ashebury lhe deu a mão.

– Boa noite, milady.

Ela parou antes de se ajeitar no assento.

– Como você sabe que eu sou uma lady? – Embora não devesse ser tratada assim. A mãe dela era filha de um duque, mas seu pai era um plebeu.

– O modo como você se comporta, move e fala. E o fato de que você veio esperando mais do que uma simples cópula. Espero que em algum momento você encontre o que está procurando.

Era estranho como ela já não tinha certeza de que sabia o que era.

– Espero que você consiga sua fotografia. Acredito que quando voltar para o clube você conseguirá encontrar uma mulher disposta a posar.

Ele meneou lentamente a cabeça.

– Não. Você era o que eu queria esta noite. Nunca aceito substitutas.

Ele fechou a porta da carruagem. Com uma sacudida, o veículo partiu. Minerva retirou a máscara, colocou-a sobre as pernas e se recostou no estofado macio.

Você era o que eu queria esta noite.

Ela se perguntou se ele teria dito a mesma coisa se soubesse quem ela era.

Capítulo 4

Ela cheirava a verbena.

Descansando em uma poltrona diante da lareira de sua biblioteca, bebendo *scotch* bem depois da meia-noite, Ashe estava ciente do aroma dela que persistia em seus dedos; do gosto dela em seu paladar. Ele ainda não sabia dizer por que a tinha deixado ir embora com tanta facilidade, por que não tinha se esforçado mais para convencê-la a posar, por que tinha renunciado à oportunidade de levá-la para cama. Certo, ele nunca tirou a virgindade de uma mulher. Ele falou a verdade no que dizia respeito à sua aversão a deflorar uma dama, mas ir contra suas preferências parecia um pequeno preço a pagar para descobrir os segredos de alguém tão intrigante.

Aquela mulher esteve no Clube Nightingale porque queria muito mais do que apenas descobrir do que tanto as pessoas falavam. Algo mais forte a levou até lá, assim como ele foi levado pelos fantasmas de seu passado. Embora não estivesse naquele vagão do trem, Ashe bem que poderia ter estado, porque sentia como se tivesse morrido com os pais nos restos calcinados dos trens que colidiram. Quando a família se afastava a caminho da estação, ele estava tão bravo por estar sendo deixado outra vez pelos pais que gritou que os odiava. Sua tutora ralhou com ele e bateu em seus dedos com a régua. E à noite, como ele ainda estava lamentando a ausência dos pais, ela o mandou para cama sem jantar. Esse foi um dos últimos castigos que Ashe recebeu.

O Marquês de Marsden raramente o punia. Vagando pelos corredores como um fantasma, ele mal notava as crianças por perto. Os garotos podiam fazer o que quisessem. O mordomo era velho demais para conseguir impor alguma disciplina. A cozinheira preparava as refeições, geralmente com mais doces do que alimentos nutritivos porque eles eram "pobres garotos órfãos". Se não tivessem passado tanto tempo correndo pelo pântano, é provável que tivessem se tornado rapazes gorduchos que não conseguiriam fazer nada além de rolar pela propriedade. Mas eles corriam como loucos, subiam em árvores, exploravam ruínas e cada um deles quebrou pelo menos um osso. Certa vez, Ashe foi caminhando com o tornozelo quebrado até a vila mais próxima para que o médico cuidasse dele. Ninguém podia dizer que eles não eram resistentes, embora muita gente dissesse que eram incivilizados. Os garotos tiveram uma série de professores que tentaram corrigi-los, mas eram incorrigíveis.

Familiarizados com a facilidade e a rapidez com que a morte chegava, eles queriam tirar da vida tudo o que podiam. Então faziam o que quer que lhes agradasse.

E teria lhe agradado levar para cama a mulher misteriosa daquela noite. Ter capturado mais do que uma visão breve de tornozelo e panturrilha. Ter focado sua lente na...

Ele ouviu um baque e uma agitação no corredor, como se alguém tivesse trombado em uma mesa, logo seguindo-se um pedido de desculpas em voz grave, provavelmente dirigido à própria mesa, já que não havia criados perambulando pela residência àquela hora da noite. Olhando para a porta, ele observou Edward Alcott cambalear para dentro da biblioteca.

– Aí está você! – Edward declarou. – Estive à sua procura. Preciso de um lugar para ficar. A maldita mulher do meu irmão me expulsou de casa.

Ele foi tropeçando até a mesa com os drinques e, com uma falta de jeito assombrosa que ameaçou derrubar mais de uma garrafa, serviu-se de uma bebida.

– Ela reclama que eu cheiro igual a uma destilaria, não aprova meus horários e acha que eu sou má influência.

– Acredito que Julia o descreveu com incrível precisão.

Soltando um som de deboche, Edward desabou na poltrona de frente para Ashe.

– Pode ser, mas ainda não sei o que Grey vê naquela mulher medonha. Ela é implicante, não tem nada de divertido. Ela não o deixa mais nos acompanhar em nossas aventuras.

– E por que você quer que ele nos acompanhe? Vocês dois só discutem quando estão juntos. – Eles brigavam o tempo todo. Ashe e Locksley tinham aprendido a ignorá-los e não interferir em suas briguinhas. Mas os dois irmãos sempre resolviam o problema em questão e partiam para o próximo.

– Porque ele é meu irmão.

Aquela afirmação simples parecia carregar consigo enorme força e verdade. Ashe não tinha irmãos, embora Edward, Grey e Locksley fossem o mais próximo disso que ele poderia ter sem uma relação de sangue.

– De qualquer modo – Edward murmurou –, eu vim com a esperança de que você possa me emprestar uma cama por algumas noites. Se não, vou ter que me virar no clube.

– Você pode ficar aqui o tempo que precisar. Não vou usar o quarto de hóspedes.

– Você é o máximo. – Ele se recostou na poltrona, deu um gole no *scotch* e ergueu o copo. – É bom estar de volta a Londres. Tem muito *scotch*, cassinos e mulheres aqui. Esta noite eu me diverti com as três coisas. Acho que vou fazer o mesmo amanhã.

– Você não vai ao sarau da Julia? – Ashe perguntou. A condessa queria comemorar a volta deles.

– É claro que vou, mas isso não vai levar a noite toda, vai? Ainda vamos ter bastante tempo para nos divertir. E você, o que fez esta noite?

– Eu fui ao Nightingale.

– Você gosta de mulheres com classe. – Edward comentou sorrindo.

– Não sei quanta classe tem uma mulher casada que está à procura de um amante.

– Nem todas são casadas. – Edward contestou. – Eu mesmo já deflorei algumas.

Ashe sentiu o estômago apertar ao pensar que talvez Lady V tivesse voltado...

– Não esta noite. – Ashe ficou surpreso por sua voz soar como se ele estivesse rosnando.

Edward soltou uma risada de escárnio.

– Não, não esta noite. Aquele lugar é cheio de joguinhos para proteger as madames. Esta noite eu queria uma mulher que não precisasse defender a reputação. Fiquei com duas dessas, na verdade. Boas garotas.

– E você se pergunta por que Julia o acha ultrajante?

– Aquela mulher não tem espírito de aventura. Ela deve ser tão tediosa na cama quanto é fora dela. Fico surpreso que Grey não tenha arrumado uma amante.

Embora eles estivessem casados há pouco mais de dois anos, era improvável que isso importasse.

– Ele a ama. Além do mais, Grey nunca foi selvagem como o resto de nós.

– Ele pensava que tinha que ser responsável, dar o exemplo para mim. – Edward deu de ombros. – Fico feliz em ser o segundo filho e não ter responsabilidades. Além disso, como irmão mais novo, posso ser mimado.

– Você é mais novo por longos dois minutos.

– Na verdade é por quase uma hora, eu acho. Eu me lembro da babá nos contando isso em algum momento, antes que o mundo virasse de cabeça para baixo. – A noite em que os pais deles morreram. Nenhum deles gostava de falar a respeito, mas Ashe preferia se referir ao episódio como *a noite em que tudo foi para o inferno.*

– Você conheceu alguém interessante hoje à noite? – Edward perguntou.

Ashe não ficou surpreso que Edward quisesse tirar o foco da conversa de si. Apesar da necessidade de atenção que ele tinha, Edward não gostava de falar de assuntos pessoais. Era uma característica que os dois tinham em comum.

– Não. – Ashe não conseguia entender sua própria lógica, mas ele não queria que Edward fosse para o Nightingale com o objetivo de deflorar Lady V. Ele imaginou que ela fosse voltar em algum momento. Baseado no beijo que eles trocaram, dava para dizer que ela era uma mulher extremamente passional, com desejos inexplorados. Ele teve tanta vontade de retirar a máscara para descobrir a identidade dela...

Maldita seja sua obsessão em capturar a perfeição da forma humana. Maldita seja sua aversão a tirar a inocência de uma mulher. Ela queria fazer sexo. Ele deveria ter satisfeito a vontade dela em vez de derramar toda aquela baboseira sobre amor e a filha do fazendeiro que partiu seu coração com aquela traição insensível. E não ajudou nada o fato de ser Edward que estava no maldito palheiro com ela. Mas isso tinha acontecido há muito tempo e, com o distanciamento, Ashe percebeu que seu coração não tinha sido muito magoado. Mas ele ainda tinha lembranças afetuosas da garota. Talvez pudesse ter lembranças afetuosas de Lady V se tivesse tentado compreender com exatidão o que ela estava querendo. Houve momentos em que ela pareceu ser uma mulher do mundo, forte e resiliente. Em outros, pareceu quase ingênua, inocente e crédula demais.

As mulheres que em geral visitavam o Nightingale costumavam estar endurecidas por alguma coisa na vida: um marido indiferente, cruel ou pouco afetuoso. Um amante decepcionante. Elas tinham desistido de sonhos, amor e finais felizes. Lady V não se encaixava no molde das que frequentavam o lugar. Ele quase riu alto. O que ele sabia, de verdade, a respeito dela? Talvez ela não merecesse o amor. Podia ser uma megera. Ou antipática. Talvez tivesse alguma doença incurável. Ou talvez fosse apenas uma jovem e tola.

Por que ele não lhe perguntou? Por que não se importou com as razões que a levaram até ali? Porque, como Edward, ele estava acostumado a se importar apenas com seus próprios desejos e necessidades. Não era ela a tola. Era ele. Por perder uma oportunidade apenas porque alguma coisa nela parecia diferente e tinha feito com que ele acreditasse que ela merecia mais do que uma cópula anônima.

Mas era o que ela queria. Foi escolha dela ir até ali. Quem era ele para questioná-la?

Quem diabos era aquela mulher? Lady V. Sem dúvida, para ela o V era de virgem. Para ele, era de *verbena*. Ashe levou o copo à boca e o aroma dela o rodeou, produzindo um aperto em seu estômago. Se ele a tivesse seduzido direito, ela teria posado para a fotografia. Mas para seduzi-la da forma certa, ele precisava saber mais a seu respeito.

– Vou sair. – Ele disse, levantando-se. – Escolha o quarto que for melhor para você.

Edward também levantou-se da poltrona, depois se apoiou nela para não cair.

– Eu vou com você.

– Não, é assunto pessoal.

– Ela tem um nome?

O problema em ser criado com alguém é que a pessoa tende a conhecê-lo muito bem.

– Tenho certeza de que tem. Mas, infelizmente, ainda tenho que descobrir qual é.

Deixando que Edward refletisse sobre aquela declaração enigmática, Ashe foi procurar o cocheiro para que este preparasse seu veículo. Já passava da meia-noite, mas o empregado estava acostumado com seus horários extravagantes. Ashe não sentiu remorso quando Wilkins, vestindo sua roupa de dormir, abriu a porta de seu quarto.

– Que endereço ela lhe deu? – Ashe quis saber.

Wilkins piscou várias vezes, claramente desconcertado com a pergunta.

– A mulher no Nightingale, a que eu pedi para você levar para casa – Ashe explicou.

– Eu prefiro continuar com a minha língua, Vossa Graça.

– Certo... – Ashe suspirou. Ele tinha muitos defeitos, mas mentir para mulheres não era um deles. Ele tinha dado sua palavra de que nem o cocheiro nem o criado lhe diriam o endereço dela. Para conseguir o que ele queria, Ashe precisava da confiança de Lady V. Se o cocheiro lhe dissesse... – Você não pode me dizer o endereço, mas pode me levar até lá. – Ele viu o constrangimento estampado no rosto de Wilkins. – Escute, eu lhe disse que você não poderia me *contar.* Não prometi a ela que você não iria revelar a informação de outra maneira. Eu sei que se trata de semântica, mas é a pura verdade. Agora vamos lá, vista-se. Eu quero ver onde ela mora.

Ashe tinha a esperança de reconhecer a casa, saber quem morava lá. Se não soubesse, ele encontraria alguém para ajudá-lo, ou mandaria Wilkins à entrada de serviço para fazer perguntas discretas aos criados. Determinar a família dela era o primeiro passo para descobrir quem ela era.

Quase uma hora depois, Ashe estava observando um edifício que lhe era muito familiar. Como não tinha se preocupado em acordar o criado, o próprio Wilkins abriu a porta da carruagem para o duque e ficou parado ao seu lado.

– Ela pediu que você a trouxesse ao Twin Dragons? – Ashe perguntou, incrédulo. Alguns anos antes, Drake Darling tinha começado a permitir a afiliação de mulheres ao seu seleto cassino.

– Sim, Vossa Graça.

– Ela entrou?

– Subiu os degraus sem hesitar. O criado abriu a porta antes que ela chegasse lá. Não me pareceu que ela precisou mostrar o cartão de sócia.

Que Lady V tivesse ido até ali em vez de voltar para casa indicava que ela não confiou nele, era extremamente inteligente e tinha uma reputação a proteger. Ou talvez fosse viciada em jogatina. De todo modo, tinha assumido um risco calculado ao ir ao Nightingale.

– Então ela vem aqui com regularidade. É conhecida. – Ashe murmurou.

– É o que parece.

Era improvável que ela ainda estivesse ali, mas em todo caso... Ashe subiu os degraus de dois em dois. Ao contrário dela, ele precisou mostrar o cartão de sócio. Ainda não tinha visitado o lugar desde que voltara a Londres. Uma vez lá dentro, ele parou junto ao balcão onde uma mulher tomava conta dos casacos. Ela sorriu para Ashe.

– Você viu... – ele começou, sem saber muito bem o que dizer. Quando Lady V emergiu do trocador no Nightingale, ela usava uma capa verde-escuro sobre o vestido verde-claro. Como ele poderia descrevê-la? O cabelo era de algum tom de castanho que ele não conseguiu identificar com precisão por causa da iluminação fraca do clube. Olhos escuros que poderiam pertencer a qualquer mulher, embora o tom pudesse ser uma ilusão causada pela ausência de iluminação adequada. Não muito alta. Isso era certo. Não era corpulenta, mas também não exatamente esguia. Ela era o tipo de mulher com quem um homem poderia passar muito tempo, e maldito fosse ele se não estivesse desesperado para fazer isso.

A funcionária ficou olhando para ele, na expectativa, e Ashe se sentiu um palerma. Ele estava acostumado a assumir a dianteira das situações. E não gostou que Lady V tivesse tanto controle sobre ele, fazendo-o abandonar seu lado racional.

– Esqueça. – Ele disse para a moça.

Ashe entrou na área dos jogos. Àquela hora da noite, havia muitos cavalheiros e apenas meia dúzia de mulheres. Mas nenhuma delas envergava um vestido verde-claro. Ela poderia estar na área reservada só para as mulheres. Ele não iria mandar alguém à sua procura. Isso não conquistaria a confiança dela. E mais uma vez, ele não saberia fornecer uma boa descrição da moça. Talvez ele a reconhecesse se a visse, mas, de novo, só estaria bancando o bobo.

Ainda assim, ele andou ao redor do salão, observando. Depois perambulou entre as mesas de jogos, vagou pelas outras áreas abertas a homens e mulheres. Se ela o visse, seu rosto demonstraria alguma surpresa. Mas havia tão poucas mulheres ali e, embora elas o tivessem cumprimentado – duas pareceram bastante contentes por descobrir que ele estava de volta a Londres –, nenhuma pareceu surpresa, constrangida ou nervosa pela presença dele. Ou ela era uma ótima atriz ou não estava naquele cassino.

Decepcionado, ele reconheceu que a segunda hipótese era a mais provável.

Contudo, saber que ela frequentava aquele estabelecimento aumentava suas chances de encontrá-la em algum momento. Ele voltaria ao cassino na noite seguinte, depois do maldito sarau da Julia.

Minerva estava enrolada no sofá da sala matinal lendo Brontë quando Grace entrou. Considerada como parte da família, ela não precisava que sua chegada fosse anunciada pelo mordomo. Com os olhos cheios de preocupação, ela atravessou a sala rapidamente, sentou-se no sofá e examinou o rosto de Minerva.

– Como você está se sentindo esta manhã?

– Muito bem. – Minerva sorriu.

Com um suspiro exagerado, Grace se recostou nas almofadas.

– Graças a Deus. Eu não consegui pregar o olho, noite passada, pensando que você iria àquele lugar decadente. Fico feliz que não tenha ido.

– Mas eu fui.

Grace deu um pulo para frente.

– Então está resolvido?

Minerva sentiu o rosto esquentar intensamente.

– Não exatamente. Parece que, afinal, não tive coragem.

– Mas você foi. – Grace olhou ao redor como se esperasse encontrar espiões atrás das plantas. Ela baixou a voz para um sussurro. – Como é?

Minerva riu.

– Depois de todos os seus alertas, você tem a audácia de perguntar?

– Estou curiosa. Eu nunca iria lá, mas agora tenho a oportunidade de saber tudo a respeito.

– É por isso que está aqui, não é? Por curiosidade, não por preocupação de que eu pudesse estar sofrendo arrependida.

– Estou aqui em primeiro lugar por você. Eu estava tão preocupada que você escolhesse alguém que não fosse gentil, ou que estivesse preocupado apenas com suas próprias necessidades. Eu não queria que você tivesse um amante egoísta.

Minerva não pensava que Ashebury teria sido egoísta. Se aquele beijo foi indício de algo, ele lhe daria muito mais do que receberia.

– Então vamos, Minnie, não seja cruel. – pediu Grace. – Satisfaça minha curiosidade. Conte-me tudo sobre aquele lugar tão pecaminoso.

Ela quase sugeriu que Grace perguntasse ao próprio irmão, mas tinha se comprometido a não revelar quem tinha visto lá, ainda que fosse alguém que considerasse da família.

– Não é como eu esperava. Tudo muito respeitável. As pessoas ficam conversando. As mulheres usam máscaras para preservar a identidade, mas os homens não se importam que os outros saibam que estão ali.

– Quem estava lá?

– Não posso dizer.

– Por que você não sabe quem eram as pessoas?

– Eu fiz uma promessa de não revelar a identidade de ninguém. A mulher no comando usa um vestido verde-esmeralda com uma máscara combinando. Bem vistosa. Você tem que se revelar para ela, para que ela saiba quem é todo mundo que está lá. E ela vai atrás de você se revelar o nome de qualquer pessoa que viu ali. Não sei como ela conseguiria descobrir, mas eu acreditei nela.

– Mas você pode me contar. Não vou dizer para ninguém.

– Não posso mesmo.

– Ai, que sem graça.

– Foi o que mais de um cavalheiro já me disse.

– Minerva, não foi isso...

Ela apertou a mão de Grace.

– Eu sei. Só estou bancando a difícil. E a verdade é que não me incomodam as mil razões que os homens têm para me achar desinteressante. Não importa o que os outros pensam de mim enquanto eu permanecer verdadeira comigo mesma, como minha mãe, que Deus a abençoe, gosta de me lembrar. Noite passada eu acreditei nisso pela primeira vez. Foi libertador. – Embora não devesse falar nada do que aconteceu lá, aquela era Grace, sua amiga mais querida. – Eu chamei a atenção de um cavalheiro muito interessante.

Grace arregalou os olhos e se inclinou para frente.

– Quem?

Minerva franziu o cenho.

– Está bem. Você não pode me dizer. Ele era bonito?

– Por que todo mundo se importa com a aparência? Mas sim, extremamente bonito.

– Charmoso?

– Demais.

– Nobre?

– Sim.

– Cabelo escuro?

Rindo da tentativa descarada de dedução da amiga, ela meneou a cabeça.

– Chega, Grace. Não vou cair no seu joguinho. De qualquer forma, você nunca adivinharia. Mas posso lhe dizer que ele era imensamente intrigante. Ele falou da beleza da forma humana, em especial das minhas pernas.

– Ele viu as suas pernas?

– Bem, não as pernas inteiras. Só até as panturrilhas. Quando eu cheguei lá, tive que trocar de roupa e vestir um pedaço de seda de nada, muito parecido com os que vemos nos retratos das mulheres de Roma. É extremamente fácil de vestir e, imagino, ainda mais fácil de um cavalheiro tirar de você. Embora eu estivesse quase vestida por completo, a não ser pelos braços e pelo decote, aquela peça de roupa não deixa muita coisa para a imaginação. Nada de espartilho nem anáguas. Eu gostei bastante, na verdade. Era leve como uma pluma. Mas imagino que o objetivo é permitir uma avaliação mais correta do corpo da mulher.

– O que os homens vestem?

Minerva bufou.

– Essa é a parte irritante... Eles vestem as mesmas roupas de sempre. Nunca vou entender por que homens e mulheres têm regras diferentes. – Ela sorriu. – Mas ele tirou as botas para que eu ficasse mais à vontade. Ainda assim, não me senti tão à vontade para me deitar na cama com ele.

– Então o que vocês fizeram?

– Vai parecer bobo, mas nós conversamos. – Ela se aproximou. – Mas esse é o detalhe... ele me olhava nos olhos enquanto conversávamos. Com muita intensidade, como se estivesse de fato interessado. Eu já fiquei sentada na sala da frente com cavalheiros que ficaram hipnotizados pelo desenho da xícara de chá. Eu faço perguntas e eles respondem com monossílabas. Eu tento começar uma conversa e eles não se preocupam em dar continuidade. Eles querem me impressionar apenas com a presença. Meu homem da noite passada era atencioso. Ele fazia perguntas. E me contou uma história do passado dele... – Minerva suspirou. – Deixou um gosto amargo, Grace. Experimentar o que é ter a atenção de um homem que está interessado em mim. Depois que cheguei em casa, desejei não ter ido embora do Nightingale.

– Não era real, Minnie.

– Obrigada por ser tão direta e honesta. Ainda assim, parecia real. Estou convencida de que nem todo mundo lá vai pelo que acontece entre os lençóis.

– Por que essas pessoas vão até lá?

– Não sei bem. Eu esperava encontrar pessoas se beijando, famintas, e talvez até fornicando sobre uma mesa ou cadeira, mas não havia nada disso. – Ela balançou de leve a cabeça e levantou um ombro. – Oh, as pessoas ficavam perto umas das outras e vi a mão na coxa aqui ou num quadril ali, mas elas não estavam com vergonha do que faziam.

– Como você sabe? Elas estavam usando máscara.

– Os homens, não.

– Mas os homens nunca sentem vergonha.

Minerva sorriu.

– Você deve ter razão. Mas acho que deveríamos ser um pouco mais abertos sobre as coisas.

– Então você se abriu com seus pais e contou para eles aonde estava indo?

– Claro que não! – Ela empurrou, de brincadeira, o ombro de Grace. – Eu não quis dizer que devemos ser tão abertos sobre as coisas. Não, eu esperei que eles fossem dormir. Depois escapuli e peguei uma carruagem de aluguel. Na saída, meu cavalheiro insistiu que o cocheiro dele me trouxesse para casa, só que eu disse para ele me levar ao Twin Dragons. Não podia arriscar que ele descobrisse quem são meus pais. Eu não acho que ele seja do tipo chantagista, mas você conhece meu pai. Ele iria querer proteger a mim e a minha reputação a qualquer custo.

– Seu homem fez muito bem em não deixar que você saísse pelas ruas à noite procurando um coche. Se você decidir voltar lá, por favor me avise. Eu posso mandar uma das nossas carruagens esperá-la no fim da rua. Eu deveria ter pensado nisso. Só que eu estava tão atrapalhada com a ideia de você fazer mesmo isso que não consegui pensar direito.

– E como você vai explicar a carruagem para o meu irmão?

Grace sorriu, matreira.

– Não se preocupe. Eu sei lidar com Lovingdon.

– Você é uma ótima amiga, mas duvido que eu vá voltar. Embora eu não consiga parar de pensar no que poderia ter acontecido.

– Ainda pode acontecer, só que não lá. – Grace lhe assegurou. – Minha mãe já estava juntando teia de aranha quando se apaixonou pelo meu pai.

– Não sei bem se é possível dizer que ela estava juntando teia de aranha. Ela era uma plebeia, uma contadora. Não creio que os plebeus se preocupam tanto quanto nós com casamento.

– Pode ser que você tenha razão nisso.

– Talvez, mas sou uma péssima anfitriã. Quer que eu peça um chá?

– Não posso ficar. Vou encontrar minha mãe daqui a pouco e nós vamos visitar os orfanatos. Você deveria vir conosco.

– É gentileza sua me convidar, mas eu fui dormir tarde. Acho que vou tirar um cochilo. A propósito, você recebeu o convite de Lady Greyling para o sarau desta noite?

– A festa para comemorar a volta daqueles arruaceiros a Londres? – Grace revirou os olhos. – Não entendo por que a volta deles merece tanta celebração.

– Eles fizeram um safári. Acho que todo mundo quer ouvir as histórias deles.

– Então você vai?

– Eu estava pensando nisso. Sim, acho que vou. – Ainda mais porque Ashebury estaria lá. Minerva sabia que era bobagem se interessar por ele e aproximar-se tão cedo depois da última noite, mas ele a intrigava. Além disso, era improvável que ele se aproximasse dela, que percebesse que Minerva era Lady V, mas ela teria a oportunidade de admirá-lo e imaginar o que poderia ter acontecido entre eles.

– Vamos juntas? – Grace sugeriu. – Eu e Lovingdon podemos pegar você às sete e meia.

– Seria ótimo.

– Maravilha. Vejo você à noite, então. – Levantando-se, Grace se inclinou e beijou o rosto da amiga. – Fico feliz que nenhuma indecência tenha acontecido na noite passada.

– Eu também. – Minerva mentiu.

Capítulo 5

A sala de estar da Condessa de Greyling estava abarrotada de ladies sentadas em sofás e cadeiras enquanto os cavalheiros ficavam de pé em qualquer espaço diminuto que conseguissem encontrar. Minerva e Grace tinham conseguido garantir lugares apertados perto do centro da sala, dividindo um sofá com as Ladies Sarah e Honoria.

Encostado em uma parede perto da lareira, o Duque de Ashebury irradiava confiança e flertava abertamente com as mulheres mais próximas dele, enquanto presenteava outras com um olhar dissimulado que fazia cada uma pensar que havia conquistado a admiração irrestrita dele. Não que ele tivesse direcionado qualquer um desses olhares intensos na direção de Minerva. Lutando para não deixar essa falta de atenção atingir sua autoestima, ela sentia-se grata ao extremo por não ter permitido que ele a levasse para a cama. Minerva teria sentido uma mágoa desmesurada ao vê-lo derramar tanta atenção sobre as outras enquanto ela não recebia nem uma pitada de interesse da parte dele – ainda que o objetivo de sua ida ao Nightingale tenha sido garantir seu anonimato. Ela nem podia se lamentar por ele não ter corrido para cumprimentá-la, pois o fato de Ashe nem piscar quando ela chegou deixava claro que ele não a reconheceu da noite anterior.

Portanto, o esforço desprendido para ocultar sua identidade funcionou. Seu sucesso nesse aspecto deveria ser recebido com prazer, não decepção.

De pé à frente da lareira, o Sr. Edward Alcott entretinha seu público há pelo menos meia hora com histórias de suas aventuras com os amigos na África. Ele estava animado, usando com frequência as mãos para acrescentar empolgação aos vários relatos de suas façanhas.

Minerva estava tão distraída observando Ashebury, esperando em vão que ele lhe desse pelo menos um olhar de passagem, que mal ouvia o Sr. Alcott, mas quando Lady Honoria levou a mão à garganta, com uma exclamação de espanto, sua atenção foi redirecionada ao orador.

– Então lá estávamos, em plena savana africana, parados por quase trinta minutos enquanto Ashe arrumava seu equipamento de fotografia – Alcott falava com uma cadência hipnotizante que fez as mulheres que dividiam o sofá com Minerva projetarem-se para frente, quase caindo de seus assentos. – Quando de repente... – Alcott deu um rápido passo à frente e lançou os braços em um gesto dramático – ...do nada, o leão saltou.

As mulheres inspiraram fundo, pulando para trás como se a própria criatura tivesse se materializado na ponta dos dedos dele. Mãos enluvadas cobriram as bocas. Olhos foram arregalados. Minerva ficou um pouco satisfeita por não reagir – ela não tinha muita paciência com mulheres que fingiam ser delicadas demais para as realidades da vida –, embora seu coração estivesse martelando com violência.

– Foi uma visão inacreditavelmente espetacular. Músculos se retesando, tendões se alongando, um rugido que ecoou...

– Pelo amor de Deus, Edward, acabe logo com isso! – Ashebury disse com sua atitude relaxada demais, com os braços cruzados à frente do peito. Com a iluminação a gás clareando a sala, em vez de velas tremeluzentes, o cabelo preto dele, longo demais, tornava o azul de seus olhos ainda mais visível. Ele parecia entediado. Minerva desejou tê-lo visto melhor na noite anterior, quando ele parecia mais interessado; desejou não ter fechado os olhos quando ele a beijou. Será que Ashe fechou os dele?

Alcott endireitou o corpo.

– Contar uma história hipnotizante é o meu talento. Se você fizer a bondade de permitir que eu continue... ainda mais porque é o herói da história. – Ele se voltou para a plateia. – Como eu dizia, o leão deu um salto magnífico para frente, a partir da grama alta. Locksley e eu ficamos pasmos pela visão da natureza em sua forma mais primitiva, mais selvagem. Atrevo-me a dizer que precisamos de alguns segundos para registrar que *um leão* tinha de fato *atacado* Ashe, derrubando-o no chão. Que o duque era a presa daquele animal imenso, que a criatura pretendia mesmo transformá-lo em seu almoço.

– Oh, meu bom Lorde, você poderia ter sido devorado. – Exclamou Lady Honoria. – Que jeito horrível de partir!

Ashebury apenas levantou um ombro e inclinou a cabeça de leve para o lado, sugerindo que nunca duvidou de que seria o vencedor. Homem arrogante. Minerva não entendeu por que achou aquilo tão atraente.

– Com o rugido da fera ainda ecoando ao nosso redor, nós entramos em ação e pegamos nossos rifles. – Alcott levantou os braços, inclinando-se um pouco para frente e baixou as mãos e a voz. – Então, inesperadamente, a grande fera ficou absoluta e completamente imóvel. O silêncio desceu sobre a pradaria. E ouvimos um grito abafado. 'Pelo amor de Deus, tirem esse bicho de cima de mim!' Locksley e eu corremos para ele. De algum modo, Ashe tinha conseguido puxar sua faca da bainha e matar a criatura. – Ele se endireitou. – Não antes que ela cravasse seus dentes no ombro do Ashe, infelizmente.

Enquanto as mulheres sentadas perto de Ashebury agitavam as mãos, parecendo estarem à beira do desmaio, ele passou devagar a mão pelo ombro esquerdo. Minerva se perguntou se ele teve consciência da ação. Então ele ergueu um canto da boca.

– Mas eu consegui minha fotografia.

– Conseguiu mesmo! – Alcott admitiu. – E que imagem esplêndida.

Havia tanto orgulho refletido na voz e no semblante de Ashebury. Minerva não conseguiu deixar de imaginar se ele teria exibido a mesma satisfação caso tivesse obtido sucesso em convencê-la a posar na noite anterior. Será que ele estava querendo a fotografia dela tanto quanto quis a do leão? Claro que ele não chegou nem perto de arriscar a própria vida, mas tinha falado com tanta paixão da forma humana... Ela teve que imaginar, então, se ele tinha ficado terrivelmente decepcionado com a recusa dela em ceder ao seu pedido. Ou aquela noite foi apenas uma de muitas? Será que ele já tinha esquecido Lady V? Embora afirmasse não procurar uma substituta, Minerva não podia evitar o pensamento de que ele teria encontrado alguém para substituí-la com facilidade, uma mulher mais aventureira, menos puritana. Ela sempre se orgulhou tanto de sua disposição para explorar novas oportunidades, de realizar novas experiências. Olhando para trás, não poderia estar mais decepcionada consigo mesma.

– Você deve ter ficado aterrorizado. – Lady Sarah disse, ofegante, com as duas mãos no peito, atraindo o olhar de Ashebury para seu decote. O duque, maldito seja, olhou com malícia para Lady Sarah e seu peito arfante, e Minerva combateu uma fagulha de ciúmes ao imaginar se ele iria querer fotografar aqueles globos fartos.

– Petrificado – ele admitiu, convencido –, mas então eu percebi que se não fizesse algo, não poderia voltar para a Inglaterra, e logo ficou muito claro que nem Edward nem Locke seriam de muita ajuda.

– Você deve ser incrivelmente forte para conseguir matar aquela fera abominável. – Lady Angela interveio.

– Incrivelmente. Talvez você queira testar meus músculos mais tarde.

Lady Angela ficou roxa como uma beterraba, com manchas aparecendo em seu rosto como se ela estivesse com um surto de urticária. Ela não era de corar à toa.

– Agora chega dessa conversa obscena. – Lady Greyling os censurou, levantando-se. Minerva sempre ficava espantada com a facilidade com que ela conseguia controlar os rapazes. – Bebidas e petiscos estão nos esperando no salão principal, junto com as fotografias de Ashe. Vamos até lá, por favor?

As mulheres começaram a se levantar e se juntar aos homens. Ashebury moveu o corpo como uma serpente para se afastar da parede, muito devagar, como se imitasse o grande felino que havia matado. Minerva já tinha visto leões à mostra em jardins zoológicos, conhecia os movimentos graciosos deles. Ela não podia imaginar o terror que seria encarar um deles na natureza.

– Vou falar com Lovingdon. – Grace disse, tocando o braço de Minerva para chamar sua atenção.

– Certo, tudo bem. Alcanço vocês em um instante.

Grace se afastou. Minerva ponderava se devia se aproximar de Ashebury para elogiar seu raciocínio rápido, sua força e sua habilidade de encarar a morte e sair vitorioso, mas duas mulheres se aproximaram dele, e Ashe, atencioso, ofereceu um braço a cada uma e depois saiu com elas da sala. Na noite passada, ele tinha sido só dela, ainda que por alguns momentos fugazes.

– Onde será que está Lorde Locksley? – Lady Sarah perguntou, segurando Minerva como se esta tivesse a resposta.

– Ele é o motivo de você estar aqui? – Minerva perguntou.

Com um breve aceno de cabeça, Sarah suspirou.

– Bem, sim. Eu admito que estou um pouco curiosa a respeito dele. Ele sempre aparece nas histórias do Sr. Alcott, mas raramente comparece aos eventos sociais.

– Por que o interesse?

– Porque ele é misterioso, e eu sou fascinada por mistérios. Além disso, você não fica fascinada pelos lordes de Havisham? Eles são tão aventureiros, corajosos e...

– Eles são mimados. – Minerva interveio enquanto elas saíam da sala para o corredor. – As pessoas deixaram que eles fizessem o que queriam, sem pensar nas consequências. A não ser por Greyling, acredito que nenhum dos outros cuida de seus deveres. Como podem, quando estão sempre vagando pelo mundo?

– Mas os pais deles morreram naquele pavoroso acidente ferroviário.

– Muitos pais morreram ali. – Irmãs, irmãos, filhos e filhas; não que Minerva se lembrasse do fato. Ela era uma criança na época, mas mesmo com tantos anos passados, as pessoas ainda falavam do horror que foi aquilo, principalmente quando os rapazes estavam por perto.

– Eles tiveram que se virar sozinhos. – Lady Sarah disse, como se tivessem sido abandonados na rua sem meios de sobreviver.

– Não foi bem assim. – Minerva afirmou. – Eles tinham um teto sobre a cabeça, comida para se alimentar e roupa para vestir.

– Mas eles corriam soltos pelo pântano. Ninguém cuidava deles.

Minerva também tinha ouvido essas histórias. O Sr. Alcott tinha um amplo estoque de peripécias para contar nas festas.

– Eu acredito que o Sr. Alcott aumenta as histórias.

– Ai, como você é sem graça.

Coisas piores já tinham sido ditas sobre ela. As duas entraram no salão.

– Por quê? Porque eu quero os fatos?

– Isso mesmo.

– Fatos podem arruinar uma boa história. – Anunciou uma voz grave.

Minerva se virou e deparou-se com o Sr. Alcott encostado na parede, com os braços cruzados à frente do peito e o cabelo loiro-escuro revolto, parecendo dizer que ele era mesmo indomável. A única razão pela qual Minerva sabia que aquele não era Greyling era o fato de o conde raramente sair do lado da mulher. Ela se perguntou o quanto ele teria ouvido, quanto da conversa delas poderia ter ecoado pelo corredor. Os olhos dele, do tom de chocolate quente, escuros e melancólicos, não revelavam muita coisa. Lady Sarah podia pensar que Locksley era o misterioso dos quatro amigos, mas Minerva acreditava que o Sr. Alcott possuía seus próprios segredos.

– Bem, nós não iríamos querer isso, não é, Sr. Alcott? – Ela perguntou, esforçando-se para que não escorresse muito sarcasmo de suas palavras.

Ele curvou o cantinho dos lábios em um sorriso sedutor que, se os boatos fossem mesmo verdadeiros, fazia as mulheres se entregarem a todos os seus caprichos.

– Por favor, pode me chamar de Edward. E as histórias devem divertir os ouvintes.

– Elas não deveriam ser relatadas como verdadeiras quando não correspondem aos fatos. – Minerva contestou.

– Ashebury realmente matou o leão? – Lady Sarah perguntou, com sua devoção ao herói conferindo um ar de devaneio à sua voz.

– Matou.

– Com uma *faca*? – Minerva perguntou, sem se preocupar em disfarçar sua incredulidade.

– Ashe tinha uma faca assustadoramente longa e muito afiada – Alcott respondeu, dando de ombros. – E pode ser que ele tenha recebido ajuda de alguns dos nossos guias, que se lançaram na luta. Mas qual é a diversão de uma história assim?

– Existe beleza nos fatos.

– A Srta. Dodger é prática demais. – Lady Sarah disse no mesmo tom que alguém usaria para se referir à tia idosa que faz os outros morrerem de tédio nos jantares.

– É o que parece – Edward concordou. – Mas a questão é: você gostou da história?

– Eu adorei! – Lady Sarah respondeu, entusiasmada.

Mas o olhar dele permaneceu concentrado em Minerva.

– Sem distorções, Srta. Dodger. Apenas a verdade, ou, como você prefere: apenas os fatos. A história assim a cativou?

Maldito. Ela gostava demais da verdade para não admitir.

– Eu achei fascinante.

– Um ótimo elogio. Considero a noite um sucesso. – Com um caminhar preguiçoso, ele se afastou. Sem dúvida, Minerva tinha conseguido insultá-lo.

– Droga! – Lady Sarah murmurou. – Eu deveria ter lhe perguntado sobre Lorde Locksley.

– Tenho certeza de que você consegue alcançá-lo se quiser mesmo saber.

– Deseje-me sorte. – E ela partiu, deixando Minerva sem saber por que sorte era necessária para ela receber uma resposta a uma pergunta simples.

Meneando a cabeça de espanto diante da exuberância juvenil da outra – meu Deus, como ela se sentiu velha de repente –, Minerva passou os olhos pelo salão. No centro, enquanto uma mesa estava repleta de comida, outra continha uma grande variedade de bebidas. Criados serpenteavam entre os convidados oferecendo doces ou taças de vinho. Junto às paredes estavam as fotografias, expostas em cavaletes. O trabalho de Ashebury.

As fotos a atraíram, chamando-a para perto. Ela se aproximou da imagem de um leão agachado, quase invisível atrás do mato alto, mas seu olhar era intenso, de caçador. E ela lamentou com tudo o que tinha dentro de si que eles tivessem matado um animal tão magnífico.

Ashe supôs que os convidados não estavam de fato interessados nas fotografias. Oh, eles deram uma olhada de passagem enquanto flertavam, enfiavam tortinhas na boca ou bebericavam o bom vinho. Mas eles estavam ali para se divertir, para se deleitar na companhia dos outros, para flertar. Todos exceto ela. A Srta. Minerva Dodger.

Ela se demorava estudando cada fotografia, como se apreciasse o que ele havia criado com luz e sombras, como se compreendesse sua arte, como se as imagens conversassem com ela. Ele até viu que ela ergueu a mão em certo momento, como se quisesse acariciar a criatura que ele tinha capturado com sua lente. Fotografia era mais que um passatempo para ele; era uma paixão. Mas poucos a apreciavam. Não que ele fotografasse pelos elogios públicos. Contudo, por algum motivo, Ashe queria que essas imagens fossem admiradas. Talvez porque quase tinham lhe custado a vida.

Assim, quando a mulher de Grey manifestou seu desejo de oferecer uma reunião para poder exibir seu trabalho, Ashe ficou feliz em colaborar com ela. Só que agora ele se sentia constrangido e desejava ter apenas emprestado as fotografias e evitado aquele evento entediante. Ao contrário de Edward, ele não sentia necessidade de receber atenção. Odiava-a, na verdade. Faria qualquer coisa para fugir das mulheres que nesse momento abanavam seus leques e arrulhavam exclamando que Ashebury era admirável de tão corajoso e forte. Uma delas até conseguiu, discretamente, apertar seu braço para testar os músculos, com os olhos pesados de sedução. Sem dúvida ele conseguiria encontrar um lugar reservado onde ela poderia apertar à vontade qualquer parte dele que desejasse...

Só que no momento Ashe estava intrigado pelo exame cuidadoso que a Srta. Dodger fazia de seu trabalho. Talvez ela se demorasse em cada imagem porque as desprezasse. Ele não iria se intrometer, não se preocuparia com a opinião dela, que, sem dúvida, seria dada com sinceridade. Esse era o problema de Minerva Dodger: ela era sempre terrivelmente sincera. Não que eles tivessem conversado mais do que meia dúzia de vezes, se tanto, mas aquela moça não era de abrir a boca para derramar comentários açucarados. E esse era, com certeza, o motivo pelo qual ela ainda não tinha conseguido um marido. Dinheiro não era problema. Seu pai, ex-dono de um clube de cavalheiros, deu-lhe um dote imenso, mas a disposição dela em falar o que pensava era o que a tornava problemática e indesejável como esposa. Não que Ashe estivesse precisando de esposa ou querendo uma. Ele apreciava demais a liberdade para isso. Grey perdeu a dele por completo quando se casou com Julia.

Sim, Ashe iria simplesmente pedir licença e sair, para então ir até o Nightingale e ver se teria mais sorte nessa noite para conseguir a fotografia que desejava. Só que...

– Com licença, mas tenho que resolver uma questão. – Ele disse para as três moças que lutavam por sua atenção. Antes que elas pudessem protestar ou segurá-lo ainda mais, Ashe escapuliu delas e se aproximou da Srta. Dodger, seus sapatos quase silenciosos enquanto se aproximava. Espiando por sobre o ombro dela, ele sorriu. Ah, os chimpanzés. Uma de suas favoritas. Ele ficou bastante satisfeito com o resultado final daquela foto.

– Você gosta? – Ashe perguntou e logo se arrependeu, sentindo como se estivesse se exibindo junto com as fotografias.

Ela nem virou a cabeça para responder.

– Muito. É bem profunda. Não sei se já vi fotografias que conseguiram capturar tanto.

– É o modo como eu uso a luz e as sombras. É uma técnica relativamente nova, que confere um ar artístico, se assim podemos dizer, para o método, e eleva o trabalho a um nível acima de um simples retrato.

– Eles estão apaixonados. – Minerva disse, com absoluta convicção.

– Os macacos?

– Sim. – Ela então olhou para ele. Ashe não lembrava que os olhos dela eram tão escuros, tão intensos. E foi atingido em cheio pela lembrança de outros olhos escuros e intensos. Em meio a esse pensamento, ele percebeu o aroma de verbena que emanava em sua direção e precisou de todo autocontrole que possuía para não reagir, para não fazer Minerva dar uma volta para que ele pudesse inspecionar e catalogar cada palmo do corpo daquela mulher. Ela parecia ter a altura certa, dependendo do salto do sapato, o formato correto de corpo, descontando-se todos os enchimentos, anáguas e espartilho. Ele desejou poder observar o cabelo dela à luz de velas. Ashe lembrava que era mais escuro, sem traços avermelhados. Ali, sob a luz mais clara, o tom era incorreto. Sem dúvida, era outra mulher. Ashe estava tão desesperado para encontrar Lady V que a imaginaria em qualquer mulher que falasse com ele. Mas então por que ele não a imaginou como uma das outras que tinham lhe dado atenção ao longo da noite?

– Você está contando uma história aqui. – Ela continuou. – Eles são fiéis um ao outro.

A voz dela era errada. Não tinha aquela característica rouca e envolvente, parecendo um sussurro. Ela conseguiria disfarçá-la? O tempo todo? Mas era algo além do timbre que lhe fazia duvidar. Ela falava como se os dois fossem estranhos, como se não tivessem passado uma hora juntos, como se nunca tivessem se beijado.

– Eles são animais, Srta. Dodger.

– São almas gêmeas.

Ele seria capaz de rir se ela não estivesse tão séria. Sim, ela poderia ser Lady V. Não, ela era prática demais para isso. Então lhe ocorreu que Minerva talvez fosse prática o bastante para querer saber o motivo de tanta conversa a respeito do Clube Nightingale. Ousada o bastante para ir conferir. Embora Ashe não tivesse passado muito tempo na companhia dela e a conhecesse mais pela reputação, ele a observou de longe nos bailes, enquanto dançava com um cavalheiro ou outro, e ultimamente ela parecia passar mais tempo entre as mulheres invisíveis, embora se destacasse delas. A Srta. Dodger não era do tipo que sumia na multidão. Enquanto a maioria das mulheres se encolhia e se retraía caso não recebesse convites para dançar, a Srta. Dodger sempre lhe dava a impressão de não se importar, de estar pronta para lançar um desafio se a oportunidade aparecesse.

– Diga-me que você não acredita nessa bobagem.

– Ao contrário do seu companheiro contador de histórias, não costumo mentir, Vossa Graça.

– Edward? De que mentira você está falando?

Ela arqueou a bela sobrancelha.

– Ele confessou que você não derrotou o leão sem ajuda. – Ela disse, inclinando a cabeça na direção de outra fotografia. – Esse é ele, o que você matou?

A voz dela não continha censura, mas tristeza. Ashe desejou não ter levado aquela foto. Quase não a levou. O fato também o entristecia, mas também lhe dava muito orgulho.

– Sim.

– O leão estava avaliando você. Ele o subestimou.

– Muitos fazem isso. – Ele franziu o cenho e se perguntou por que diabos tinha falado aquilo, ainda mais para ela. Ashe não conseguiu se lembrar de nenhuma conversa anterior com Minerva. Mas lá estava ele, tagarelando como se sua língua tivesse se separado do cérebro.

Inclinando um pouco a cabeça, ela o estudou.

– Acho seu trabalho impressionante.

– É a minha paixão.

– Sério? Baseada nos boatos, fui levada a acreditar que eram as mulheres.

Ela não estava corada. A maioria das mulheres estaria. Não, a maioria não teria dito aquilo. Minerva não era uma mocinha tímida, mas seria ousada o bastante para ir ao Nightingale? Ashebury ficou intrigado com a possibilidade.

– Uma coisa não exclui a outra, mas você tem razão. Mulheres são minha paixão mais avassaladora.

– Ainda assim, não há nenhuma nesta coleção. Existem homens e crianças, mas nenhuma mulher.

– Muitas das nativas tinham os seios nus. – Ele esperava fazê-la corar com sua franqueza, mas ela sustentou o olhar dele, sem enrubescer, sem desviar o rosto. Lady V também não desviou. – Receio que nossa anfitriã tenha ficado ofendida com as imagens e se recusado a permitir que eu as exibisse. Não tive sorte em convencê-la de que a beleza do corpo humano não deve ser escondida. Talvez você queira ver essas imagens algum dia.

Aquilo a fez corar, um tom profundo que tomou suas faces e de algum modo conseguiu atingir a alma dele. Estaria ela corando diante da possibilidade de ver seios ou a conversa dele sobre a beleza do corpo humano a fazia se lembrar da noite anterior?

– Não sei se isso seria correto. As imagens devem ser picantes.

– As nativas não se vestem para despertar excitação. Ao contrário, elas foram criadas com a liberdade gloriosa de não sentirem vergonha daquilo que Deus lhes deu. Eu invejo o modo simples como se vestem. Suponho, pensando em quanto suas roupas devem pesar, que você também sinta o mesmo.

– Você supõe demais. – Ela olhou ao redor. – Onde está Lorde Locksley?

O interesse dela em seu amigo o atingiu como um golpe físico, o que não fazia sentido, pois Ashe não a desejava, não queria carregá-la escada acima até uma cama... mas também não podia negar que não queria se afastar dela.

– Ele está lutando com seus demônios.

Minerva piscou e entreabriu ligeiramente os lábios. Ashebury se perguntou se beijá-la naquele exato momento o ajudaria a determinar se a tinha beijado na noite anterior. Talvez desejo fizesse parte daquilo, afinal.

– Não fique tão surpresa. Todos temos nossos demônios; até você, Srta. Dodger. Talvez esse seja o motivo de eu tê-la visto no Twin Dragons noite passada, pouco depois da meia-noite.

Capítulo 6

Oh, que o bom Deus a ajudasse, Ashebury desconfiava dela!

O coração de Minerva martelou tão forte em suas costelas que ela teve certeza de ouvir um osso estalar. Seu primeiro instinto foi investir contra Ashe por quebrar a promessa de não pedir o endereço ao cocheiro. Só podia ser esse o motivo para ele mencionar o Twin Dragons. Ele sabia onde ela foi deixada – e estava proibido de mencionar o Clube Nightingale.

Tendo sido criada por alguém que cresceu nas ruas, Minerva tinha aprendido a considerar todas as possibilidades antes de responder. Que Ashebury tivesse ido ao Twin Dragons podia ser coincidência, mas ela duvidava. O cocheiro o informou onde a deixara. Ou então ele a seguiu.

Mesmo assim, depois de passar correndo pela área de jogos do cassino, Minerva seguiu até a área de aposentos e escritórios privados. Acessá-la requeria uma chave, que ela possuía. Uma corrida pela parte interna do estabelecimento a levou até outra porta trancada, e outra chave a fez alcançar os estábulos. Ela andou mais um pouco antes de sair na rua, onde pegou uma carruagem de aluguel, que então a levou para casa.

A menos que Ashebury fosse rápido como um relâmpago, não poderia tê-la visto no Twin Dragons. Ele estava jogando verde. Tinha desconfiado de que ela poderia ser Lady V e queria a confirmação. Mas o que a tinha entregado? O formato de sua boca? Santo Deus, isso era tão característico? Seu queixo? Era mais quadrado do que ela gostaria, mas não era tão incomum. Ela não tinha verrugas ou pintas cabeludas para que alguém pudesse reparar.

Ashe não podia ter certeza de que ela era a mulher que ele encontrou no Nightingale. Talvez ele estivesse jogando aquelas mesmas palavras para toda mulher com quem conversava, na tentativa de encontrar Lady V. Minerva precisava admitir que se sentia lisonjeada por Ashe querer encontrá-la, mas não entendia o motivo por trás daquele esforço. O que ele queria? O que esperava conseguir? Ela gostou da ideia de entrar no joguinho dele, de ver aonde aquilo a levaria... mas não lhe daria a satisfação de ter algo com que pudesse chantageá-la. Era melhor acabar logo com aquilo, antes que saísse do controle. Minerva precisava manipular as respostas para afastar as suspeitas dele, para garantir que Ashe duvidasse daquilo de que suspeitava.

– Não sei como pode ter me visto. – Ela respondeu, calma. – Não estive lá na noite passada.

– Mas você é sócia.

Assim como muitas mulheres desde que o cassino abriu suas portas ao público feminino.

– Meu pai era dono daquele lugar e, quando o vendeu, uma das condições era que ele e todos os seus descendentes fossem sócios vitalícios. Então, sim, sou sócia, e frequento o lugar de vez em quando. Mas não estive lá na noite passada.

Ashebury inclinou a cabeça, pensativo.

– Eu podia jurar que era você.

– A Duquesa de Lovingdon pode jurar que eu jantei na residência dela, se chegarmos ao ponto em que eu precise provar meu paradeiro. Embora eu deva confessar que estou me sentindo como uma suspeita de assassinato em um daqueles casos dissecados nos jornais sem nenhum pudor. – Embora ficasse incomodada com a necessidade que a Sociedade tinha de saber os detalhes de assassinatos pavorosos, Minerva não conseguia deixar de devorar, fascinada, aquelas histórias.

– Perdão, Srta. Dodger, por colocá-la na berlinda. Pensando bem, vejo que me enganei. A mulher que eu vi não tinha sua... digamos, energia?

– Não quis ofendê-lo, Vossa Graça. Acontece que eu sei onde estive e onde não estive.

– Uma qualidade notável, com certeza.

Ela mordeu a língua para não reagir ao tom de deboche do patife. Ele não era nem um pouco charmoso como tinha sido na noite anterior, mas no Nightingale ele flertava com Lady V, não com Minerva Dodger. Ela ficou surpresa que ele tivesse se aproximado. Com certeza esperava encontrar alguém mais atraente, com características mais agradáveis. Ashe se afastaria agora, Minerva estava certa disso. Ele se aproximou com o intuito de uma travessura, de tentar descobrir se ela era Lady V. Ela acabou com a investigação dele.

Minerva se sentiu uma tola por ir àquele sarau, por se colocar no caminho dele. Embora o fluxo de pensamentos dela não transparecesse no rosto, Ashe cravou o olhar nela como se estivesse desesperado para saber o que ela pensava. A não ser na noite passada, os homens nunca a estudaram com tanta intensidade. Ela se esforçou para não se sentir lisonjeada. Ele não tinha se aproximado porque se sentiu atraído, mas porque achou que tinha descoberto o segredo dela. E isso a fez imaginar o que ele poderia fazer com tal informação se tivesse confirmado sua suspeita. Talvez Ashe quisesse apenas ter a satisfação de desvendar um mistério. As regras do Nightingale o proibiam de dizer que ela esteve lá.

– Nós nunca conversamos de verdade, não é? – Ele perguntou em voz baixa.

– Não. Pelo menos não em uma situação social aceitável.

– Um descuido que eu preciso...

– Duque?

Ashebury se virou para a voz esganiçada e intrometida, uma voz que Minerva achou especialmente irritante, talvez porque a mulher foi capaz de chamar a atenção dele com tanta facilidade. Minerva não gostava do pecado da inveja e procurava controlar esse sentimento sempre que ele mostrava sua cara feia.

Ele sorriu, caloroso, como se a mulher de suas fantasias tivesse se materializado diante dele.

– Lady Hyacinth. Mas que visão encantadora!

Minerva sentiu vontade de socar o ombro dele. Esse era o motivo de eles nunca terem conversado de verdade. Ela não era encantadora. Sim, deixar Ashebury insatisfeito na noite anterior foi a decisão mais inteligente que ela poderia ter tomado. Que boba ela foi de ter se arrependido antes. Ela não tinha considerado como seria difícil ver um homem com quem teve intimidades flertando com outras mulheres. De algum modo, ela pensou que estaria imune ao ciúme, que poderia passar a noite com um homem e seguir em frente. Como os homens conseguiam fazer isso com tamanha facilidade?

Lady Hyacinth corou, lisonjeada, e bateu os cílios antes de cumprimentar Minerva com uma inclinação mínima da cabeça. Depois ela voltou o olhar esmeralda para Ashebury.

– Eu esperava que milorde pudesse tomar uma bebida comigo, se a Srta. Dodger já terminou de ocupar o seu tempo.

Minerva conteve a língua, recusando-se a ser atraída para o jogo malicioso que as mulheres com frequência disputavam. Era tão desagradável – pelo menos para ela. Os homens pareciam se divertir com isso.

– Receio que fosse eu a ocupar o tempo dela. – Ashebury disse, para surpresa de Minerva. Não era de surpreender que as mulheres de Londres disputavam entre si a atenção dele. Ashe conseguiu defendê-la com facilidade sem ofender Lady Hyacinth. – Mas você tem razão. Vamos nos tornar motivo de fofoca se eu ficar mais tempo com ela. – Ele pegou a mão enluvada de Minerva, fez uma leve reverência e beijou-lhe os dedos. Ela sentiu o calor dos lábios dele chegar até os dedos dos seus pés; pés que lembravam da sensação da coxa dele. – Obrigada por admirar meus humildes esforços, Srta. Dodger. Se um dia quiser ver as fotografias que Lady Greyling considerou ofensivas, só precisa me mandar uma carta.

A voz de Minerva a abandonou de repente. Os olhos dele pareciam sonolentos, como se tivesse acabado de acordar. Havia algo decididamente carnal neles.

– E tem também a minha coleção particular. – Ele continuou em um ronronar baixo que provavelmente aprendeu com algum felino grande na selva.

Então Ashebury se afastou, acompanhando Lady Hyacinth para o meio da diversão junto à mesa de bebidas. Minerva deveria ter respondido ao comentário dele sobre a coleção particular, deveria ao menos ter dado alguma indicação de que não fazia ideia de que diabos ele estava falando, ainda que soubesse muito bem a que Ashe se referia. Ele sabia que ela sabia? Seriam suas palavras de despedida uma última tentativa de descobrir se ela era a mulher cujo tornozelo ele tinha segurado em suas mãos? Ou ele teria acreditado nas mentiras dela?

– Meu Deus, era Ashebury. – Ao ouvir a voz familiar, Minerva fez meia volta, perguntando-se quando Grace tinha se aproximado, por quanto tempo a observava e o que poderia ter lido no rosto de Minerva que outra pessoa, que não a conhecesse tão bem, seria incapaz de discernir.

– Do que você está falando? – Ela perguntou, tentando mostrar indiferença.

– Você esteve com Ashebury no Clube Nightingale. Foi ele o homem que lhe deu atenção.

Minerva engoliu em seco, sem gostar da ideia de que iria mentir para sua melhor amiga, mas existem coisas que uma mulher tem que guardar para si mesma porque são deliciosas demais para dividir. Seus momentos com Ashebury, por exemplo.

– Não seja ridícula. Estávamos apenas conversando sobre as fotografias. São incríveis, na minha opinião.

– Eu vi o modo como você olhava para ele. Você está mais do que encantada por Ashebury.

– E você pode me culpar? Ele é um belo espécime, mas isso não significa que esteve comigo na noite passada. Não tire conclusões precipitadas, Grace. Isso é vulgar.

– Você está protestando demais. – Ela se aproximou e sussurrou: – Se era mesmo ele, você fez bem em não deixar as coisas irem além do que foram. Ele nunca seria correto com você.

– Eu não estava procurando um homem que fosse. – Minerva rebateu em voz baixa. Ela queria um homem que pudesse lhe proporcionar boas lembranças. – Este não é o momento nem o lugar para essa conversa. Admire as fotografias, Grace.

Com os olhos refletindo sua dúvida, Grace enfim se afastou dela e voltou sua atenção para o trabalho de Ashebury.

– Baseada na reputação dele, não me surpreende que exista algo muito sensual nessas fotografias.

Sensual, de fato. Luz e sombra que brincavam uma com a outra. Como ele as teria usado para retratá-la?

– São retratos de animais, homens trabalhando e crianças brincando. – Minerva disse, tentando enfraquecer a lógica da amiga.

– Mas o leão – Grace disse, a voz baixa e reverente – parece estar observando uma fêmea que deseja possuir. Ele está se preparando para avançar, esperando o momento perfeito para declarar suas intenções.

– Eu acho que ele estava pensando em comer Ashebury no jantar.

– Oh, Minerva, não seja ingênua. Eu já vi essa mesma expressão nos olhos dos homens em mais de uma ocasião. Acredite em mim, é desejo.

Minerva só tinha visto esse olhar uma vez: na noite anterior, em um quarto com Ashebury. E ela fugiu dele.

Apesar de todos os seus argumentos anteriores, Minerva não pôde deixar de sentir que tinha sido uma tola ao ir embora.

Enquanto uma mulher após a outra lutava por sua atenção, Ashe não sabia dizer por que seu olhar ficava voltando para a Srta. Dodger, vasculhando o salão à procura dela quando não estava no último lugar em que a tinha visto. Cavalheiros se aproximavam dela, mas era óbvio, pela expressão de tédio deles, que isso era motivado apenas por educação ou interesse no dote. Também era óbvio que ela não se sentia lisonjeada com esse tipo de atenção. Nenhuma faísca era produzida, olhares sensuais não eram trocados.

Ele não conseguia explicar seu súbito interesse. Se ela tivesse jantado com a Duquesa de Lovingdon, não poderia ser Lady V. Por outro lado, quanto tempo o jantar teria demorado?

Minerva ficou corada quando ele falou da beleza do corpo humano e a convidou para ver o que era proibido pelo decoro da sociedade. Ele pensou então que ela sabia exatamente o tipo de fotografia que mais lhe interessava. Pensou que a tinha desmascarado, que ela forneceu uma pista de que tinham, de fato, estado juntos na noite anterior.

Ashe estava desesperado para descobrir a identidade de Lady V porque não conseguia tirá-la da cabeça. Nem mesmo quando uma das debutantes mais lindas de Londres, Lady Regina, dedicava-lhe toda sua atenção, o que fazia naquele instante. Ele se esforçou para prestar atenção no discurso nada excitante que ela fazia sobre rouxinóis...

Ocorreu-lhe então que Lady Regina estava tentando lhe dar pistas. Ele a estudou. O cabelo estava errado. O tom dos olhos, o corpo esguio demais... tudo errado. Pelo modo como ela soltava pequenas insinuações e olhava para ele com uma óbvia consciência sexual, Ashe teve certeza de que poderia convencê-la a posar para ele. Mas não conseguiu se entusiasmar com a ideia.

Ele queria a mulher que tinha fugido.

Só porque tinha fugido? Ou haveria mais alguma coisa? Ele não quis examinar seus motivos. Era improvável que eles se encontrassem outra vez. Ele tentou convencê-la a não entregar a virgindade a qualquer um. Era improvável que ela voltasse ao Nightingale. Sua melhor aposta para reencontrá-la era uma visita ao Twin Dragons.

– Está vendo o que você perdeu? – Edward perguntou ao irmão enquanto este examinava as fotografias.

– Uma experiência de quase morte?

O modo como o falecimento dos pais tinha afetado os dois irmãos era estranho. Grey ficou mais cauteloso, como se receasse que a Morte estivesse à espreita em todos os lugares. Edward tornou-se mais audacioso, quase como se desafiasse a Dona Morte a tentar levá-lo. Por Deus, se ele morresse jovem, iria aproveitar ao máximo os anos que viveria.

– Aventura! – Edward disse.

– Acho que eu me lembro bem de uma de suas cartas cheias de resmungos sobre calor, insetos e a falta de um bom *scotch*.

– Eu devia estar com febre quando escrevi aquilo. – Ele lembrava dos calafrios, do calor sufocante, das dores no corpo.

– Enquanto isso, eu aproveitava um bom *scotch*, os confortos da vida moderna e uma noite na companhia da minha mulher.

Edward se segurou para não revirar os olhos de desgosto diante do tédio absoluto quer era tudo aquilo.

– Você não quer aproveitar a vida? Você já quis um dia.

– Imagino que você quer dizer até eu conhecer a Julia. O amor transforma um homem.

Edward rosnou baixo.

– O amor te transformou num palerma.

– Mas um palerma feliz. Ela está grávida de novo. Estou rezando para que não perca o bebê dessa vez. Pensei que iria perder Julia também da última vez.

Então talvez fosse isso que o tinha tornado cauteloso. Ele receava desagradar os deuses. Ao longo de dois anos, a esposa do irmão já tinha perdido três bebês.

– Eu só queria que nós fôssemos juntos para algum lugar, que vivêssemos alguma aventura. Como nos velhos tempos.

– Nós não somos mais crianças, Edward. Temos de crescer.

– Fale por si mesmo!

– Acho que é isso que estou fazendo. – Afirmou Grey.

– Estou com vontade de socar você! – Retorquiu Edward.

Grey sorriu.

– Você tem as maneiras mais estranhas de demonstrar que me ama.

Edward fez uma careta, mas não contestou a afirmação. Ele amava o irmão mais do que já tinha amado qualquer pessoa. Aos 7 anos, ele poderia ter deixado de existir se não tivesse Albert para abraçá-lo quando recebeu a notícia de que seus pais estavam mortos, se tivesse ficado completamente sozinho. Ele não conseguia nem imaginar como tinha sido para Ashe, sem irmãos para dividir a tristeza e a dor.

– A propósito – Grey disse –, não vi Locksley desde que vocês voltaram. Ele continua em Londres?

Edward meneou a cabeça.

– Foi visitar o pai.

– A coisa não está boa lá. Você lembra de quando o marquês cavalgou dentro de casa?

Edward riu com a lembrança.

– Até a maldita escada bem no meio da noite, perseguindo o fantasma da esposa. Loucura total. Quando fomos embora de Havisham, demorei muito para me acostumar com o tique-taque dos relógios.

O louco Marquês de Marsden tinha parado todos os relógios da residência para que marcassem o momento exato da morte de sua mulher, como se todo o resto também tivesse parado naquele instante.

– Não consegui na época, mas hoje eu entendo a profundidade da tristeza dele. – Grey disse. – Acredito que eu também ficaria louco se perdesse a Julia. Eu sei que vocês dois não se dão bem, mas ela é uma mulher incrível.

– Incrível para acabar com a diversão. Vou aceitar sua palavra quanto a isso. – Edward resmungou.

– Você precisa conhecê-la melhor.

– Isso ficou difícil depois que ela me expulsou.

– Ela teve a minha bênção. Você é um bêbado intolerável.

– Você não teria essa impressão se também bebesse um pouco. – Edward contestou. – É falta de educação não me acompanhar em um ou dois copos.

– É mais do que isso e você sabe muito bem. Além do que, eu tenho que tomar conta das propriedades. Não posso me divertir do mesmo modo que você. – Grey esfregou a orelha direita. – Ela quer que eu diminua sua mesada.

– Faça isso se for para preservar a harmonia do seu casamento. Não me dê mais nada.

– Não fale absurdos. Não vou fazer isso. Este não é o lugar nem o momento para discutirmos. Eu não deveria ter tocado no assunto.

Edward não gostava quando se desentendia com o irmão. Talvez ele devesse beber menos, mas havia um vazio escuro dentro dele que precisava ser preenchido e ele não sabia como. Ainda assim, admitiu:

– Fico feliz que você a tenha, que a ame.

– Eu amo. Muito. Ela me faz bem.

Mas fazia mal a Edward. Talvez ele não deveria ter roubado um beijo dela fingindo ser Albert. Tinha sido uma brincadeira inofensiva, mas Julia ficou tão ofendida que alguém poderia até pensar que ele tinha levantado a saia dela e visto seus tornozelos. A única coisa boa nela, no que dizia respeito a Edward, era que – até onde ele sabia – ela não tinha contado o incidente para o marido.

– Cavalheiros – Ashe anunciou ao se juntar a eles –, Lady Greyling está começando a levar as pessoas até a porta, então vou dar um pulo no Dragons. Alguém vem comigo?

– Com certeza! – Edward respondeu, rápido.

– Eu não. – Grey disse.

– Grande surpresa. – Edward retrucou.

– Um dia você vai se casar e vai dar valor ao tempo que passar a sós com sua mulher.

– Eu não sou o conde. Não preciso providenciar um herdeiro. Não vejo motivo para tomar uma medida tão drástica como me casar.

– Amor é motivo suficiente. Não concorda, Ashe?

– Eu considero o amor uma coisa muito volúvel. Eu amo uma mulher até não estar mais com ela. Ainda tenho que conhecer uma que me atraia o bastante para não querer ir embora.

– Não vou desistir de nenhum de vocês! – Atalhou Grey. – Um dia vocês dois vão encontrar mulheres que vão mudar suas vidas.

Capítulo 7

Minerva não sabia dizer por que decidiu ir ao Twin Dragons naquela noite. Talvez porque estivesse pensando voltar ao Nightingale, mas receava encontrar Ashebury lá e assim confirmar as suspeitas dele. Malditas observações astuciosas as dele. Depois de ver as fotografias, ela entendeu que ele seria a pior escolha possível para amante de uma única noite. Ele estudava, examinava e se concentrava com muita intensidade nos objetos e chegou perto demais dela. Só que, depois de ver as fotografias, ela se arrependeu de ter fugido dele na noite anterior. Ele tinha tentado explicar o que pretendia, mas até Minerva ver as provas da habilidade dele, não tinha conseguido compreender de fato o nível do talento de Ashe. Ela se imaginava deitada na cama com sombras e luz brincando sobre seu corpo enquanto ele, olhando através da lente, esperava a imagem perfeita para capturar. Estudando-a com intensidade...

Só de pensar no olhar azul dele focado em seu corpo, Minerva sentiu uma onda de calor percorrer seu corpo.

Só que se ela tivesse ido ao Nightingale, não o teria encontrado, não teria tido a oportunidade de ser fotografada, porque ele estava ali, no Dragons. Embora preferisse jogos de carta privados, com apostas maiores, depois de ver Ashebury, Minerva escolheu uma mesa que não estava cheia, na esperança de que ele se juntasse a ela. Mas Ashe parecia preferir a roleta.

Minerva achava esse jogo entediante, pois não exigia nenhuma habilidade nem a colocava contra um adversário. Ela gostava de jogos que envolvessem mais do que sorte. Talvez isso, mais que qualquer outro fator, tivesse feito com que se decidisse a ir ao Nightingale na outra noite. Ir até lá tinha lhe proporcionado certa excitação, apreensão frente ao desconhecido e exigido um pouco de talento para não ser descoberta.

Mas ele estava ali e ela era uma tola de continuar na área pública de jogos, arriscando-se à possibilidade de que ele percebesse que ela era Lady V. Ashebury poderia chantageá-la, ameaçar destruir sua reputação se ela não posasse para ele, se não fizesse tudo que exigisse.

Como se Minerva fosse dar tanto controle sobre sua vida a qualquer homem. Ela simplesmente bufaria...

– Perdão? – Lorde Langdon interveio.

Meu Deus, ela tinha bufado alto? Minerva sorriu para os cavalheiros ao redor da mesa.

– As cartas não estão sendo boas comigo esta noite. Acho que vou tentar a roleta.

– Você abomina a roleta. – Langdon disse, demonstrando a desvantagem de se fazer coisas com amigos de infância. Eles sabem demais.

– Estou com vontade de fazer algo diferente. – Algo diferente, muito mais desafiador; um jogo totalmente incomum, que não tinha nada a ver com cartas, dados ou bolinhas rodando. Um que dependia da sua inteligência. Ashebury poderia ter desconfiado de que ela fosse Lady V, mas Minerva tinha conseguido despistá-lo. Que mal havia em se colocar de novo no caminho dele, ainda mais quando ele a intrigava tanto? – Se os cavalheiros me derem licença.

Deixando suas cartas – duas rainhas e dois dez, que ela tinha 98% de certeza de que bateriam todas as outras mãos na mesa, mesmo depois que os cavalheiros trocassem suas cartas –, Minerva chamou um rapaz de uniforme para recolher o que restava de suas fichas. Ele as trocaria por um cheque enquanto ela se aproximava da roleta onde Ashebury estava, parecendo muito entediado, embora Lady Hyacinth estivesse jogada sobre ele.

Ela não tinha reparado na mulher antes, mas agora Minerva repensava sua trajetória e estava prestes a passar reto por ele quando o olhar de Ashebury recaiu sobre ela e de repente ele não parecia mais se sentir entediado. Os olhos azuis se aqueceram de interesse. Ou seria apenas a vontade dela querendo que fosse assim?

Minerva deu a volta na mesa até ficar de frente para Ashebury. Depois de cumprimentá-lo com um leve aceno, ela tirou dinheiro da bolsa e trocou por fichas. Sem hesitar, colocou metade das fichas no 25 preto e esperou que os outros também apostassem suas fichas. Esperou até o crupiê sinalizar o fim das apostas e, com um movimento rápido do punho, fazer a roleta girar e soltar a bola, que saltou, correu, até parar...

Durante todo o tempo, o olhar de Ashebury permaneceu cravado nela, que só tinha esperança de que ele não estivesse a imaginando com uma máscara branca enfeitada de penas e lantejoulas. Talvez fosse tolice lhe dar outra oportunidade de observá-la. Ela não era tão vaidosa a ponto de pensar que era interessante o bastante para conseguir manter o interesse dele por tanto tempo, embora nutrisse essa fantasia.

– Vinte e cinco preto. – O crupiê anunciou.

As outras pessoas na mesa resmungaram. Ashebury apertou os olhos.

– Estou parado aqui há duas horas e não acertei nenhuma vez.

– Eu tenho uma sorte extraordinária nos jogos. – Minerva disse, o mais humilde possível.

– Mas não com homens. – Lady Hyacinth observou em tom bastante depreciativo.

Os homens ao redor da mesa ficaram tensos. Um dos aspectos que Drake Darling não considerou ao abrir as portas de seu estabelecimento para mulheres era que às vezes as mais ferinas mostravam as garras de forma um tanto imprópria.

– Não. – Minerva concordou. – Não com os homens. Então acho que eu faço bem em não me jogar em cima deles como se eu fosse uma peça de roupa.

Lady Hyacinth piscou várias vezes, abriu a boca, depois fechou, como se tivesse dificuldade para decifrar o que tinha escutado, mas desconfiando que se tratava de um insulto.

– Acredito que suas palavras foram uma afronta ao meu caráter. – Ela disse, afinal.

– Foi só uma observação. Ainda assim, você gostaria de resolver isso na sala de boxe?

– Oh, eu pagaria para ver isso! – Edward Alcott disse, abrindo um grande sorriso.

– Aposto todo meu dinheiro na Srta. Dodger! – Ashebury anunciou.

Inspirando profundamente, Lady Hyacinth afastou-se dele com um empurrão, então fuzilou Minerva com o olhar.

– Ladies não resolvem seus problemas no ringue de boxe. Você deveria ter nascido para usar calças.

Aquela era uma tentativa de ofensa? Minerva deveria parar de provocá-la.

– Quem disse que não posso usar calças? Tenho duas pernas. As calças também. Parece-me que daria certo. Talvez eu experimente. Depois eu te conto.

– Não é de espantar que você seja uma solteirona, que nenhum homem queira casar com você.

Enquanto Minerva ponderava se havia alguma vantagem em dizer que, na verdade, alguns cavalheiros tinham lhe proposto casamento, um homem grande se aproximou e envolveu o braço de Lady Hyacinth com uma manzorra.

– Milady, sua carruagem está esperando.

– Eu não mandei chamar minha carruagem.

– Mas ela está à espera.

– Está tudo bem, Greenaway. – Minerva interveio, dirigindo-se ao guardião da paz. – Este jogo já me cansou.

Ela fez um sinal para o rapaz que recolheu suas fichas na mesa de carteado. Ele correu até ela, entregou-lhe o cheque que havia trocado antes e começou a colocar as fichas da roleta em um recipiente. Inclinando-se, Minerva sussurrou para ele:

– É tudo seu.

– Obrigado, Srta. Dodger. – Ele agradeceu com os olhos arregalados.

Endireitando-se, ela sorriu para as pessoas à volta da mesa.

– Cavalheiros. Lady. Espero que sua sorte melhore.

Após se afastar alguns passos da mesa, Minerva baixou a guarda e sentiu as farpas de Lady Hyacinth penetrando fundo. Apesar das propostas de casamento que recebeu, ela sabia que os homens não a queriam. Eles estavam interessados no dinheiro dela. A maioria foi cortês. Alguns fingiram interesse. Outros foram francos. Ela preferia os francos, gostava de saber a verdade da situação e isso tornava a recusa muito mais fácil, pois não precisava se preocupar em ofender alguém ou ferir seus sentimentos.

Mas os sentimentos dela estavam feridos no momento. Ashebury tinha demonstrado interesse na noite passada, mas não sabia quem ela era. Ela foi misteriosa, provocante, interessante. Ele parecia estar disposto a apostar nela nessa noite e, embora o primeiro pensamento dela foi que ele faria isso para apoiá-la, o segundo pensamento destruiu o primeiro. Ashe apostaria sabendo que as probabilidades o favoreciam, pois a desinteressante Srta. Dodger devia ter um bom soco de direita. Na verdade, era de esquerda. Uma vez ela acabou com o seu irmão mais novo. Seu pai era um plebeu, ex-dono de cassino, e Minerva conhecia os percalços dessa vida do mesmo modo que conhecia a palma de sua mão.

– Por acaso você está indo para o salão de baile? – Uma voz familiar perguntou às costas dela.

Parando de repente, ela reergueu suas defesas antes de encarar Ashebury.

– Vossa Graça, ainda não decidi qual jogo de azar vou tentar, mas nem mesmo pensei em ir para o salão de baile.

– Eu gostaria que fosse e, uma vez lá, esperava que me concedesse a honra de uma dança.

Se ele a tocasse com uma pena, Minerva cairia.

– Depois do espetáculo que eu dei? Não preciso da sua piedade.

– Não é piedade, mas admiração. Ela bebeu demais, e já não era muito afiada para começar. Você, por outro lado, é afiada como um florete e poderia tê-la cortada em tiras. Mas não o fez.

Meu Deus, que tipo de mulher rancorosa ele seduzia? Mas Minerva se sentiu lisonjeada por ele ter reparado em sua inteligência. A esperteza dela intimidava a maioria dos homens, mas Ashebury não fazia parte da maioria dos homens.

– Não se ganha nada infligindo esse tipo de dor. Estava abaixo de mim até mesmo provocá-la.

– Arrisco dizer que era ela quem estava lhe provocando.

– Seja como for, ela acabou de ser apresentada à rainha. É jovem. Eu sou experiente. Teria feito melhor em manter minha boca fechada.

– Fico feliz que não tenha mantido. Acredito que todos os cavalheiros à mesa da roleta agora estão imaginando mulheres de calças. – Ele deu uma longa olhada nas saias dela, o que fez a boca de Minerva secar. Ashebury lhe dava a sensação de que tinha a habilidade de enxergar por baixo do tecido e saber exatamente como eram as pernas dela. Não só os pés e tornozelos, mas as pernas inteiras, até os quadris. – Você já usou?

Ela não deveria confessar, mas, no que dizia respeito a Ashe, Minerva se via agindo como não deveria.

– Na propriedade do meu meio-irmão. – Ela admitiu.

Ele franziu a testa.

– O Duque de Lovingdon?

– Que surpresa. Você conhece a árvore da nossa família, que é um pouco confusa, admito.

– Você pode me explicar tudo enquanto dançamos.

As palmas das mãos dela, que nunca ficavam úmidas, de repente ficaram. A ideia de rodopiar com aquele homem lhe trouxe pensamentos de fazer outras coisas com ele, coisas que poderia ter feito se não tivesse fugido na noite anterior.

– Creio que posso acabar parando no salão de baile.

– Permita-me acompanhá-la.

Como na noite anterior, Ashe lhe ofereceu o braço, que ela percebeu que continuava firme e musculoso. E só então ela pensou em Ashe abrindo caminho pela selva e enfrentando um leão.

– Qual ombro?

Ashebury desviou o olhar para Minerva e, embora fosse bem mais alto que ela, conseguiu não olhar para baixo. Ele a fez se sentir delicada quando era, provavelmente, a mulher menos delicada de Londres. De qualquer modo, Minerva gostava da sensação que ele lhe provocava, algo que nenhum outro homem tinha despertado.

– Perdão? – Ele perguntou.

– O leão. Em que ombro ele cravou os dentes?

– Ah. O esquerdo. Ele mais arranhou do que cravou. Edward tem um gosto pelo drama. Isso o torna instigante e irritante, dependendo do seu humor no momento em que ele está se exibindo.

– Mas ele é seu amigo.

Ele abriu um sorriso autodepreciativo.

– A tragédia proporciona relacionamentos estranhos.

Assim como o celibato, mas ela guardou essa observação para si.

– A mesa de roleta é viciada? – Ele perguntou.

– Perdão?

– Como eu disse antes, passei duas horas jogando meu dinheiro. Você aparece na mesa, faz uma aposta e vence. Parece um pouco suspeito, considerando sua associação com este lugar.

Eles entraram no salão de baile que tinha paredes espelhadas. Minerva sempre achou que aquele era um desperdício de espaço, pois poucas pessoas frequentavam o lugar, que não trazia dinheiro para a casa. Ela herdou o tino para negócios do pai e a tendência de analisar cada situação – cada cavalheiro que demonstrava interesse. Ela não aceitava nada de imediato, muito menos flerte e elogios.

– Não sei como eles fariam para viciar a roleta. Além disso, não faz sentido que me deixem ganhar de propósito, já que este lugar não é mais do meu pai.

– Sentimentalismo, talvez?

– Não. Drake Darling tem um tino para negócios que não permitiria isso. Esse foi o motivo pelo qual meu pai lhe vendeu o cassino. Papai confiava nele, sabia que Drake manteria o lugar rentável. Além disso, os funcionários me conhecem bem o bastante para saber que eu não ficaria feliz se eles roubassem para eu ganhar. Eu gosto de um bom desafio. Não há razão para se jogar se as coisas estão tendenciadas a seu favor.

Após dizer isso, ocorreu-lhe que talvez fosse por esse motivo que ela tinha desistido de mais uma Temporada. Com um dote como o dela, as chances de encontrar um marido estavam viciadas a seu favor. Mas não era um marido que Minerva queria. Ela queria um homem que a amasse.

– Você jogou de uma forma tão confiante. – Ashe disse. – Não hesitou ao fazer sua aposta.

– Na roleta, eu confio no meu instinto; não paro para pensar onde colocar minhas fichas. É pura sorte.

– Você joga de igual para igual com os homens, sem bancar a menininha nem pedir conselhos.

– Eu fui praticamente criada aqui dentro. Seria muita falta de sinceridade se eu fingisse que não sei como funcionam esses jogos ou minha própria cabeça. Eu acredito que as pessoas devem assumir a responsabilidade de seus próprios atos. Eu teria aceitado a derrota com elegância.

– Mas é sempre mais divertido vencer. Ah, está começando uma música. Vamos dançar?

Minerva mal tinha concordado e Ashebury a puxou para a pista de dança, segurando-a escandalosamente perto, desafiando-a a protestar com o olhar intenso. Eles estavam em um lugar de vícios e pecado, ela não seria hipócrita a respeito daquilo. Além do mais, Minerva gostava de ficar assim perto dele, inspirando o aroma de sândalo misturado ao de *scotch*.

– Nunca o vi nas mesas de carteado, Vossa Graça.

– Cartas dão muito trabalho. Você tem que pensar com muita concentração, tentar o tempo todo ser mais esperto que os outros. Eu gosto da roleta porque é um jogo simples que me dá a liberdade de me concentrar em coisas mais *interessantes*.

Ashe não desviou a atenção dela nem por um minuto e Minerva estava tentada a acreditar que ele a considerava interessante.

– Como Lady Hyacinth?

– Não. Como você.

A Srta. Minerva Dodger pairava na periferia do mundo de Ashe há algum tempo, mas só quando Lady Hyacinth se referiu a ela como solteirona que ele se deu conta de que fazia tempo que ela estava ali. Ela via a si mesma como experiente, e uma mulher experiente sem perspectiva de casamento poderia muito bem se decidir a visitar o Clube Nightingale.

Se ele lhe perguntasse diretamente, ela negaria. Ashe tinha certeza disso. Ele também tinha quase certeza de que ela *era* Lady V.

O salão de baile não era tão bem iluminado quanto a casa de Lady Greyling, e as chamas tremeluzentes dos lustres realçavam o cabelo da Srta. Dodger de um modo que o fazia parecer muito semelhante ao de Lady V. Com Minerva em seus braços, Ashe conseguiu avaliar melhor o corpo dela. Embora, *maldição*, agora ele desejava vê-la usando aquelas calças a que ela tinha se referido na mesa de roleta. Então não restaria dúvida. Se bem que a dúvida que restava era minúscula. Mais uma vez, a fragrância de verbena o alcançou.

Ashe se perguntou se existiria a maldita chance de ela voltar ao Nightingale, se ela deixaria que outro homem a levasse para um quarto...

Ashe ficou tenso ao pensar nisso e teve que controlar o próprio corpo para não reagir e agarrá-la bem junto de si. Ele seria capaz de cometer um assassinato se outro homem a tocasse. Ele não sabia dizer se já tinha conhecido outra mulher tão ousada, forte e convicta. Minerva não recuava. Bem que ele gostaria de tê-la visto no ringue de boxe.

– Você teria se saído bem lá embaixo, não?

– No ringue de boxe? Muito bem. Meu pai não me criou inocente. Ele me ensinou desde cedo a me defender. A como dar um soco da maneira mais eficaz. Ele me deixava praticar com meus irmãos. Nunca tive que lidar com as provocações típicas que alguns irmãos fazem. Ele tem medo de mim. Até hoje.

Uma mulher com esse talento não teria medo de ir ao Nightingale. E Lady V tinha deixado claro que preferiria matá-lo a deixar que seu pai o fizesse, caso Ashe se comportasse mal. Ela era uma guerreira, precisava ser levada a sério, notada. Mas parecia que muitos homens a ignoraram. Ele, por exemplo.

– Estou imaginando uma fotografia de você no ringue, com os punhos levantados, a pele brilhando de suor.

– Eu não seria tão grosseira a ponto de suar. Eu poderia estar levemente coberta de orvalho.

– Melhor ainda. Cabelo desalinhado, alguns fios de pé. Seus fios têm um toque de ruivo?

– Depende da luz. Acho que é o único traço que puxei da minha mãe. O resto de mim, receio, veio do meu pai, o que me torna uma mulher de aparência simpática... De acordo com um cavalheiro que queria me conquistar. Não considerei a expressão muito lisonjeira, talvez porque suspeitei que o tom de voz dele indicava que não era sincero. Ele gostava tanto de mim que pedia a Deus que fosse clemente com a aparência dos nossos filhos. E agora não sei por que lhe contei isso.

– Esse sujeito deve ser um imbecil.

O sorriso dela transformou seu rosto em algo extraordinário. Ashe quis capturá-lo em sombra e luz.

– Tenho que concordar que ele era. Posso ter as feições comuns, mas não sou horripilante.

– Você não é comum.

– É gentileza sua dizer isso.

Então ela não acreditou em suas palavras. Ele achou aquilo interessante.

– Se você estava falando de ter filhos com o imbecil, então suponho que a proposta dele era séria.

– Era sim. Contudo, quando recusei o pedido de casamento, ele me alertou de que eu passaria o resto da vida como solteirona. Eu respondi que preferia ser uma solteirona a ser esposa dele. É óbvio que eu não domino a arte refinada do flerte.

Talvez não, mas Ashe estava ficando fascinado por ela. Ele gostava do fato de Minerva não ter artifícios. Ela era honesta de um modo que ele acreditava ainda não percebido em outra mulher. Isso era revigorante. Desafiador. Ele não sabia o que esperar dela.

– Você não parece velha o bastante para ser chamada de solteirona.

– Bem, eu sou. Duvido que eu vá a muitos bailes nesta Temporada.

– Então fico feliz por ter a oportunidade de dançar com você esta noite.

– Imagino que Lady Hyacinth tenha ficado triste por ter sido deixada.

– O irmão dela apareceu dois segundos depois que você saiu e a levou embora. – Assim que terminou de falar, Ashe percebeu que fora ofensivo com Minerva, e notou o brilho de decepção em seus olhos quando ela olhou para a orquestra no balcão. – Mas eu a teria deixado de qualquer modo. – Ele acrescentou rapidamente, atraindo novamente a atenção dela. – Não suporto os jovens. Talvez porque eu tenha crescido tão depressa.

– Eu sei que faz muitos anos, mas sinto muito que tenha perdido seus pais. Não consigo imaginar o que vou sofrer quando os meus se forem.

– Eu ainda sinto falta deles. É estranho que eu tenha passado a vida toda sem eles, com exceção dos meus primeiros oito anos. Existem alguns aspectos dos meus pais de que mal me recordo, mas outros são tão vívidos que parece que estive com os dois ontem. Mas não me entristece falar deles, então não precisa se preocupar com isso.

– É verdade o que dizem a respeito do marquês?

– Que ficou louco?

Minerva fez que sim.

– Totalmente – Ashe confirmou.

Ele disse aquilo com tanta simplicidade. Sem preconceito, medo ou reprovação.

– Deve ter sido incrivelmente difícil.

– Nem tanto. Ele não era mau. Nós nem sempre recebíamos atenção dele, mas tínhamos uns aos outros, então não nos importávamos. Acho que ele desabou quando a mulher morreu.

– Ele a amava tanto assim? – Minerva declarou com espanto, embora suspeitasse que qualquer um de seus pais pudesse reagir da mesma forma quando o outro morresse. Ela não queria pensar nisso.

– Eu acredito que sim. – Ashebury concordou.

– Isso te fez querer encontrar um amor como o deles?

– Pelo contrário, só me deixou determinado a evitar o amor.

Então por que ele a segurava assim tão perto, enquanto deslizava à vontade pelo salão? Desejo, talvez. Ela quase riu alto. Quando algum homem sentiu desejo por ela?

Na noite passada, talvez, pelo menos um pouco. O beijo dele tinha sugerido um bocadinho de desejo.

Ashebury baixou o olhar para os lábios dela, e eles formigaram como se tivessem o poder de relembrar a pressão dos lábios dele nos dela, a língua sedosa delineando seu contorno. Ele tinha uma boca tão linda. Larga e carnuda, feita para o pecado, habilidosa o bastante para fazer uma mulher perder a cabeça. Minerva suspeitava que um grande número tivesse perdido. Ela quase pôde ser incluída no grupo.

Um pouco alarmada, ela percebeu que os olhos dele tinham baixado um pouco mais e pareciam estudar seu maxilar. Ele era um homem que apreciava linhas fortes e sólidas. Será que reconheceria as dela? Que terrível se seu queixo quadrado a entregasse.

Mas então os olhos dele procuraram os dela e Ashe não pareceu ter descoberto nada, embora ela pudesse jurar que ele tinha a mesma expressão de desejo que o leão. Que ideia fantasiosa.

A música terminou e veio o silêncio. Eles pararam de dançar, mas Ashe não a soltou.

– Mal posso acreditar que eu nunca tinha conversado de verdade com você até hoje. – Ele disse.

– Nunca faltaram mulheres para adorá-lo.

– Você não é de adorar, é, Srta. Dodger?

– Ainda não conheci homem que merecesse ser adorado. – Ela soltou um risinho. – Talvez por esse motivo eu sou uma solteirona.

– Ou talvez os homens é que sejam idiotas.

– Nem precisa dizer isso, não é?

Ele riu baixo.

– Eu deveria me sentir ofendido.

– Mas não se sente.

– Não. – Ashe deslizou delicadamente o dedo pelo maxilar de Minerva, que amaldiçoou com todas as suas forças aquela luva que separava a pele dele do rosto dela.

Oh, que boba ela era de se deixar atrair por Ashebury com a mesma facilidade que qualquer outra mulher de Londres. Ela pigarreou.

– Obrigada pela dança, mas agora preciso ir embora. Esta foi uma noite bem longa.

– Você vai estar aqui amanhã?

O coração dela acelerou com a pergunta, com a possibilidade de interesse dele.

– Não, tenho de ir a outro lugar.

– Se você não evitar os bailes desta Temporada, talvez possamos dançar de novo.

– Talvez. Boa noite, Vossa Graça.

Levando a mão de Minerva aos lábios, ele sustentou o olhar dela.

– Boa noite, Srta. Dodger.

Então, enquanto seus joelhos ainda tinham força para sustentá-la, Minerva se afastou com o máximo de calma possível, mas o tempo todo só conseguia se imaginar deitada em uma cama sendo fotografada por ele.

Depois que a Srta. Dodger saiu, o encanto do Twin Dragons diminuiu drasticamente. Ashe vagou sem rumo pelo salão de jogos por quase meia hora antes de ir até o salão dos cavalheiros e se ajeitar em uma poltrona junto à lareira. Ele estava ali há menos de um minuto quando Thomas lhe trouxe dois dedos de *scotch*. Ashe não sabia o nome do criado, mas naquela sala todos atendiam pelo nome de Thomas, o que evitava que os associados precisassem decorar os nomes. A bebida favorita de cada associado também era conhecida, sem dúvida anotada pelo chefe dos criados. Tomando um gole demorado daquela bebida de ótima qualidade, Ashe permitiu que seus pensamentos voltassem à Srta. Dodger.

O perfume de verbena ainda o envolvia. Se ela não fosse Lady V, ele comeria seu chapéu na Trafalgar Square. Ele conhecia os contornos dela, tinha envolvido seu tornozelo delicado com os dedos, ainda podia sentir a pressão do pezinho dela em sua coxa. No entanto, não foi o que ele conheceu dela na noite anterior que o deixou tão deslumbrado. Foi o que ele conheceu *nessa* noite.

Dançar com Minerva teve seus encantos. Conversar com ela teve ainda mais. Ashe se viu atraído por aquela mulher de um modo que nunca tinha sido atraído por outras.

– A Srta. Minerva Dodger tem uma das bocas menos atraentes de Londres!

Aquela declaração um tanto arrastada foi recebida com murmúrios de concordância. Ashe virou lentamente a cabeça para um grupo de poltronas ocupadas por vários cavalheiros que, baseado no rubor dos rostos que ele conseguia ver, já tinham tomado vários copos. Boca menos atraente? Ele não sabia se já tinha visto uma *mais* atraente. Os lábios perfeitos, em forma de arco, eram carnudos e cheios. Ashe os visualizou como estavam na noite anterior, delineados pela maldita máscara, lembrou-se do modo como o receberam quando ele encostou sua boca neles, a maneira com que se entreabriram em um suspiro...

– Eu lhe disse que ela não aceitaria sua proposta, Sheridan. – Lorde Tottenham disse. – Agora pague a aposta.

– Maldição, Tottenham. Eu vou pagar. Droga de mulher que gosta de vomitar suas opiniões insolentes.

Então não era o formato daqueles lábios suculentos que Sheridan considerava desagradável, mas as palavras que deles saíam. Ashe também não podia concordar com ele nesse ponto, pois não conseguia pensar em uma mulher que mantivesse uma conversa mais interessante. Ele se lembrou de sua opinião resoluta de que os chimpanzés estavam apaixonados. Apesar de ser tão pragmática, Minerva também possuía delicadeza, pequenos arroubos de fantasia.

– Você acredita que a garota teve a audácia de me dizer que não combinamos? – Sheridan perguntou.

Ashe quase gritou, "Ponto para ela!". Ele não conseguia enxergá-la com aquele bode arrogante. Os dois seriam infelizes. Então imaginou Sheridan indo para a cama com ela e teve que colocar o copo de lado antes de quebrar o vidro diante da imagem repugnante que fez todo seu corpo se retesar.

O criado apareceu de repente ao seu lado e lhe serviu mais uma dose. Quando o jovem se afastou, Ashe o chamou em voz baixa.

– Thomas?

Quando o rapaz olhou, Ashe bateu o dedo no copo. Thomas serviu mais. Ashe bateu de novo.

– Até em cima, garoto.

– Ela poderia ter sido uma condessa, o que é muito mais do que ela merece tendo o pai que tem.

Um silêncio arrasador recebeu aquela observação. Quem quer desfrutar de uma vida longa e saudável não deve falar mal de Jack Dodger, ainda mais dentro do cassino do qual ele foi dono. Sheridan não era inteligente o suficiente para a Srta. Dodger. Ashe sentiu o respeito que nutria por ela crescer ainda mais. Muitas mulheres só se importavam com o título. Parecia que a Srta. Dodger queria algo mais.

– Não importa quem é o pai dela! – Sheridan murmurou, quebrando o silêncio. – Ela não tem nenhuma pitada de docilidade no corpo. Jamais vai conseguir alguém que a queira. Ela está praticamente juntando teias de aranhas. Deveria estar implorando pela minha atenção, a fedelha.

– Não leve para o lado pessoal. – Interveio o Lorde Whittaker. – Ela recusou seu dote a todos nós. Ela quer amor.

– E não vai conseguir isso, vai? Aquela megera! Por que algum homem iria querer carregar o fardo que é uma mulher que dá sua opinião sobre tudo, em vez de concordar com o marido? Isso é muito irritante.

– Nisso você está certo. – Tottenham concordou. – Quando eu a visitei, ela ousou discordar de todas as opiniões que eu emiti. O negócio é casar com ela, fazer um herdeiro e mandá-la para o interior. É o que eu digo. Esse é o único modo que um cavalheiro vai conseguir paz se a tomar como esposa.

Ashe se levantou...

– Nunca conheci uma coisinha mais desagradável! – Sheridan exclamou.

...pegou seu copo na mesa...

– Vai ser bem feito que fique solteirona para sempre.

...deu cinco passos longos para alcançar os homens reunidos.

– Dane-se o dote dela!

– É um dote impressionante. – Comentou Whitaker.

– Ela, por outro lado, não é nem um pouco impressionante. – Sheridan insistiu. – Não é bonita. E como eu disse, quando ela abre aquela boca...

Ashe virou seu copo cheio de *scotch* na cara feia de Sheridan. O homem se levantou da poltrona furioso e cuspindo uísque.

– Que diabos, Ashebury?

– Perdão, meu lorde. Acho que eu tropecei. – Um criado retirou discretamente o copo dos dedos crispados de Ashe. – Se você falar mais alguma coisa ruim a respeito da Srta. Dodger, receio que me verá tropeçando de novo, só que dessa vez vou derramar meu punho.

– Por que diabos você se importa? Aquela sirigaita...

E lá foi o punho. Direto no queixo de Sheridan. A cabeça do homem foi lançada para trás e ele cambaleou até finalmente cair no chão. Dando um passo à frente, Ashe se inclinou sobre ele.

– Aquela *lady*.

Massageando o queixo, Sheridan fuzilou Ashe com o olhar.

– Ela não é uma lady. O pai dela não tem título.

– Seja como for, ela se comporta como uma lady, enquanto você não pode dizer que sabe se comportar como um cavalheiro. Pelo contrário, está agindo como uma lavadeira fofoqueira. Mostre um pouco de dignidade, homem, e guarde seus fracassos para si mesmo.

Ashe se virou e saiu da sala. Ele não sabia dizer por que reagiu com tamanha intensidade. Mas se Lady V fosse de fato a Srta. Dodger, ele começava a entender os motivos dela para visitar o Nightingale, ainda mais se ela tinha que lidar com aqueles idiotas pomposos. Talvez Ashe tenha ficado furioso porque sentiu que Sheridan estaria insultando a *sua* própria opinião.

Enquanto dançava com a Srta. Dodger, ele quase a puxou para as sombras e lhe deu um beijo, mas não teve certeza de que teria forças para se contentar só com isso. Por outro lado, se estivesse certo quanto à identidade dela, talvez a Srta. Dodger não quisesse que ele parasse. Ela poderia ter gostado que ele fosse em frente, poderia até ir à casa dele.

Que grande aventureiro ele era, que nem a convidou. Mas seu instinto lhe disse que a situação não teria transcorrido do modo que ele fantasiava. Era cedo demais. Minerva não estava pronta para ir adiante.

Com um pouco de convencimento, talvez ela fosse. E ele que tinha jurado que só teria uma virgem em sua vida – a mulher com quem se casasse –, agora pensava que talvez tivesse sido um pouco precipitado ao fazer aquela promessa.

Capítulo 8

– Você está calada esta manhã.

Baixando o jornal, Minerva olhou para o pai sentado perto dela e segurando seu próprio jornal. Desde o momento em que seus filhos aprenderam a ler, ele fez questão de que o mordomo sempre deixasse um exemplar do *Times* para cada um deles em seus lugares à mesa, para que o jornal estivesse à disposição quando descessem para tomar o café da manhã. Eles precisavam saber o que estava acontecendo no mundo. Para não falar só sobre o tempo ou a última moda. Ao contrário, era esperado que eles soubessem discutir tudo o que tivesse impacto nos negócios, na economia e no país. Isso exigia o máximo de informação. Ele podia ter conquistado o lado mais sombrio de Londres, mas estava determinado a que seus filhos prosperassem e tivessem sucesso longe disso.

– Estou lendo o jornal. – Minerva respondeu. A regra fundamental dele era não conversar enquanto se lia.

– Não está, não.

Nada lhe escapava. Esse era o motivo pelo qual Jack Dodger tinha sobrevivido às ruas, construído um negócio bem-sucedido e fosse, segundo boatos, o homem mais rico de toda a Inglaterra. Não que ele fosse confirmar ou negar as especulações. O pai dela também era um homem que gostava de segredos, tinha muitos e era excelente para guardá-los.

Agora Minerva também tinha um segredo que, possivelmente, rivalizava em indecência com os do pai. Oh, Minerva tinha outros, como roubar charutos e bebida dele. Falar palavrões... mas nunca na frente dos pais. Mas esses segredos pareciam tolos e infantis se comparados ao último, o que a mantinha acordada boa parte da noite pensando em Ashebury, imaginando o que aconteceria se ela ousasse aparecer de novo no Nightingale. Se ela encontrasse Ashebury lá de novo, não poderia recuar uma segunda vez. Seu orgulho, acima de tudo, não permitiria isso.

Ela ouviu o som de papel sendo dobrado quando o pai colocou o jornal de lado.

– Então, o que está te preocupando?

A famosa determinação férrea, que tinha resultado em suas conquistas, raramente permitia que os filhos escapassem ao seu escrutínio quando Jack Dodger suspeitava que estavam escondendo algo. Embora fosse uma qualidade admirável, Minerva não gostava muito disso quando ela era o alvo. Ainda assim, sabia que seu pai não desistiria até conseguir uma resposta.

– Eu acho que está na hora de admitir que não sou o tipo de mulher com que os homens se casam.

Com o olhar firme sobre ela, ele permaneceu imóvel e em silêncio por um instante.

– Eu devo aumentar o seu dote?

Ela riu baixo.

– Meu Deus! Não, papai! Meu dote já é grande o bastante para atrair caçadores de fortuna do outro lado do oceano. Tem mais a ver comigo. Não sou o tipo de mulher por quem os homens se apaixonam. Eles não me acham muito dócil.

– Se não a admiram, que se danem. Não mude por nenhum deles.

Jack Dodger defenderia seus filhos até a morte. Minerva o amava por isso.

– Eu não planejo mudar. Mas veja este exemplo: noite passada, no Dragons, eu desafiei Lady Hyacinth para uma luta no ringue de boxe.

Ele arqueou as sobrancelhas espessas e fez um movimento de aprovação com a cabeça.

– Você atrairia uma multidão. Quanto iria cobrar pela entrada na sala?

Se fosse qualquer outro homem, ela pensaria que estava debochando dela, mas Minerva conhecia o pai o suficiente para saber que ele falava sério. Ele nunca desprezava uma oportunidade de ganhar dinheiro. Qualquer outro pai teria ficado horrorizado, mas ele dava valor à força, coragem e resiliência.

– Eu não planejei cobrar nada. Foi um desafio vazio que eu não planejava levar adiante. Ela disse algo indelicado e eu reagi mal.

– Vou conversar com o pai dela. Ela vai se desculpar esta tarde.

A influência dele era tanta que todo confronto dava resultado. Alguns ficavam aterrorizados quando viam Jack Dodger aparecer na porta de casa.

– Não é necessário. Eu já cuidei do assunto.

Ele a estudou por um instante, sem dúvida tentando avaliar se o assunto tinha sido resolvido à satisfação dele.

– O que ela falou?

– Não me lembro muito bem. Alguma coisa sobre o motivo de eu ser uma solteirona. Isso não tem importância. A questão é que ladies não se envolvem em lutas, mas eu lancei essa possibilidade como se fosse algo normal e aceitável. Eu sou vista como masculina e grosseira, em vez de delicada e feminina.

– Você é vista como uma mulher que tem condições de cuidar de si mesma.

– Ninguém dá valor a isso em uma mulher.

– Você não quer alguém que não dê.

– E aí está o problema. Eu não acho que exista um homem capaz de me aceitar como eu sou. Pelo menos não na aristocracia. Não onde o comportamento apropriado é tão importante e é esperado que as mulheres se submetam ao marido em todas as questões. Não tenho talento para me submeter.

– Então não se case com um aristocrata.

Até aquele momento, Minerva não tinha nem sequer considerado casar-se com um plebeu.

– Mas você não ficaria decepcionado? Seria uma medalha em seu peito. Filha de homem das ruas casa com um nobre.

– Nunca gostei muito de medalhas. – Ele deu um sorriso compreensivo para a filha. – Case-se com um açougueiro, um padeiro, um fabricante de velas. Ou não se case. Eu não ligo. Nem sua mãe. Tudo que nós sempre quisemos é que você seja feliz.

Se ela não fosse tão prática poderia até ter chorado. Apesar do jeito taciturno, havia momentos em que seu pai dizia coisas que no fundo eram inacreditavelmente sensíveis e carinhosas.

– E se a minha felicidade residir em algo que eu não deveria fazer?

– Como roubar os meus charutos?

Minerva arregalou os olhos.

– Você sabe disso?

– Eu costumo contar meu estoque.

– Poderia ter sido um dos meus irmãos.

Jack Dodger olhou severamente para ela.

– Eles nunca foram atrevidos como você.

Isso era verdade, mas eles também não conseguiam enrolar o pai como ela. Minerva conseguia se safar de muito mais coisas que os irmãos, e eles eram espertos o bastante para reconhecer isso.

– Tudo bem, então, eu fui pega. Mas voltando à minha preocupação original, sobre fazer algo que eu não deveria.

– Sua mãe nunca deveria ter se casado comigo. – Ele pegou o jornal, abriu-o e enfiou o nariz nele. – Mas até que o resultado não foi tão ruim.

O que ela entendeu como sendo o modo do pai dizer que a apoiaria qualquer que fosse a confusão em que ela se metesse.

– Que diabos você quer dizendo que minha situação financeira está em maus lençóis?! – Ashe gritou ao tirar os olhos dos números que dançavam no livro-razão que seu administrador colocou diante dele.

– São os investimentos, Vossa Graça. Como pode ver, com base no que eu sumarizei aqui, eles não estão indo tão bem quanto nós esperávamos.

O que ele tinha sumarizado não era nada além de uma confusão de contas. Ashe nunca foi bom para lidar com números, o que resultou em inúmeras reguadas em seus dedos dadas pelo tutor que o marquês contratou. O homem não tinha problemas para ensinar um garoto, mas quatro estava além de sua paciência. No começo, Ashe culpou o maldito instrutor por sua incapacidade de lhe ensinar a entender os números. Ele tinha sofrido os mesmos problemas em Harrow até conseguir dominar a técnica de colar para evitar as humilhações que vinham quando ele errava uma resposta. Quando ficou mais velho, Ashe percebeu que o problema estava nele, não nos professores. Ele simplesmente não conseguia aprender matemática. Latim, sim. Com facilidade. Ele era excelente em caligrafia. Um leitor voraz. Sabia recitar fatos da história britânica, incluindo os nomes de todos os monarcas. Era capaz de escrever um relato detalhado de suas viagens sem esquecer nenhum detalhe. Tinha facilidade para aprender línguas estrangeiras e sempre servia de intérprete nas viagens ao exterior. Quando eles chegavam a algum lugar em que falavam uma língua que nenhum deles conhecia, Ashe só precisava de um pouco de tempo para descobrir um modo de se comunicar com os nativos. Mas bastava colocar uma série de números à sua frente, na expectativa de que ele os entendesse, que seu cérebro considerava aquilo bolinhas coloridas para fazer malabarismos.

Essa era a verdadeira razão pela qual ele evitava jogos de carteado. Era um verdadeiro pesadelo quando tinha que ordenar os valores associados às cartas. Mas roleta? Ele não tinha que entender os números. Ashe simplesmente punha sua aposta em um quadrado ou uma linha.

Ele saltou da cadeira e começou a andar de um lado para outro.

– Como isso pôde acontecer? Eu lhe pago uma quantia principesca para você me dar bons conselhos. Você recomendou esses investimentos.

– Você queria retornos maiores, o que significa correr riscos maiores. Acredito que milorde analisou isso nos números que eu lhe enviei.

Ele sabia analisar com perfeição a figura de uma mulher. Mas uns, três, oitos, qualquer numeral escapa à sua compreensão se Ashe tiver que fazer algo mais que apenas olhar para eles. Mesmo assim, os números pareciam pular diante de seus olhos como as dançarinas exóticas que ele tinha visto no Oriente. E era por essa razão que Ashe sempre insistia com Nesbit para que lhe fizesse relatórios verbais. Nesbit, sendo um homem que amava números e conseguia falar deles durante horas, sempre fornecia informações por escrito para sustentar suas afirmações. Não que esses relatórios ajudassem Ashe em alguma coisa. Na verdade, ele era obrigado a prestar muita atenção em todas as informações que Nesbit pronunciava para poder tomar suas decisões. Ele tinha entendido que a renda proporcionada por suas três propriedades estava minguando porque os arrendatários estavam se mudando para as cidades para trabalhar nas fábricas e a agricultura já não era a mesma, pois era mais barato importar dos Estados Unidos. Ashe sabia que precisava diversificar e investir tinha lhe parecido o melhor a fazer.

Ele deveria ter se aconselhado com Grey ou Locksley. Grey administrava muito bem suas propriedades, enquanto Locksley tinha assumido os afazeres de seu pai algum tempo atrás. Mas teria sido mortificante reconhecer que não conseguia cuidar sozinho de seu patrimônio. Orgulho. Maldito orgulho.

Ele conseguia escalar uma montanha, sobreviver a uma travessia de deserto, conduzir um barco pelo rio Nilo. Era rápido nas corridas, não fugia de uma briga e protegia o que era seu. As propriedades eram dele. Ashe teria de consertar aquela situação, fazer o que fosse necessário para ficar outra vez por cima.

Ele parou de andar e encarou o homem sentado atrás da escrivaninha.

– Bem, nós precisamos vender nossas ações nessas empresas o quanto antes.

– Você não vai conseguir muita coisa por elas. Talvez seja melhor segurá-las e ver se a situação melhora.

Nunca aposte o que você não pode perder. Ashe conhecia muito bem esse mantra. Os investimentos tinham parecido muito promissores quando Nesbit lhe falou deles.

– Vossa Graça não está completamente sem recursos. Só precisa conter seus gastos.

Sufocar os gastos, ele queria dizer. Ashe sabia muito bem o quanto custava manter suas propriedades. Elas eram rentáveis no tempo de seu pai, produziam renda suficiente para cobrir os custos. Não mais. Ele não podia fazer novos investimentos, não podia arriscar mais dinheiro. Ele precisava de algo certo, um modo de ganhar dinheiro que garantisse o lucro. E precisava disso logo.

Depois de sua reunião com Nesbit, Ashe ficou agitado. Ele tinha pensado em ir ao Twin Dragons, mas não queria mais ver números nessa noite, nem mesmo em uma mesa de roleta. Se ficasse mais tenso, era provável que tivesse um ataque. Ele precisava de algo que lhe trouxesse alegria sem restrições – o que só lhe deixava duas opções: uma mulher ou tirar uma fotografia. Sendo o sem-vergonha ganancioso que era, decidiu ir ao Nightingale na esperança de conseguir as duas coisas.

Bebendo *scotch* e ponderando as opções, Ashe estava de pé encostado com o ombro na parede. Fazia quase uma hora que estudava as mulheres e ainda não tinha decidido qual delas era mais adequada aos seus objetivos. Uma era muito alta. Outra baixa demais. Muito cheia. Muito magra. Proporções desagradáveis. Movimentos não exatamente elegantes.

Que inferno! O que estava acontecendo com ele? Ashe não costumava ser tão exigente. Ele gostava do desafio de pegar a imperfeição e torná-la perfeita. Era o mestre da luz e das sombras, controlava-as a seu gosto, comandava-as.

Ele deveria esquecer a fotografia e se contentar com o sexo. Mulheres já o tinham abordado, mas seu desinteresse era tão óbvio que elas logo desistiram. Nenhuma delas servia. Nenhuma delas...

Então a verdade o atingiu como uma marreta no crânio. Ele precisava que *ela* estivesse no Nightingale essa noite. Ele não sabia dizer o porquê, só sabia que essa era a verdade.

Com ou sem a máscara. Ele não ligava. Ele queria a Lady V.

Ashe sabia que com ela, durante algum tempo, conseguiria esquecer seus problemas. Ele poderia parar de se recriminar por ter cometido um erro com sua herança, seu legado, seus deveres. Ashe precisava garantir que as propriedades não ficassem sem manutenção, que os arrendatários restantes tivessem menos preocupações, que pudesse manter seus empregados – nem tanto por sua necessidade, mas pelo bem deles. Alguns trabalhavam há anos em suas residências. Para mostrar sua gratidão pelos serviços prestados, Ashe pretendia deixá-los bem de vida quando se aposentassem. E também havia a questão de providenciar uma esposa, seu herdeiro e outras crianças. Ele não queria que seu filho fosse único. Ashe tinha passado oito anos de solidão, sem ter com quem brincar ou aprontar. Não era grato pela morte dos pais, nunca seria, mas ficou feliz de ter ganhado três irmãos com quem pôde fazer travessuras. Normalmente, ele procuraria os outros para desabafar a notícia frustrante que recebeu de Nesbit, mas seu orgulho não permitiria.

Ele deveria ter ido ao Dragons, embora ela tivesse indicado que não estaria lá. Ele procurou convites para eventos, mas não haveria nenhum nessa noite. Então onde ela estaria? No teatro, ou talvez em alguma reunião privada... Mas ele precisava dela *ali*.

– Vossa Graça.

Relutante, ele virou a cabeça para a voz suave. Uma mulher usando uma máscara vinho com pedras e penas pretas sorriu para ele. Esticando o braço, ele tocou o queixo dela, detestando que apenas um pequeno quadrado de pele ao redor da boca estivesse visível. Parecia que as máscaras estavam ficando maiores e mais elaboradas. Quem quer que as produzisse devia estar ganhando uma fortuna.

– Querida.

Ele chamava todas de querida, exceto Lady V. Por que ele havia perguntado o nome dela? Como ele soube, a partir do momento em que a viu, que ela seria diferente das outras?

A dama cor de vinho passou os dedos esguios pelo braço dele.

– Estou observando você há algum tempo... Ouvi dizer que conhece a arte de dar prazer. – Ela passou a língua pelos lábios que não o tentavam como os de Lady V. – Eu também conheço. Nós faríamos uma combinação excelente.

Ele não tinha dúvida. Ela era quase tão alta quanto ele, com um corpo robusto que forneceria um bom amortecimento. E suas pernas eram longas, bem longas, mas não eram as que ele desejava que envolvessem seus quadris.

– Estou esperando alguém.

Ashe desconfiou que ficaria esperando a noite toda. Lady V não voltaria e as razões para ele estar ali ficariam, de novo, insatisfeitas.

A "querida" crispou a boca de frustração. Não aceitaria bem a recusa. Elas raramente aceitavam. Ainda assim, ele quase não duvidava de que Lady V aceitaria bem uma eventual recusa. Ela não criaria confusão, pois entendia que algumas coisas não deviam acontecer.

– Não vou lhe dar outra chance de fazer amor comigo. – Avisou a dama cor de vinho, com uma dureza no olhar que ele não teria conhecido se ela o tivesse abordado antes de Ashe conhecer Lady V. Ele não teria recusado a Sra. Vinho, mas naquele momento ele não conseguia se entusiasmar com a ideia de ficar com ela, e ficava até enojado ao pensar que antes teria se contentado somente com a parte física.

– Sou eu quem perde. – Ele disse em voz baixa.

– É mesmo! – Ela empinou o queixo. Seus movimentos não foram nada graciosos enquanto se afastava, pisando duro. Quando chegou ao meio do salão, ela adotou um passo mais relaxado e, quando se aproximou de Rexton, era toda atitude e autoconfiança. Aquela mulher não era do tipo que deixava musgo crescer debaixo dos pés.

Ashe não se incomodou. Um dos objetivos daquele lugar era proporcionar uma variedade de parceiros. No entanto, ele não queria nem pensar que Lady V, uma vez que conhecesse o prazer carnal, poderia querer experimentar vários amantes. Por que ele não conseguia tirar aquela feiticeira da cabeça? Ele deveria ter ido aos Dragons...

Sua atenção foi atraída por uma visão angélica de branco que deslizava pelo salão como se seus pés não tocassem o chão. Altura e corpo perfeitos... Tudo perfeito. Em algum lugar no fundo de seu cérebro, Ashe desejava que ela não aparecesse; ele tinha a esperança de que ela fosse esperta o bastante para evitar aquela degeneração disfarçada de algo aceitável. Um lugar para pessoas que pensavam igual, um círculo secreto que se rebelava contra os valores da Sociedade e as regras da moralidade. Nada ali era sagrado, exceto o privilégio de se fazer o que quiser.

Ele sempre adotou essa ideia, considerava-a um pensamento progressista, mas não queria que Lady V fizesse parte daquilo. Mesmo assim, não conseguiu sufocar sua alegria ao vê-la chegar. Incapaz de tirar os olhos dela, Ashe teve que se esforçar para não passar o braço pela cintura dela e puxá-la para si quando ela chegou perto o bastante para ele sentir o perfume de verbena. Os lábios, no tom mais claro de rosa, curvaram-se levemente para cima quando ele chegou ao lado dela.

– Lady V.

– Vossa Graça.

A voz dela continuava com aquela rouquidão que o envolvia e atravessava, parando em algum lugar no fundo de sua alma, preenchendo um vazio que ele tinha há muito tempo. Esse era o único aspecto que o fazia duvidar de que a tivesse de fato identificado. Mas Lady V poderia estar fingindo aquele timbre. Mulher inteligente que era, era provável que fizesse isso na esperança de proteger ainda mais o segredo de sua visita ao Nightingale. A maioria dos homens não teria se dado o trabalho de descobrir a identidade da parceira. Mistério fazia parte do encanto.

– Devo confessar que estou surpreso que você tenha voltado.

– Não é a primeira vez desde que nos encontramos.

Ele sentiu uma contração tão forte no abdome que quase se dobrou.

– Perdão?

Aquele sorriso de novo, só que um pouco mais aberto.

– Estive aqui noite passada.

– É mesmo?

– Sim, mas só até meia-noite.

Impossível. Ela estava com ele, dançando em seus braços. A menos que ele estivesse *mesmo* enganado quanto à identidade dela. Ashe poderia perguntar, mas não queria chamar atenção para ela. Também era possível que ela estava sendo uma garota astuta, inventando uma história na tentativa de tirá-lo de seu rastro. Mas se ela estava falando a verdade, se ele estivesse errado...

Lady V teria ignorado seu conselho; teria recebido um homem entre as coxas...

Ashe teve o impulso repentino e irracional de achatar o nariz de algum cavalheiro ao acaso, quebrar um maxilar, fechar um olho. Mas ele a queria mais do que qualquer outra coisa na vida.

– Eu tenho um quarto. – Ele disse.

Sem esperar que ela respondesse, pegou-a pela mão e se dirigiu à escada.

Minerva pensou que deveria ter se oposto à atitude enérgica, dominadora, dele. Mas a verdade é que se sentiu muito lisonjeada por ele parecer tão ansioso para ficar a sós com ela.

Minerva tinha mentido, é claro. Ela não apareceu no Nightingale na noite anterior, mas precisava abafar qualquer suspeita que ele tivesse de que Lady V era a Srta. Dodger. As perguntas dele na casa dos Greyling a tinham deixado um pouco mais incomodada do que ela gostaria, e a situação piorou depois que eles dançaram no Dragons. Ela sabia que estava participando de um jogo perigoso ali, que teria feito melhor em permanecer longe, mas queria conceder sua fotografia a Ashebury... e talvez algo mais.

Enquanto subiam a escada, Minerva ficou surpresa com a própria calma. As imagens que ele havia capturado na África a assombravam. A beleza ímpar de cada uma, a história que contavam. Estava tudo preservado para a eternidade. Embora nunca tivesse se considerado vaidosa – pois não tinha nada que pudesse gerar vaidade –, Minerva gostava da ideia de ser uma mulher misteriosa, admirada ao longo do tempo.

No alto da escada, eles viraram no mesmo corredor de antes, a manzorra dele fechada firmemente em volta da dela. Antes de a noite terminar, talvez ele poderia tocá-la em outros lugares, algum até mais íntimo. Ainda não tinha decidido se iria tão longe. A princípio, iria apenas posar para ele. Quanto a algo além disso, Minerva não tinha se decidido.

Ela não podia negar sua atração. Será que Ashebury menosprezava as mulheres que posavam para suas fotografias? Ou ele as admirava? Como ele se sentiria a respeito dela quando tudo estivesse concluído?

Ele a levou para o mesmo quarto de canto, inseriu a chave e abriu a porta. Ela entrou e parou logo depois da soleira, dando-lhe espaço suficiente para se juntar a ela. A porta fechou com um estalo.

Sem aviso, ela sentiu suas costas pressionadas contra a porta e a boca do duque grudando, faminta, na dela. Minerva deveria tê-lo empurrado, mas em vez disso passou os braços ao redor do pescoço dele, e quando Ashe usou a língua para abrir seus lábios, ela obedeceu sem hesitar, gostando do aprofundamento de um beijo tão quente e devorador que ela pouco podia fazer além de se perder nele. Era isso que ela sempre quis: a paixão descontrolada, a loucura, o desejo ardente.

Ela percebeu as mãos dele se fechando com firmeza em sua cintura e então deslizando rapidamente para cima. Sem parar quando alcançou seus braços, ele continuou passando as mãos por eles, tirando-os de si e levantando-os acima da cabeça dela. Ele prendeu os pulsos dela juntos com a mão, e então mergulhou a outra no cabelo dela, segurando sua nuca e tomando posse definitiva da boca de Minerva como se fosse seu dono, não deixando nenhuma parte dela sem ser explorada.

De repente ocorreu a Minerva um pensamento aleatório de que adoraria viajar pelo mundo com ele, vivenciando todas as mais variadas facetas dos lugares que explorariam com ousadia. Então ela se concentrou no presente, nele. E saboreou a intensidade do *scotch* na língua dele. O aroma de sândalo invadiu seus sentidos. Ela queria a liberdade de poder tocá-lo, mas não conseguia negar o prazer de estar assim presa, com o corpanzil dele achatando seus seios de encontro ao peito musculoso. Ele soltou um rugido baixo e selvagem, uma fera que tinha capturado sua presa e se sentia à vontade para brincar com ela, provocá-la e fazer com que se sentisse grata por ter sido capturada.

Com a boca, ele foi em direção ao queixo dela, passando pelo pescoço e chegando no vale de seda onde os seios aguardavam.

– Quem? – Ele perguntou, a voz rouca e áspera por causa de alguma emoção que ela não conseguiu identificar.

Respirando com dificuldade, Minerva mal conseguiu falar.

– Quem o quê?

– Noite passada. Com quem você foi para cama?

Se não soubesse a verdade, pensaria ter ouvido verdadeira aflição nas palavras dele, como se tivessem sido empurradas através dos dentes cerrados. Por que ele teria uma reação tão visceral? Ela não podia negar que sentiu certo prazer no aparente ciúme dele.

– Ninguém. Eu não vim aqui para isso. – O problema da mentira é que ela precisa ser adaptada o tempo todo, para que não desmorone. Por que ela estava jogando aquele jogo? Por que não podia ser completamente honesta com ele? Ashe tinha dançado com ela. Mas outros homens também o fizeram e, no fim, não restou nada que não decepção e mágoa.

Minerva se empenhava para ignorar a dor da rejeição, mas já tinha passado por aquilo vezes suficientes para saber que essa dor se recusava a ser ignorada – em algum momento ela batia como um vagalhão e a derrubava.

Ashe ergueu a cabeça de súbito. Ela sentiu mais do que viu a intensidade no olhar dele.

– Então por que esteve aqui?

– Eu mudei de ideia quanto a posar para você. Depois eu pensei que posso ter prestado um mau serviço a mim mesma ao ser tão covarde. Se eu não consegui ceder a um pedido tão simples, como posso acreditar que vou conseguir ir para a cama com um estranho?

– Não vai. Você só irá para a cama comigo.

O primeiro impulso dela foi retrucar. Ela era independente demais para que lhe dissessem o que fazer. Mas ela já tinha decidido que quando a hora chegasse, Ashe seria o homem que ela queria. Que ele também a quisesse, só selava o acordo.

– Você não vai para a cama com virgens. – Minerva o lembrou.

– Decidi abrir uma exceção. Que Deus me ajude. Não consegui parar de pensar em você. – Então a boca de Ashe desceu sobre a dela outra vez, exigente e decidida, como se pretendesse devorar cada pedacinho dela.

Tola que era, Minerva exultou em ser desejada. Não importava que tudo que ele quisesse, tudo que conhecia dela, fosse a superfície, o corpo. Finalmente, um homem queria levá-la para a cama. Um homem a desejava. Estava louco para possuí-la.

Não era algo completo ou perfeito, profundo ou duradouro. Mas era calor e fogo, urgência e necessidade. Ela aceitava.

Minerva queria envolvê-lo com os braços, mas Ashe ainda os mantinha no lugar, exercia o controle sem lhe dar guarida. Quando interrompeu o beijo, ele respirava com a mesma dificuldade que ela.

– Retire a máscara. Mostre-me quem você é! – Ele ordenou.

Lentamente, ela meneou a cabeça. Ele não exercia controle absoluto, afinal.

– Não.

– Por quê?

Porque a ilusão de perfeição seria desfeita e você não iria me querer mais.

– Você não pode saber quem eu sou. Essa é a mágica deste lugar. As mulheres são anônimas, assim não precisamos ficar com medo de sermos arruinadas ou de ter prejuízo à nossa reputação.

– Eu quero saber quem você é.

Ela sacudiu a cabeça.

– Não posso ir adiante se você insistir. Não vou poder fazer nada, nem mesmo posar para você.

– Tem medo que eu a critique?

– Não. – *Tenho medo que mude de ideia.* – Eu apenas me sinto mais confortável atrás da máscara.

Ela contou as batidas do coração, esperando que ele reagisse, dissesse alguma coisa, qualquer coisa.

– Então fique com ela. – Ele disse em voz baixa e soltou os pulsos dela enquanto recuava.

Ela baixou os braços.

– Você ficou bravo?

– Decepcionado. Mas todos temos os nossos segredos; todos temos o direito de mantê-los.

– Não consigo imaginar que você tenha algum.

Os lábios dele se retorceram em um sorriso irônico.

– Então, infelizmente, está lhe faltando imaginação – ele foi até a mesa. – *Scotch* ou conhaque?

– Conhaque.

– Você não me pareceu uma mocinha tímida. – Ele disse enquanto despejava o líquido âmbar em duas taças.

– O que estamos fazendo aqui... eu receio me sentir exposta depois que tudo acabar. Não me sinto à vontade com isso, mas não sei se conseguirei viver comigo mesma se souber que sou uma total covarde.

Voltando para perto dela, ele lhe entregou uma taça. Tomando um gole, Minerva apreciou o calor que se espalhou por seu corpo, mas o resultado não foi tão quente nem tão agradável quanto o beijo dele.

– Então esta noite você só está aqui para ser fotografada?

– É o que decidi para o momento. Não sei se estou preparada para ir mais longe, e percebo que isso coloca em dúvida minha sabedoria em vir aqui na primeira noite, mas o desespero às vezes abala nossa sabedoria. Eu sei que é frustrante...

– Eu vou conseguir a minha fotografia. – Ashe colocou o dedo debaixo do queixo dela e o inclinou um pouco para cima, beijando-a, não com o fogo de instantes atrás, mas com uma brasa dormida. Recuando, ele sustentou o olhar dela e lhe deu um sorriso diabólico. – E talvez eu consiga algo mais.

Quando Ashe olhava para ela daquele jeito, era impossível resistir. Era tolice negar a atração, tentar dissuadi-lo, quando tinha ido até o Nightingale, naquela primeira noite, planejando ir para a cama com um homem.

Ele fez um movimento brusco com a cabeça indicando o quarto atrás dela.

– Agora vá para a cama.

E o estômago dela deu um nó.

Capítulo 9

Minerva sabia, claro, que era ali que iria parar, mas quando o momento chegou, ela ficou um pouco apreensiva. De repente a cama pareceu ser ainda maior e estar muito longe.

– Exatamente onde você quer que eu fique? – Ela perguntou, quase se esquecendo de alterar o timbre da voz para reproduzir a rouquidão que queria. Ela não gostava de não estar no controle, mas suspeitava que nessa noite seria apenas um fantoche, o fantoche dele. Essa ideia deveria tê-la enchido de raiva ou pavor. Ela deveria tê-lo informado de que não era um peão, que poderia ir embora quando quisesse. Ele não a forçaria nem mandaria nela. Minerva tinha relativa certeza disso. Ashebury era apenas um homem que sabia o que queria. Ela achava esse lado dele bem atraente.

Ele envolveu a mão dela com as suas e Minerva ficou espantada com a rapidez com que seus dedos frios esquentaram sob o toque dele. Ela gostaria de ter Ashe enrolado nela durante o inverno, quando nevasse.

– Por enquanto, apenas sente-se na beirada da cama. – Ele tomou a taça de conhaque dela e se virou para colocá-la em algum lugar, dando-lhe um momento de privacidade.

Ela cruzou a curta distância até a cama com dossel e subiu no colchão. Uma vez ali, com as pernas penduradas, ela olhou para frente e sua respiração voltou para os pulmões. Com os olhos fixos nela, Ashebury estava perto da lareira retirando lentamente a gravata, já despido do paletó que jazia sobre o encosto do sofá. Ele puxou a tira de tecido do pescoço, colocou-a de lado e começou a abrir os botões do colete.

– Eu trabalho melhor se me sentir confortável. – Ele explicou, como se lesse o constrangimento dela no modo como Minerva mexia o corpo, como se precisasse de uma explicação. Sem querer parecer nervosa, ela se absteve de perguntar o quão confortável ele pretendia ficar. Pelo amor de Deus, ela andava sozinha por bairros paupérrimos e espeluncas para ajudar os pobres. Não era uma mocinha assustada.

Ela estava, contudo, ficando cada vez com mais calor enquanto ele tirava o colete e abria alguns botões da camisa, até que apareceu um pequeno V no decote, revelando um indício do peito dele. Os punhos foram os próximos. Ele começou a enrolar as mangas e se aproximou, sem nunca tirar os olhos de Minerva. Ela estava com a ideia louca de que ele pularia sobre ela, prensando-a sobre a cama para devorá-la com seus beijos ardentes, despejando-os sobre todo o corpo dela.

Ele só parou quando suas coxas tocaram de leve os joelhos dela.

– Vou retirar os grampos do seu cabelo.

– Vai desmanchar o penteado.

Ele deu aquele sorriso sensual que quase fazia seu coração parar de bater.

– Esse é o efeito desejado. Vou usar seus cabelos para esconder a máscara.

– Eu mesma posso tirar os grampos. – Ela ergueu as mãos e ele as pegou, evitando que chegasse ao destino.

– Eu faço isso. – O tom de voz dele não deixava espaço para negociação.

Mas pensar nele fazendo algo tão íntimo... O que havia de errado com ela? A princípio, tinha ido até ali na esperança de que um homem fizesse algo bem mais pecaminoso com ela. Era ridículo ficar cheia de melindres agora.

– Certo, tudo bem. – Ela precisou falar aquilo para pelo menos fingir que tinha participado da decisão.

Quando ele soltou as mãos dela, Minerva as obrigou a pousar em suas pernas quando teria preferido levá-las ao peito dele. Enquanto Ashe se ocupava de encontrar os grampos, mal tocando seu cabelo, ela baixou o olhar para o V de pele exposta a partir do pescoço dele. Ela não conhecia nenhum homem tão bronzeado quanto ele. Ele não deve ter usado nem mesmo uma camisa para se proteger do sol em suas andanças pela África, pelo Oriente Médio ou por qualquer outro lugar em que ousava vagar. Minerva sentiu-se tentada a dar um beijo na pele dele, sentir seu calor e sua maciez nos lábios, mas antes que pudesse ser tão ousada, deu-se conta dos grampos tilintando ao atingir o chão.

Ela agarrou o pulso dele e Ashe a encarou.

– Dê os grampos para mim em vez de jogá-los de lado; senão vamos ter que procurá-los quando eu refizer meu penteado ao acabarmos.

– Nós podemos arrumar uma fita para prendê-lo. Imagino que você não tem nenhuma festa para ir depois que sair daqui.

– De madrugada? Alguma coisa respeitável? Dificilmente.

– Então não vejo problema. A não ser pela máscara. Os nós dela estão atrapalhando.

– Não vou tirá-la.

– Então segure-a no lugar.

Ela levou as mãos à máscara, abrindo os dedos para não perder Ashe de vista. Com delicadeza, ele puxou o laço. As tiras caíram para frente e a máscara escorregou um pouquinho. Sem o aviso dele, Minerva teria sido exposta. Aquilo atiçou algo doce e forte dentro dela. Ele não iria tomar o que ela não estava preparada para dar. Ashe voltou a dedicar-se aos grampos. *Clique. Clique. Clique.* Ela sentiu o penteado se soltando, depois o peso do cabelo lhe caindo sobre seus ombros.

– Magnífica! – Ele murmurou pouco antes de puxar as fitas da máscara e voltar a prendê-las.

Baixando as mãos, ela olhou para ele através dos pequenos buracos nos quais seus cílios raspavam. Talvez ela devesse se livrar daquela porcaria, mas os olhos dele demonstravam tal admiração que por um instante ela não encontrou palavras nem ações. Ele começou a passar dois dedos por alguns fios, como se nunca tivesse tocado o cabelo de uma mulher.

– Você poderia ter descoberto quem eu sou. – Ela sussurrou.

A atenção dele foi do cabelo para os olhos dela.

– Você quer o anonimato. Eu posso respeitar esse desejo. Deus sabe que tive momentos na vida em que desejei isso.

– Quando?

– Quando eu era mais novo. Eu nem sempre era o aluno mais brilhante. Quando eu não sabia a resposta, com frequência desejava que ninguém soubesse quem eu era. Aposto que você era uma aluna excelente.

– Por que acha isso?

– Você tem olhos inteligentes e expressivos. Está sempre atenta, observando, tentando calcular aonde vamos antes de chegarmos lá.

– Você deduziu tudo isso no pouco tempo que passamos juntos?

– Sou um observador atento, Lady V. Por isso tenho tanta habilidade no que faço. – O olhar ardente dele implicava que estava se referindo a muito mais que fotografia. Devia estar falando de beijos, toques e encontros muito mais íntimos. – Antes de terminarmos aqui, espero que você tenha a oportunidade de experimentar todas as minhas habilidades.

– Você não é assim tão convencido, é? Nas duas vezes em que estive aqui você era uma figura solitária encostada na parede. Não estava rodeado de mulheres.

– Porque a maioria delas sabe que sou eu quem escolho. E eu só escolho cada mulher uma vez.

– Mas me escolheu duas.

– Parece que estou abrindo muitas exceções no que lhe diz respeito. Por outro lado, ainda não atingimos meu objetivo de estar aqui, nem o seu. Então, talvez este encontro seja apenas uma extensão do primeiro. Agora, deite-se.

Era tolice querer conversar mais com ele, querer conhecê-lo melhor. Mas Grace estava certa. *Diabos*. Como ela poderia ficar íntima de um homem que era mais estranho do que amigo? Embora ela tivesse ido até lá só para posar para ele, agora Minerva pensava em fazê-lo posar para ela, enquanto tomava liberdades...

– Mudou de ideia, Lady V?

– Não, eu... Tive um ataque de nervos, mas eles se acalmaram – Ela relaxou o corpo, deitou-se de costas e olhou para cima... e se sentou de súbito. – Oh, meu Deus, tem um espelho no teto!

Ele riu, uma risada grave, divertida, que a fez sorrir. Que a deixou feliz por ter a capacidade de provocar essa reação, ainda que às custas dela.

– Acho que deveria tê-la avisado disso.

– *Por que* tem um espelho no teto?!

– Algumas pessoas gostam de se observar enquanto estão... *copulando*.

– Oh! – A princípio Minerva tinha planejado fazer sexo com os olhos bem fechados, mas se fizesse isso não veria a beleza do corpo dele. De qualquer modo, não queria assistir à cópula em si. Ela refletiu sobre o que conhecia do ato. – As mulheres, você quer dizer. As mulheres gostam de se observar.

– Os homens também. – Ele retorquiu.

– Isso parece bem difícil, já que vocês ficam por cima.

– Eu nem sempre fico por cima.

– Não? – Ela estranhou.

– Não. Às vezes fico por baixo. De lado. Já fiquei de pé. – Ele segurou o poste da cama. – Às vezes fico de joelhos. Existem todos os tipos de posições.

– Você conhece todas?

– Acho difícil. Mas conheço várias. Posso mostrá-las para você, quando estiver pronta.

Minerva não sabia dizer se algum dia estaria pronta para tudo isso, mas ficou interessada nas possibilidades. Ela havia imaginado que os dois ficariam juntos apenas uma vez, mas começava a perceber que talvez nunca se satisfaria com os beijos dele, possivelmente nem com outras habilidades que ele dominava.

De repente, mal tendo notado que ele se movia, Minerva se viu aninhada nos braços dele.

– O que você está fazendo?

– Vou colocá-la onde eu quero, antes que você perca a coragem. Minhas modelos geralmente não falam tanto. É melhor nós continuarmos. Vou tocá-la, mas você pode me fazer parar caso se sinta constrangida.

Enquanto Ashe rodeava o canto da cama, Minerva se sentiu delicada como nunca antes na vida. Tendo herdado as feições do pai, ela sempre se sentiu pouco feminina, quase masculina. Não ajudou muito o fato de adorar subir em árvores e brincar com os irmãos.

Ele a deitou delicadamente no meio do colchão, como se fosse um cristal frágil. Com as mãos no ombro e no quadril dela, Ashe a virou um pouco.

– De bruços, mas não totalmente. Estenda o braço esquerdo. Você pode descansar a cabeça nele. Ponha a mão direita aqui, perto das costelas, para servir de apoio.

Ela fez como ele mandou. Então, conforme prometido, ele começou a ajeitar o cabelo dela sobre o rosto, ocultando a máscara que ela estava começando a detestar. E se ela a tirasse? E se ele soubesse quem ela era? Será que ainda iria querer fazer sexo com ela, ou desanimaria ao saber que estava com uma mulher que nenhum outro homem jamais amou? De repente, Minerva ficou desesperada para que Ashe a deflorasse. De pé, de joelhos, de lado, por baixo dela, por cima. Ela queria ser a primeira virgem dele. Queria que ele fosse seu primeiro amante. Mesmo que por apenas uma noite, ela o queria.

Através da cortina formada por seu cabelo, Minerva o observou voltar para o pé da cama. Ele pegou seus pés que, embora não fizesse sentido, também lhe pareceram delicados.

– Perna esquerda reta, perna direita ligeiramente dobrada no joelho. – Segurando o tornozelo dela, ele orientou a posição. – Pronto. Perfeita!

Uma palavra que nunca antes tinha sido associada a ela. Minerva gostou de ouvi-la.

– Vou subir o vestido agora, porque quero enfatizar suas pernas. O resto de você vai estar praticamente na sombra. Eu paro se você disser que está constrangida. Mas espero que seja ousada o bastante para me deixar chegar onde quero. Vai ser bom para nós dois.

Esse foi o maior desafio que ela já tinha ouvido.

Ashe deslocou a seda com os pulsos, pois suas mãos continuaram sobre as pernas de Minerva enquanto ele as deslizava suavemente pelas panturrilhas, pelos joelhos...

Ele a soltou rapidamente para puxar o tecido preso debaixo das pernas. Então a jornada continuou por suas coxas, devagar, bem devagar, dando-lhe tempo para protestar. Só que Minerva não iria fazê-lo. Ela tinha saído a seu pai, um homem rotulado como ladrão na juventude e que a ensinou a nunca recuar.

As mãos de Ashebury pararam logo abaixo da curva das nádegas.

– Boa garota. – Ele murmurou, com a voz carregada de admiração. – Garota corajosa!

A alegria que a tomou foi desconcertante. Fazê-lo feliz a deixava feliz.

Ele ajustou o tecido, subindo-o ainda mais do lado.

– Você sabia que tem uma marquinha em forma de coração no seu quadril? – Ele colocou ali um beijo reverente que queimou a pele dela e marcou sua alma.

– Não se mexa. – Ele ordenou. Então se afastou e ela quase chorou por ele a deixar.

Ashe estava duro como pedra. Seu corpo normalmente não reagia quando ele posicionava uma mulher para a câmera, porque ficava muito concentrado na tarefa, com toda sua atenção dedicada a encontrar a melhor pose para que sua modelo pudesse mostrar toda a beleza da forma humana. Mas com ela era diferente. Tudo com ela era diferente. Ele não queria ter parado no quadril. Quando viu a marca de nascença, ele quis continuar desvendando o corpo dela, descobrindo todos os segredos ocultos de Lady V.

Quase sem conseguir andar, ele assumiu sua posição atrás da câmera e olhou através da lente. Extraordinária, perfeita. Isso também era incomum. Normalmente, ele tinha que reposicionar a mulher um pouco aqui ou ali. Mas ele teve dois dias para fantasiar com ela, para refletir sobre tudo que faria com aquelas pernas se algum dia tivesse de novo a chance de fotografá-las. Tudo o que ele precisava agora era ajustar a iluminação.

Mexendo nas poltronas e mesinhas, ele moveu as luzes para frente, aumentou a intensidade das chamas e sorriu ao se tornar o mestre das sombras. Elas iam aonde ele mandava.

Muitas vezes ele chegou perto de testar sua teoria a respeito da identidade dela, quase a chamando de Srta. Dodger. Mas não queria deixá-la constrangida, não queria perder aquela oportunidade. Não queria perdê-la.

Ele iria se deitar com ela. Talvez não nessa noite, mas em breve. Ele não sabia quando ficou tão certo disso, mas Ashe não deixaria nenhum outro homem possuí-la. Não no Nightingale ou em qualquer outro lugar, não na primeira vez dela. Com sua ousadia, sua disposição para perseguir sem hesitação o que queria, ela merecia mais que um homem interessado apenas em saciar o próprio desejo. Embora Ashe tivesse que reconhecer que um desejo como nunca sentiu era uma grande motivação para ele. Ele queria o que não tinha nenhum direito de possuir.

Ela era uma contradição. Uma mulher corajosa o bastante para ir até aquele clube em busca de sexo, mas discreta o bastante para exigir segredo, tanto que nem seu amante soubesse quem ela era. Porque ela não acreditava que ele não a magoaria? Será que já tinha sido magoada por alguém? Além do imbecil que esperava que seus filhos não puxassem para ela? Se Lady V revelasse o nome do imbecil, Ashe tomaria providências para garantir que aquele homem nunca tivesse filhos. Ele não era um homem dado a violência, a não ser quando a sobrevivência estava em jogo, mas ela fazia com que Ashe não fosse ele mesmo.

E, no entanto, ela confiava nele o suficiente para ficar ali, para deixá-lo colocar suas mãos nela, para não machucá-la. Devia existir outra razão para ela não querer retirar a máscara. E esse era um mistério que ele iria gostar de resolver. Lentamente, com o tempo, com momentos deliciosos e beijos apaixonados. Ela era fogo por baixo da discrição. Ele tinha o poder de libertar as chamas.

Ashe poderia passar a noite inteira ali, só olhando para ela deitada. Ele desejou ser capaz de capturar todos os verdadeiros tons dela. A palidez da pele, o castanho-avermelhado do cabelo. O modo como as sombras a acariciavam, como ele desejava fazer. O modo como a luz a revelava, como ela merecia ser vista.

Mas só por ele. Ashe não queria que mais ninguém a visse do modo como ele teve a oportunidade de vê-la. Ele nunca dividiria com qualquer outra alma as linhas refinadas das pernas dela, a curva de suas nádegas, o declive de seus quadris, a marca de nascença. Ninguém nunca mais a veria como ele via naquele momento.

Ele se afastou da câmera.

– Pode relaxar. Terminei.

Ela se levantou sobre um cotovelo e ele não pôde deixar de pensar que ali estava a oportunidade de outra foto esplêndida... Se ela removesse a máscara.

– Não ouvi nada...

– É um modelo novo. Silenciosa como um sussurro. – Ele mentiu. Ela nunca compreenderia os motivos dele para não tirar a fotografia. Ele mesmo não os entendia muito bem.

Lady V começou a se levantar.

– Espere! – Ele ordenou.

Ela ficou imóvel e nem aquela máscara odiosa de seda e penas conseguiu esconder a surpresa em seus olhos.

– Ainda não terminei com você.

Minerva se esforçou para continuar calma quando ele apoiou um dos joelhos entre as panturrilhas dela. Depois o outro. Então Ashe apoiou as mãos aos lados do corpo dela, que ele mal tocou enquanto se esgueirava para cima, até seu rosto ficar sobre o dela. Era tudo que Minerva conseguia ver. O maxilar na sombra, a intensidade do olhar, a linha dos lábios, ligeiramente abertos. Ela não conseguia enxergar o reflexo no espelho acima, não conseguia nem ver o espelho. Sua visão estava focada apenas nele.

Naquele homem que lhe despertava sensações que ela se achava incapaz de sentir. Naquele homem que a fazia se sentir admirada e ao mesmo tempo a fazia entender o que poderia ter se fosse do tipo de mulher por quem um homem consegue se apaixonar. Entender como poderia ser... Entender apenas a parte mais superficial disso tudo... Bem, era melhor do que nunca ter entendido, melhor do que nada.

Ele baixou a boca, tomando a dela, mantendo-se suspenso de modo que tudo que Minerva sentiu foi o peito dele roçando contra seus seios. Seus mamilos se retesaram, doloridos, pressionando o tecido. Ela queria o corpo dele pressionando o seu. Minerva enterrou os dedos no cabelo espesso dele enquanto Ashe a devastava. A rendição era uma vitória tão doce.

Ser desejada daquele modo era mais inebriante do que ela podia imaginar. Todos os seus receios de ir ao Nightingale ficaram distantes. Ele não era mais um estranho. Minerva sabia que ele cheirava a sândalo. Conhecia a aspereza da barba dele em seu queixo depois da meia-noite, quando ele já estava tanto tempo sem se barbear. Conhecia o rugido grave da risada dele, o modo como conseguia fazer sua pele formigar só com o olhar fixo nela, parado a alguns passos de distância. Ela sabia que ele adorava a beleza e gostava de registrá-la. Quando estava com ele, Minerva sabia o que era ter a atenção integral de um homem.

Ele descolou a boca dos lábios dela.

– Tire a máscara.

O pedido foi um sussurro sensual e cheio de promessas, mas ela não podia se arriscar a quebrar o encanto.

– Não.

Ele colou os lábios debaixo do queixo dela. Como a pele ali podia ser tão sensível?

– Nesse caso, não vou tomar sua inocência, mas vou lhe dar prazer para expressar minha gratidão por você posar para mim.

Ashe desceu os lábios quentes pelo pescoço dela, passando pela clavícula, depois pelo decote de seda que levava ao volume dos seios. Dando-lhe um olhar denso, sensual, que a fez apertar os dedos dos pés, ele sorriu como se soubesse a facilidade com que poderia acabar com Minerva. Por cima da seda, ele fechou a boca ao redor do mamilo intumescido, banhando-o com sua língua, umedecendo o tecido, provocando sensações de puro deleite que se propagaram em ondas através do corpo dela. Então tomou o bico entre os dentes e, com mordidas suaves, ele a fez erguer os quadris da cama em busca do corpo dele, do volume duro que esticava sua calça.

– Ainda não. – Ele determinou. – Ainda não.

Lentamente, Ashe foi deslizando pelo corpo dela, dando-lhe apenas prazer suficiente para deixá-la louca, para alertá-la que precisava de mais, que a satisfação dependia de mais. Enfim, levantando-se ao pé da cama, ele envolveu os quadris dela com os braços e a puxou para a borda do colchão. E se abaixou.

– Agora você vai aprender o que acontece quando eu estou de joelhos.

Com o olhar fixo no dela, Ashe passou as pernas de Minerva por cima de seus ombros e afastou a seda até expor o que ela sempre manteve absolutamente oculto. Ela nem pensou em protestar. Como poderia, quando ele a olhava como se Minerva fosse sua lua e suas estrelas? Quando ele lhe prometia prazer além de seus sonhos mais loucos...

Virando a cabeça, ele colou um beijo suave como uma pena no lado de dentro da coxa, pouco acima do joelho. A sensação foi tão maravilhosa, tão devassa. Ele então se voltou para a outra coxa, um pouco mais acima. Dessa vez a língua dele criou um pequeno círculo de umidade na pele dela. Uma sensação incrível de espanto viajou de seus seios tesos para os dedos contraídos dos pés. Ele ia de uma coxa para a outra como se subisse uma escada que a levava ao paraíso. Quando chegou ao alto, à junção entre pernas e corpo, ele a fitou com o olhar ardente e esperou um momento, dois.

Então ele baixou a boca para o cerne da sua feminilidade. Oh, meu Deus. Olhando para o reflexo no espelho, ela se viu aberta diante dele, como se fosse um banquete. A cabeça morena de Ashe estava aninhada entre suas coxas, os dedos segurando-lhe os quadris enquanto ele dava e tomava e provocava as sensações mais intensas que já tinham passado por ela. Aquilo tudo era tão depravado, tão magnífico.

Ele a revolveu com a língua e seus dentes beliscaram seu botão, como tinham feito com o mamilo. O calor dele a queimava ao mesmo tempo em que a deliciava. Ele chupava, mordia, banhava e aplicava pressão quando ela precisava, onde ela *mais* precisava. Como se os dois fossem só um, como se ele pudesse sentir o que ela sentia. Mas ele não podia estar sentindo aquilo. Ela não sabia como alguém podia sobreviver ao sentir aquilo.

O prazer se acumulava dentro dela, tão forte, tão apertado que ela pensou que explodiria. E então Minerva explodiu. Ela se desfez em estilhaços de um prazer tão rico, tão extraordinário que teve certeza que aquela era a morte. Seus gritos ecoaram ao seu redor, suas costas arquearam, seu corpo tremia. Respirando com dificuldade, ela mal notou quando ele subiu para a cama, ficou ao seu lado e a pegou nos braços, trazendo-a para o peito, onde a segurou com firmeza enquanto o mundo dela lentamente se recompunha.

– Se nós vamos continuar com isto – ele disse depois de algum tempo –, precisamos nos livrar das penas. Elas fazem cócegas no meu nariz.

Com uma risada suave, ela se ergueu e admirou a visão que era o corpo dele esparramado na cama, parecendo um gato gigantesco e preguiçoso. Estendendo a mão, ele enrolou fios do cabelo sedoso dela em seu dedo e os estudou. Será que aquele tom poderia revelá-la? Não era incomum. Era só cabelo.

– Eu quero que você pose de novo para mim.

– Agora?

Soltando o cabelo dela, ele saiu da cama.

– Não, outra noite.

Ele abotoou a camisa e andou até o sofá, vestiu o colete e fechou os botões. Ashe pendurou a tira de tecido ao redor do pescoço e começou o processo de criar um nó complexo.

Saindo da cama, Minerva deslizou até Ashe e afastou as mãos dele.

– Eu faço isso. – Ela declarou.

– Uma mulher intocada sabe como dar o nó na gravata de um cavalheiro?

– Não sei bem se ainda posso ser qualificada como intocada. – Ela disse, achando difícil se concentrar na tarefa com ele tão perto, com o aroma dele a dominando. – Mas eu tenho um irmão que está sempre precisando ser arrumado.

– Quantos irmãos você tem?

Sem pensar nas consequências, ela estava falando com um homem que a fazia se sentir muito à vontade. Havia perigo nisso. Ela precisava tomar cuidado para não lhe dar pistas demais sobre a sua identidade. Sua reputação e a de sua família poderiam ser arruinadas.

– Apenas um que deva ser mencionado no momento.

Levando a palma da mão ao rosto dela, ele a fez olhar para cima.

– Você me confia seu corpo, mas não sua identidade.

– Eu tive coragem de vir aqui porque acreditei que poderia continuar em segredo.

– Nada permanece em segredo para sempre.

Minerva sentiu o peito apertar ao pensar em como seus pais ficariam decepcionados se algum dia soubessem que ela havia ido aquele lugar. Como ela ficaria mortificada com o conhecimento público de seu desespero. Ela era meia-irmã de um duque. Minerva não podia constrangê-lo perante o mundo.

– Mas isto precisa permanecer. – Ela declarou, decisiva, tocando o nó da gravata para deixar clara sua intenção.

– Eu quero você... desesperadamente. Mas quero conhecê-la por completo. – Virando-se, ele pegou o paletó e o vestiu. – Você vai me encontrar aqui amanhã à noite se tiver interesse em levar adiante o que existe entre nós. Mas vai ter que tirar a máscara.

– Eu não...

Ele colocou o dedo sobre os lábios dela.

– Não responda já. Durma com essa ideia. Então amanhã, à meia-noite, vou ter sua resposta, seja com sua presença ou ausência.

O resto da noite para pensar nisso, para sonhar com isso.

– Bem, então vamos ver.

– Vamos. Vou mandar meu cocheiro levá-la para sua casa.

Ashe sabia que ela não seria levada para casa, mas Minerva não podia deixá-lo perceber que ela sabia que ele tinha perguntado o endereço ao cocheiro. Foi Minerva que ele disse ter visto no Dragons aquela noite, não Lady V. Meu Deus, que confusão. Manter as duas identidades separadas seria complicado, mas depois dessa noite ela acreditou que poderia valer a pena.

Ashe ficou parado na rua observando sua carruagem sair com Lady V em direção ao Twin Dragons. Ele pensou em chamar um coche de aluguel e chegar lá logo depois dela. De novo ela estava usando um vestido verde. Ele encontraria o vestido e a mulher dentro dele. Se ela fosse a Srta. Minerva Dodger, ele conseguiria sua resposta. Se não fosse, ele saberia quem ela era. De qualquer modo, Ashe poderia prolongar seu tempo com ela. Ela o fascinava. Ele queria que ela voltasse ao Nightingale, para que terminassem o que tinham começado.

Ela o detestaria por descobrir a verdade? Isso era possível. E assim ele permaneceu onde estava.

Capítulo 10

Tarde da manhã seguinte, Ashe estava sentado à mesa do café da manhã, lendo o *Times*, quando Edward entrou parecendo um defunto recente, apesar de estar vestido com elegância. Seus olhos estavam afundados e seu rosto exibia uma palidez acinzentada.

– Preciso de café preto. – Ele murmurou ao desabar sobre uma cadeira.

Um criado se aproximou com um bule de prata e encheu a xícara diante de Edward.

– Eu quero torrada. – Edward pediu antes de olhar para Ashe. – É tudo que vou conseguir comer esta manhã.

– Bebeu demais na noite passada? – Ashe perguntou.

Edward levou a xícara até a boca, inalou o aroma revigorante e deu um gole.

– Entre outras coisas. Então, quem era o cisne branco?

– Perdão? – Ashe ficou alerta.

– Eu cheguei ao Nightingale bem quando você estava praticamente arrastando uma mulher escada acima. Seda branca, máscara branca. Você parecia ter muito ciúme dela. Ou estava apenas obcecado?

Maldição. Em sua pressa de ficar com ela, Ashe quase se esqueceu de que outros homens estariam observando, poderiam querer uma chance de ficar com Lady V. Eles não a forçariam, mas poderiam tentar seduzi-la.

– Acredite ou não, eu não sei quem ela é. – Ele suspeitava, mas não podia dizer com certeza. De qualquer modo, ela não queria que ninguém soubesse, e Ashe iria respeitar sua vontade.

– Isso é estranho. Normalmente você consegue convencer as mulheres a tirar a máscara.

Quando eram mais novos, os dois costumavam se vangloriar de suas conquistas, mas Ashe não sentia necessidade de fazer isso agora. Ele tinha seus próprios segredos no que dizia respeito ao Nightingale.

– Essa mulher não é a primeira a não querer revelar a identidade.

– É antidesportivo da parte delas assumir essa posição. Eu gosto de saber a mulher de quem eu estou comendo.

– Como você bem sabe, e já discutimos antes, nem todas as mulheres são casadas.

Edward se empertigou, obviamente interessado.

– Seu cisne não é?

– Não sei.

– Viúva ou solteirona?

– Repito: eu não sei.

– É maluca debaixo das cobertas ou só fica lá, deitada?

Maluca. Desinibida. Ele quis muito estar dentro dela quando ela se perdeu no êxtase, ficou imaginando os músculos dela ondulando em volta dele, sugando-o até ficar seco.

– Não é da sua conta.

– Você a está protegendo. Isso é estranho se você nem sabe quem ela é.

– As mulheres vão até lá esperando que os cavalheiros sejam discretos. Só estou respeitando a vontade dela.

– Ela é aventureira?

– Não vou falar sobre ela e nem do tempo que passamos juntos.

– Acho que você falhou. Acho que não conseguiu pôr de pé.

Ele demorou bem uma meia hora, depois que ela saiu, para conseguir pôr para baixo.

– Por que o interesse?

– Eu estava me perguntando se deveria ficar de olho nela, quem sabe dar uma com ela.

Ashe notou que amarrotava o jornal em suas mãos.

– Se chegar a menos de três passos dela, eu acabo com você.

Edward arqueou uma sobrancelha.

– Parece que ela é mesmo especial. Não me lembro de você ser tão possessivo.

Ele nunca foi... Não antes. E não sabia por que estava sendo no momento. Talvez porque sua experiência com ela ainda não tivesse sido completa, não a tivesse montado nem sido envolvido pelo calor feminino dela. Sacudindo o jornal, Ashe procurou desviar o assunto de Lady V.

– Vou parar de alugar esta casa.

– O quê? Espere. Por quê?

– É ridículo gastar dinheiro neste lugar quando a residência dos meus pais está lá, sem uso. – Era o último lugar onde ele tinha visto os pais. Ele tinha ido até lá apenas uma vez depois de alcançar a maioridade. As paredes continuavam a ecoar seus gritos. Mas ele não podia mais se dar ao luxo de gastos excessivos. – Vou me mudar para lá nos próximos dias. Se você quiser assumir o aluguel, posso lhe vender os móveis que trouxe para cá. – Olhando para trás, gastar dinheiro para decorar uma segunda residência não tinha sido muito sábio, mas na época ele esperava que os investimentos no mínimo triplicassem seu capital.

– Meu irmão me dá uma mesada generosa, mas nem tanto. E aquele capeta que ele chama de esposa está advogando para que Grey se torne um avarento. Ainda assim, acho que consigo pagar o aluguel. – Edward olhou ao redor. – Esta é uma bela casa. Podemos combinar de eu pagar a mobília aos poucos?

Ashe voltou sua atenção para o artigo que estava lendo.

– Por que você não decide com que móveis quer mesmo ficar e eu vendo o resto em algum lugar?

– Está tudo bem? – Edward perguntou.

– Não poderia estar melhor.

– Ashe...

Ele baixou o jornal para ver o olhar franco de Edward fixado nele. Além de todas as aventuras, provocações bem-humoradas e bons tempos que passaram juntos, eles também formaram uma família desde o momento em que foram depositados na propriedade do Marquês de Marsden. Embora fosse extremamente difícil e mortificante admitir, ele se obrigou a dizer as palavras.

– Eu torrei todo o meu dinheiro.

– Fale com Grey, ou mesmo Locke. Eles estão cheios da grana. Tenho certeza de que vão arrumar um jeito de ajudá-lo.

– Não vou pegar dinheiro deles.

– Um empréstimo. Que você vai pagar da forma que puder.

– Nada arruína mais uma amizade do que tomar dinheiro emprestado de um amigo. Além disso, eu me meti nessa sem ajuda. E é assim que vou sair.

– E como vai conseguir isso?

– Eu vou me casar.

Minerva chegou à casa de Grace pouco depois do café da manhã. Depois de cumprimentar o meio-irmão, ela pediu a Grace que desse uma volta no jardim com ela. Lovingdon apenas sorriu.

– Vocês mulheres e seus segredos. – E voltou a atenção para os papéis que entulhavam sua mesa.

Minerva esperou até que se aproximassem das rosas para fazer uma confissão em voz baixa.

– Eu acho que fiz uma bobagem muito grande.

– Oh, meu Deus. – Pegando-a pelo braço, Grace a puxou para trás de uma treliça e a observou como se as ações da amiga estivessem impressas em sua testa. – Conte.

Minerva inspirou fundo.

– Eu deixei que o Ashebury fotografasse meus tornozelos nus.

– Você mostrou seus tornozelos para ele? – Grace perguntou com a voz cheia de dúvida, como se tivesse entendido mal.

Minerva admitiu.

– E talvez minhas pernas também.

Grace arregalou muito os olhos.

– Talvez? Como assim? Você não tem certeza?

– É claro que eu tenho. Sim, com certeza mostrei minhas pernas – Ela respondeu franzindo o cenho. – E as coxas. Até o limite do meu bumbum.

– Minerva, você está louca? – Grace sussurrou uma bronca. – Você permitiu que ele fotografasse essas coisas? Como é que surgiu essa ideia?

– Eu voltei ao Nightingale noite passada.

Grace olhou enviesado para ela.

– Então era ele, na primeira noite.

Minerva suspirou.

– Era. E ele gosta... – Ela meneou a cabeça. – Eu não devia falar do que acontece lá.

– Você sabe que seus segredos estão a salvo comigo.

– Sim, mas estes são dele.

Grace olhou para o céu e para as árvores como se estivesse procurando paciência.

– Eu vou guardar os segredos dele também.

Talvez ele nunca a perdoasse se descobrisse que ela havia contado para alguém. Por outro lado, ela não era a primeira que Ashe levava para um quarto, então outras mulheres também sabiam. Ela confiaria à Grace sua vida, com todos os seus segredos.

– Ashe gosta de tirar fotografias das mulheres que vão para o quarto com ele.

Grace abriu a boca e fechou de repente. Então franziu a testa.

– Isso parece obsceno e indecoroso.

– Eu também pensei, no início. Eu não aceitei da primeira vez, mas quando eu vi as fotografias que ele fez na África... Não consegui parar de pensar nelas. Elas não são como as fotografias que nós tiramos quando éramos crianças e ficávamos paradas ali, na frente da câmera. Noite passada... Oh, Grace, ele tomou tanto cuidado, foi tão respeitoso. Eu podia ver nos olhos dele, na expressão de concentração de seu rosto, que isso é muito importante para ele. E ele me garantiu que fui retratada com bom gosto.

– Retratada com bom gosto? Não sei se isso serve de alívio, pois como é que alguém *nu* pode ser retratado com bom gosto?

– Havia sombras, tantas que eu me senti... bem, quase coberta. Se alguém vir a fotografia, não vai saber que sou eu.

– Tem certeza?

– Eu estava de máscara. Se bem que eu tenho uma marca de nascença. Não achei nada de mais na hora, mas agora... eu acho que ele não vai mostrar para ninguém.

– Quem sabe dessa marca?

– Minha mãe com certeza. Talvez meu pai. Existe uma pequena chance de que meus irmãos saibam, mas é improvável. Eu lembro que tomávamos banho juntos quando crianças, mas eles não devem ter reparado.

– Ainda assim. Onde ele está planejando exibir essas fotos?

– Não está. Essas fotos são apenas para ele. Não é com isso que eu me preocupo.

Grace pegou as mãos dela e as apertou para transmitir seu apoio.

– Então com o que é?

– Eu acho que ele desconfia que eu sou Lady V.

Grace piscou e franziu o cenho.

– Quem é Lady V?

A gargalhada de Minerva ecoou ao redor delas.

– Hum, essa seria eu. Eu tive que dizer um nome para ele, naquela primeira noite, e pensei em Lady Virgem.

Grace sorriu.

– Lady Virgem? Sério? Minerva, isso é ousado demais, até mesmo para você.

– Nem tanto. Eu continuo virgem. – Ela entrelaçou os dedos e os apertou. – Ele se ofereceu para me deflorar esta noite.

O sorriso de Grace murchou e a preocupação se refletiu em seus olhos.

– Você vai aceitar?

– Ele sabe o que faz. Acho que seria um amante extraordinário. Mas não quero que ele saiba minha identidade... Não me sinto à vontade. Ashe está fascinado pelo mistério que eu sou. Vai ficar decepcionado com a realidade.

– Mas se ele desconfia... Falando sério, Minerva, você não pode esperar que algo assim continue um segredo completo. Você vai estar usando uma máscara pequena.

– Na verdade é bem grande, deixa pouca coisa à vista.

– Mas ele vai ver... – Grace baixou os olhos para os pés, depois procurou o rosto da amiga – ...tudo.

– Dá para fazer amor no escuro?

– Bem, dá, eu acho, mas você não vai querer vê-lo? – Ela cobriu a boca com a mão. – O que eu estou dizendo? Não quero encorajá-la. Queria nunca ter lhe dado o endereço.

– Onde você o conseguiu, afinal?

– Meu irmão. – Grace disse. – Tenho certeza de que Rexton se encontra com a amante lá. Você o viu, não?

– Não posso dizer.

Grace fez uma careta de insatisfação.

– Todos esses segredos... Não acho que algo de bom vai sair disso.

– Você vai continuar me amando se eu for até o fim?

– É claro, mas se ele suspeita, por que você não confirma sua identidade para ver o que acontece?

– Eu não espero que você compreenda a surra que a autoestima de alguém leva depois de seis anos vendo as outras se apaixonar ou fazer bons casamentos que não sejam baseados apenas no dote. Eu quero um homem que olhe para mim da maneira que meu pai olha para a minha mãe, da maneira que Lovingdon olha para você. Como se ninguém mais fosse tão importante ou amado. Meu irmão morreria por você.

– Ele quase morreu. Mas no fim ele viveu por mim, e isso é muito melhor, Minerva. Você gosta de Ashebury?

– Muito.

– Nunca achei que você fosse uma mocinha tímida. Se você o quer, vá atrás dele. – Ela abriu um sorriso confiante. – Foi assim que eu conquistei Lovingdon. Eu aposto meu dinheiro em você.

– Eu não apostaria muito. As probabilidades estão contra mim. Ele pode ter quem quiser. Mas pelo menos eu sei que ele gosta das minhas pernas.

Ashe parou no último degrau e ficou encarando a porta de mogno escuro que dava acesso à casa de seus pais. Era bobagem se referir assim ao lugar. Fazia vinte anos que eles não moravam ali.

Com um suspiro, ele destrancou a porta, soltou o trinco e empurrou a madeira com firmeza. As dobradiças rangeram e gemeram enquanto a entrada ia se revelando. Passando pela soleira, Ashe fechou a porta atrás de si, trancando-se com as lembranças.

Partículas de poeira dançavam na luz difusa que passava pelos vidros dos dois lados da porta. O ar estava espesso, cheirando a mofo e abandono. O silêncio era pesado – uma residência abandonada, indesejada, sem amor.

O lugar tinha sido o orgulho e a alegria de sua mãe, um símbolo da riqueza e do poder de seu pai. Mesmo com apenas 8 anos, Ashe entendia a mensagem passada por aquela construção extraordinária. Agora cada peça de mobília estava envolta em branco, dando a tudo uma aparência fantasmagórica.

Seus passos ecoaram no mármore preto enquanto ele se aproximava da escada. Como se precisasse de apoio, quando parou, Ashe colocou a mão no pilar da escada e olhou para o sexto degrau, o lugar em que estava quando viu seus pais pela última vez, de onde ele gritou que os odiava e esperava que nunca voltassem.

A dor da lembrança foi um golpe duro no meio do peito. Ele imaginou que ainda podia ouvir as palavras cheias de mágoa ecoando pela entrada, ricocheteando nas paredes e no teto. Só que elas acompanharam seus pais até fora da casa, envolvendo-os. Os olhos azuis da mãe estavam carregados de tristeza quando ela olhou por sobre o ombro, antes que o pai de Ashe a levasse para fora. O que sua mãe tinha pensado dele naquele momento? Provavelmente o que ele pensava agora de si mesmo.

Herdeiro favorecido, fedelho mimado, criança desprezível.

Aquelas foram as palavras de sua babá enquanto o arrastava de volta ao quarto de estudos.

Ele devia vender a casa com tudo dentro. Só que isso tinha sabor de derrota. Ele já era um homem, forte o bastante para enfrentar o passado, lidar com ele, seguir em frente. Aquele lugar representava parte de seu legado, de sua história.

Ashe deveria ficar grato porque tudo que não desejava se lembrar tinha acontecido ali e não na propriedade ancestral. Embora parecesse estranho, agora, pensar que eles estavam em Londres em novembro. O silêncio foi perturbado quando ele bufou. De que isso importava depois de tantos anos?

Não importava. Com passos largos e rápidos, como se pudesse escapar dos demônios da lembrança e do arrependimento, ele entrou na sala de estar, onde foi recebido por lençóis brancos cobertos por uma fina camada de pó. Era ali que Ashe era apresentado à mãe, para que lhe contasse como tinha sido seu dia. Seu tempo no parque, as lições de equitação, as aulas. Ele ainda podia ouvir seu tutor dizendo que não era um aluno brilhante e ver a decepção nos olhos da mãe. Mas ele era inteligente o bastante para saber que os números não se comportavam. Quando Ashe tentou explicar como eles o enganavam, a mãe estava prestando atenção nos pássaros que voavam além da janela. Então aprendeu a ficar quieto para não desiludi-la, para não perder o afeto da mãe.

Ela estaria amargamente decepcionada com ele nesse momento, com sua incapacidade de cuidar de modo adequado do que foi colocado sob seus cuidados. Seu pai também. O que ele mais lembrava do antigo duque era sua rigidez, o modo como conseguia andar quase sem mexer qualquer parte do corpo, a maneira como arqueava as sobrancelhas para repreendê-lo. Ashe ficava apavorado quando a sobrancelha subia. A isso normalmente se seguiam as palavras "Dê-me a vara".

Ashebury se lembrou do ardor que o objeto produzia em suas nádegas e pernas nuas. Ainda assim, apesar da frieza e da rigidez de seus pais, ele se sentiu sem chão quando veio a notícia de que tinham morrido. Ele gritou e chorou, e prometeu ser bom se eles voltassem.

Mas nem o melhor comportamento do mundo poderia desfazer o que estava feito.

Por mais que ele tentasse evitar, seu pensamento voltou para a última vez em que ele esteve naquela sala, velando o caixão dos pais. Tinha restado tão pouco deles que os dois foram colocados no mesmo ataúde. Pelo menos foi o que lhe disseram. Ele ficou sentado, estoico e silencioso, enquanto as pessoas vinham prestar sua última homenagem. Jovem demais, atordoado demais para entender tudo que acontecia, todas as implicações, ele tinha ficado órfão, sozinho no mundo, sem nenhum parente próximo.

Aqueles que se apresentaram como familiares eram desconhecidos. Ele nunca mais viu nenhum deles após o enterro. Ninguém foi ver se ele estava sendo bem cuidado. Ninguém lhe escreveu uma carta para saber como estava se virando. Ninguém lhe perguntou de sua saúde, sua segurança, seu bem-estar. Ninguém deu a mínima.

Aqueles pensamentos melancólicos ameaçavam consumi-lo. Esse foi o motivo pelo qual ele não tinha ido morar ali. Aquele não era um lugar de lembranças felizes. Sim, ele deveria vender a casa.

Só que ele sabia que não venderia.

Era um dia lindo para um passeio no parque. Assim, Minerva gostou que, quando Lorde John Simpson, irmão do Duque de Kittingham, apareceu para visitá-la, sugeriu que eles saíssem. Era mais agradável gastar o tempo ao ar livre do que ficar sentada na sala de casa, onde seus pensamentos a enchiam de dúvidas. Ela ainda não tinha decidido o que fazer quanto ao encontro com Ashebury naquela noite. Se ela não se sentisse atraída por ele, nem teria o que decidir, mas depois da noite passada, ela descobriu que queria experimentar tudo que ele tinha para oferecer. Embora talvez suspeitasse de sua identidade, Ashe não sabia com certeza. Minerva gostava que ele não tivesse certeza.

– ...como você pode ver.

Ela olhou para seu companheiro naquele passeio, que contava 19 anos completos. Ele tinha cabelo claro e era alto. Suas costeletas pareciam a penugem de um pêssego.

– Desculpe, o que você disse?

Ele deu um sorriso complacente.

– Meu irmão e eu nunca nos demos bem. Ele é um canalha maldoso. Horrível, para ser honesto. Vai cortar minha mesada quando eu chegar à maioridade, o que me deixa um pouco preocupado.

– Dá para entender. Mas é bem aceitável que segundos filhos se tornem membros do clero.

Ele fez uma careta.

– O problema nesse caso é ter que ficar ouvindo os problemas dos outros.

– Mas eu acredito que seja extremamente recompensador oferecer consolo para as pessoas.

– Não serve para mim. – Ele meneou a cabeça.

– Que tal você entrar para o exército?

– É muito cansativo, tem que ficar marchando, recebendo ordens.

– Melhor do que ser forçado a viver nas ruas.

Ele parou de andar e a encarou.

– Eu esperava que você pudesse conceder a honra de se casar comigo.

Minerva engoliu uma gargalhada.

– Eu sou bem mais velha que você.

– Eu sei disso, mas pelo menos você não ficaria mais juntando pó.

– Não é um problema, para mim, ficar juntando pó. Na verdade, eu gosto da independência que a situação me permite.

Os olhos dele brilharam.

– Eu não tiraria isso de você! – Ele prometeu. – Seria um casamento apenas de fachada. Como segundo filho, eu não preciso de herdeiro. Você não teria deveres de esposa.

– Eu não os tenho agora.

– Mas toda Londres sabe que você não tem. Quando nos casarmos, esse vai ser nosso segredinho.

As propostas que ela recebia estavam ficando cada vez mais ridículas. Ela precisava colocar um anúncio no *Times* informando que não estava mais à procura de um marido.

– Assim você vai ganhar o meu dote, mas eu não sei o que eu ganho.

– Você não vai mais ser uma solteirona. Vai ser a *minha esposa*. E terá a minha proteção.

– Eu já tenho proteção.

– Seu pai não vai viver para sempre.

– Na ausência dele, tenho irmãos que poderão me proteger. Além disso, tenho um gancho de esquerda bem forte.

Ele piscou.

– Você entraria em uma briga?

– Se for necessário, sim.

Com um suspiro, ele deixou os ombros caírem.

– Não há nada que eu possa lhe oferecer para que o casamento comigo seja atraente?

– Amor.

Ele pareceu definitivamente derrotado.

– Eu amo outra garota.

– Então case-se com ela.

– O dote dela é insignificante. Eu iria usar o seu para dar a ela tudo que não posso.

– Nós deveríamos parar de conversar agora, antes que eu lhe apresente meu punho esquerdo.

Ele deu um sorriso torto.

– Estraguei tudo.

Ele parecia tão novo e ela se sentia velha demais.

– Pense no exército, milorde. Isso fortalecerá seu caráter. – Dando meia volta, ela começou o longo caminho para casa.

Passaram-se alguns momentos antes que ele a alcançasse.

– Você não vai contar para ninguém sobre a minha proposta, vai?

– Claro que não.

– Obrigado, Srta. Dodger. – Eles caminharam em silêncio durante algum tempo antes de ele falar de novo. – E se eu não conseguir sustentá-la pelos meus meios?

– Eu acredito em você, milorde. Não vai ser fácil, mas se você ama mesmo a garota, vai dar um jeito. Um que não envolva o dote de outra mulher.

Enquanto eles continuavam o caminho para a casa dela, Minerva imaginou como a vida tinha chegado àquele ponto. A noite passada não teve decepções, apenas alegria e prazer. Ela queria outra noite com Ashebury – segundo as condições dela.

– Tocou a campainha para me chamar, Vossa Graça?

De pé junto à janela de sua biblioteca, bebericando seu *scotch*, Ashe observava o crepúsculo descer sobre seus jardins. Ele iria sentir falta do sossego, de não ter que trombar com lembranças toda vez que entrasse em um aposento. Durante horas ele perambulou pelos corredores familiares de sua juventude, recordando os raros acontecimentos que mereciam ser relembrados. Sua mãe borrifando nele o perfume dela, fazendo cócegas em Ashe até ele não aguentar mais de tanto rir e implorar para que ela parasse. O pai amarrando um fio ao redor do primeiro dente mole de Ashe, prendendo a outra ponta na maçaneta para então bater a porta, arrancando o dente dessa forma. Batendo no ombro de Ashe: "Bom rapaz. Você vai ser um bom duque".

E Ashe nunca mais contou para o pai quando sentia o dente começando a amolecer. Depois não teve mais a oportunidade de lhe contar.

– Nós vamos nos mudar para a Casa Ashebury. – Ele respondeu ao mordomo. – Peça aos criados que comecem a prepará-la para nossa chegada. Eu gostaria de me mudar na próxima semana.

– Muito bem, senhor. Vamos precisar de uma equipe maior.

Porque a Casa Ashebury era duas vezes maior que sua residência atual.

– Vamos nos virar com o que temos por enquanto.

– Como queira.

Não era o que ele queria. Para dizer a verdade, era provável que ele tivesse que dispensar alguns criados. Mas ele não conseguia despedir ninguém quando o único crime dessas pessoas era ter um empregador passando por dificuldades.

– Mais alguma coisa, Vossa Graça?

– Não, por enquanto é só, Wilson.

– Muito bem, senhor. – Wilson saiu tão silencioso quanto entrou.

Ashe apoiou o punho na janela, então encostou a testa na mão. Ele não queria ficar revivendo as lembranças que o visitaram nesse dia, mas era como se ele estivesse preso em um barril que rolava ladeira abaixo. Pela primeira vez nesse dia, ele sorriu. Em Havisham, uma vez eles se revezaram entrando em um barril que os outros rolavam, então ele conhecia bem a sensação. Ele se orgulhou, na época, de ser o único dos garotos que não restituiu o café da manhã.

Pensar em seu orgulho o levou a suas fotos, que lhe davam imensa satisfação. Seguindo esse pensamento veio uma imagem de Lady V deitada na cama com as pernas à mostra, esperando que ele as abrisse e mergulhasse no meio delas.

Ashe precisava dela essa noite. Ele esperava, desesperadamente, que ela estivesse lá.

Capítulo 11

Minerva chegou três minutos atrasada, 180 segundos depois do último gongo que marcava a meia-noite, e ele já tinha encontrado uma substituta para ela. Com o coração disparado e a decepção amarga se instalando em seu peito, ela ficou pregada na entrada do salão do Clube Nightingale observando Ashebury sorrir e gesticular para uma mulher que usava uma máscara roxa e um elegante vestido de noite. Mal ocorreu a ela se perguntar por que aquela mulher espalhafatosa não estava usando o mesmo traje simples que todas as outras no salão.

Em vez disso, ela ficou mais preocupada por ter acreditado que significava algo para ele, por ter acreditado no convite dele, no prazer que ele lhe proporcionou, nas exceções que ele afirmava estar fazendo só por ela. Mentiras jorravam daquela boca hipócrita e deliciosa como da de qualquer outro homem que já tivesse lhe dado alguma atenção. Quando longe dos olhos, ela estava longe do coração. Ela. Lady V.

Minerva se censurou. Ela havia mesmo pensado que uma mulher que frequentava um lugar desses seria reverenciada, conseguiria manter o afeto de um homem por mais tempo do que o necessário para levá-la para cama?

Então ele começou a andar na direção dela, e seu sorriso ficou mais largo. Ocorreu a Minerva que o sorriso nunca foi para a mulher de roxo. Que foi para ela, assim que ela apareceu na entrada e Ashe a viu.

Ela chegou três minutos atrasada, e nem um minuto depois disso ele já estava do seu lado.

– Parece que você já conseguiu sua parceira desta noite. – Ela observou, detestando a grosseria na voz, esforçando-se para não revelar toda sua irritação e decepção ao afastar a mão grande e quente que ele colocou em seu ombro, oferecendo-lhe o toque que ela tinha planejado acolher com tudo que podia oferecer.

O sorriso dele diminuiu um pouco e seu olhar sustentou o dela, sem permitir que Minerva olhasse para outro lugar.

– Lady Eliza é a proprietária. Ela estava me contando que providenciou tudo o que eu solicitei.

– O que você solicitou?

Ashe deslizou a mão pelo braço dela, pegou seus dedos e os levou à boca. Ela tomou ciência do calor do hálito dele, da suavidade de seus lábios.

– Você quer que eu estrague a surpresa que planejei para você?

O aperto no peito de Minerva se desenrolou como um botão de rosa desabrochando sob o sol.

– E se eu não tivesse vindo?

– Eu teria ido embora destroçado.

Um canto da boca de Minerva se ergueu.

– Duvido disso.

– Bem, talvez não destroçado, mas muito decepcionado. Vamos subir?

A hora tinha chegado. Com os nervos à flor da pele, Minerva inspirou fundo para se acalmar. Ela não iria – não podia – recuar outra vez, tinha tomado a decisão de ir até lá, de se encontrar com ele, porque queria estar em seus braços. Ele era o homem que ela desejava, o que ela queria que a levasse às profundezas do reino do prazer. Ela confiava nele. Ashe poderia ter se aproveitado dela antes, poderia tê-la pressionado, ter ficado bravo quando ela mudou de ideia. Mas o tempo todo ele foi paciente, compreensivo, gentil – embora tivesse lhe dito que gostava de sexo forte e vigoroso. O beijo junto à porta tinha sido, sem dúvida, uma amostra.

Aquilo não a assustou quando aconteceu, e a ideia não a assustou no momento. Ela queria ficar com ele. Só por essa noite, ela iria saborear a fantasia de que ele desejava ficar com ela.

Minerva concordou. Passando o braço pelas costas dela, Ashe a conduziu até a escada, puxando-a para perto de si enquanto subiam. Quando chegaram ao patamar, Ashe a levou por um corredor diferente, no fim do qual havia outra escada que eles subiram. No alto desta, havia apenas uma porta.

Ela pulsava de expectativa enquanto ele destrancava e abria a porta. Dessa vez, depois de ultrapassar o batente, Minerva não ficou surpresa quando a porta foi batida atrás de si e ela sentiu as costas pressionadas contra a madeira, suas mãos presas acima da cabeça, a boca dele, faminta e ávida, devorando a sua. Dessa vez ela o recebeu sem hesitação, sem reservas.

– Você atrasou! – Ele rosnou.

– Três minutos. – Ela riu.

Ela quase não tinha ido. Ela subiu na carruagem, desceu. Voltou para dentro. Então pediu ao cocheiro que a deixasse a alguns quarteirões do Nightingale e voltasse para casa, rezando para que ele não dissesse nada a seu pai. Mas por que ele diria? O homem não sabia qual era o destino final dela, nem a travessura que iria aprontar.

– Cada um deles foi uma eternidade de agonia. – Ashebury disse.

A alegria que rodopiava dentro dela só cresceu quando ele colou a boca à sua. Ele a queria, desejava. Ele a fazia se sentir linda e elegante, fazia com que ela se sentisse importante para ele.

– Tire a máscara! – Ele ordenou, com a boca incandescente no pescoço dela.

– Não. – Essa noite era uma fantasia, os sonhos de uma garota caseira que nunca tinha conhecido o calor da paixão, que nunca se sentiu desejada. Que pensou estar destinada a um casamento frio até decidir que preferia manter a cabeça erguida sendo solteira do que abaixá-la para um marido que não a amasse.

Recuando um pouco, ele espiou os olhos dela através das duas aberturas pequenas na máscara, colocou as mãos dos lados do pescoço e lhe acariciou o queixo com os polegares.

– Depois de tudo que fizemos até aqui, porque você não se mostra para mim?

– Porque vai mudar tudo.

– Pode mudar tudo para melhor.

– Acho que não. Eu vou ficar constrangida, nervosa. É provável que eu não consiga ir até o fim. Mas eu quero muito ficar com você. – Ela levou a mão ao rosto dele. – Eu ainda preciso do mistério.

Colocando a mão sobre a dela, ele a manteve no lugar enquanto virava a cabeça para beijá-la.

– Como você vai explicar seu estado maculado na sua noite de núpcias?

– Não vou me casar.

Ele a encarou.

– E se você receber uma proposta?

– Não acredito na sinceridade de nenhum homem quando diz que me deseja. Ninguém jamais disse que me amava. – Ela baixou a mão para a lapela dele e apertou os dedos. – Não me diga essas palavras nesta noite. Eu não preciso delas. Quero honestidade entre nós.

– A mulher mascarada pedindo honestidade.

– Não existe desonestidade em não revelar quem eu sou, porque este lugar é assim. Você não aceitou essas condições com outras mulheres?

– Mas nenhuma delas me fascinou como você. Mas se as opções são aceitar seus termos ou não tê-la... eu aceito seus termos. – Ele a soltou e se afastou. – Agora vamos aproveitar o que Lady Eliza preparou para nós.

Ela observou o quarto com maior atenção, percebendo que era maior que o outro. O dossel da cama era de veludo vermelho, que contrastava com os lençóis de cetim branco que reluziam à luz das velas, parecendo um lago cintilante de perdição. Na sala de estar, um fogo baixo queimava na lareira. Perto da janela havia uma mesa com toalha onde estava servida uma refeição leve acompanhada de uma garrafa de vinho. Ashebury começou a despejar o líquido bordô em duas taças.

– Não sei se consigo comer... – Ela disse ao se aproximar.

Ashe olhou para ela.

– Se não agora, mais tarde. Você precisa manter a força. Nós temos a noite toda.

Ela quase disse que precisava estar em casa antes que seus pais levantassem, e que seu pai era um madrugador. Mas ela se preocuparia com esse problema quando chegasse a hora. Depois de aceitar a taça que Ashe lhe oferecia, Minerva saboreou o vinho e sorriu.

– Muito bom.

– Fico feliz que tenha gostado.

– Por que este quarto? – Ela perguntou olhando ao redor.

– Ele é usado apenas pelos sócios mais especiais, para ocasiões especiais. Ele não é tão espalhafatoso. É isolado, o que eu pensei que a deixaria mais à vontade, caso precise gritar de prazer.

Depois da noite passada, ela desconfiava que ele sabia como fazê-la gritar. Ela deu mais um gole, lambeu os lábios e viu quando os olhos dele ficaram pesados.

– Você não preparou a câmera.

– Esta noite não vim para fotografar.

– A foto que você tirou ficou boa?

– É sem dúvida meu melhor trabalho.

– Eu estava esperando que você a trouxesse, para me mostrar.

Ele meneou a cabeça.

– Nunca vou mostrá-la para ninguém, nem para você.

– Isso não me parece justo. Pode ser que eu peça para você me ensinar a usar uma câmera, para então eu tirar uma foto de você.

Ele pegou um morango e o encostou de leve nos lábios dela.

– Vou ficar feliz de acrescentar isso à lista de coisas que pretendo lhe ensinar.

Dando uma mordida na fruta, ela saboreou a doçura suculenta e o observou terminar o morango. Tudo estava acontecendo devagar, mais devagar do que ela esperava.

– Eu pensei que nós iríamos resolver isso logo.

– Eu lhe disse, naquela primeira noite, que uma sedução lenta aumenta a expectativa e, por consequência, o prazer.

– A sedução lenta começou duas visitas atrás, não acha?

O sorriso sensual que Ashe lhe deu sugeria a natureza sedutora dele.

– Esta é apenas a primeira vez, V.

De repente, a boca de Minerva ficou seca.

– Estou vendo que você se decidiu pela informalidade. Devo chamá-lo de A?

– Ashe. Você prefere que eu a chame de outra maneira? Querida, talvez?

– Não quero demonstrações falsas de afeto.

– Pode acreditar que nada do que eu disser será falso. Eu não faço joguinhos. Quando estou com uma mulher na minha cama, levo tudo muito a sério. – Ele colocou o copo de lado e se aproximou um passo dela, cravando seu olhar no dela. – E você vai ter que tirar a máscara. Se quiser que eu faça indecências com você, terá que se livrar dela. – Ele passou o dedo pelo rosto de Lady V, logo abaixo da linha da máscara. – Eu vou tirar a sua roupa e depois apagar as velas e fechar as cortinas ao redor da cama, para que lá dentro não exista nada além de escuridão. Você vai entrar e retirar a máscara. Quando estiver pronta, vou me juntar a você. – Ele se inclinou para perto dela e sussurrou: – E quando nós dois estivermos prontos, eu vou *entrar* em você.

Minerva estremeceu de desejo quando as imagens a bombardearam. Sedução lenta mesmo. Ela terminou o vinho na esperança de que acalmasse seu coração disparado.

– Mas primeiro – ele disse ao se endireitar –, tenho uma coisa para você usar e não se sentir tão exposta. – Ele enfiou a mão no bolso interno do paletó e a abriu para revelar uma correntinha de ouro com delicados berloques dourados.

– Que pulseira linda! – Ela o admirou. – Você não pode estar querendo me dar isto.

– Não é uma pulseira. – Ele ajoelhou, deu uma batidinha na coxa dela e olhou para cima. – É uma tornozeleira. Comprei durante uma viagem à Índia. Eu não sabia por que sentia a necessidade de ter isso, mas agora eu sei que vai ficar bem em você.

– Eu não posso aceitar um presente desses.

– Dentro de pouco tempo eu vou tomar algo de você. Eu preciso lhe dar algo em troca. – Ele bateu de leve na coxa dela de novo. – Vamos. Você sabe que quer usar, e vai ser o nosso segredo. Você pode usá-la debaixo das suas saias que ninguém verá.

Minerva se lembrou de quando Ashe disse que ela deveria estar um pouco apaixonada pela primeira pessoa com quem copulasse. Ele estava tentando providenciar isso? Porque, com certeza, ela estava se afeiçoando a ele. Minerva colocou a taça sobre a mesa, a mão no ombro dele para se equilibrar, e o pé na coxa firme, o que lhe deu a liberdade de contrair e estender os dedos, sentindo aquele calor familiar. Ele prendeu a correntinha ao redor do tornozelo dela. Ela pensou que sua perna nunca pareceu tão delicada quanto naquele momento.

– A maioria dos cavalheiros provavelmente daria uma pulseira, um colar ou brincos.

– Eu não sou como a maioria dos cavalheiros. – Ashe endireitou seu corpo magnífico e tonificado. – E você, com certeza, não é como a maioria das mulheres. – Com os olhos grudados nela, ele passou os dedos por baixo das alças daquele vestido leve e começou a afastá-las.

A respiração dela ficou mais difícil. O momento que ela tanto aguardou tinha chegado. Minerva imaginou se deveria estar com medo ou nervosa. Se era assim que se sentiria em sua noite de núpcias. Mas ela estava apenas transbordando de impaciência e entusiasmo.

O tecido desceu um pouco. Ele baixou o olhar, depois subiu para os olhos dela. E esperou.

– O vestido vai deslizar até o chão. – Ashe disse, enfim. – Então eu vou pegar você nos braços e levá-la para a cama.

– Não antes que eu arranque a sua roupa – Ela disse, com um pouco mais de confiança do que sentia.

O sorriso dele ficou mais quente e seus olhos reluziram de prazer.

– E eu que pensava que as virgens eram tímidas.

– Não sou quando eu sei o que quero. E eu quero você.

Com um rugido feral, ele soltou as alças e segurou o rosto dela, tomando a boca de Minerva com a sua enquanto a seda esvoaçava até o chão. Ela deveria se sentir exposta, mas não se sentiu. Os braços dele a envolveram, apertando-a contra o peito enquanto sua boca a atacava. Forte e rápido, ele lhe disse uma vez, e ela suspeitava que ele estivesse controlando seus desejos por medo de assustá-la. Mas ela não teve dúvida nem receio nem reservas. Ela precisava daquele homem do mesmo modo que precisava respirar.

Interrompendo o beijo, ele a ergueu e começou a andar na direção da cama.

– Suas roupas! – Ela protestou.

– Eu preciso levar você para a cama enquanto ainda tenho forças. Você me enfraquece.

Rindo, ela pôs a mão no maxilar firme dele. Ele devia ter se barbeado logo antes de ir ao Nightingale, pois ela não sentiu nenhuma aspereza. Ela não teria ligado para isso, mas ficou feliz por ele ter se preocupado. Ele cheirava a sabonete e sândalo recém-aplicado. Ashe tinha se preparado tão bem quanto ela para o encontro.

Colocando-a de pé, ele admirou cada detalhe do corpo de Minerva.

– Você é maravilhosa.

Uma declaração tão simples, mas que a fez se sentir impecável, amada, admirada. Com o dedo, ele desenhou o número oito ao redor de seus seios. Eles ficaram tesos, parecendo se esticar na direção dele.

– Solte o cabelo! – Ele ordenou.

– Eu pensei que você gostasse de soltar.

– Eu quero ver seus seios empinar quando você levantar os braços. Quando estivermos no escuro, não vou conseguir ver muita coisa. Faça a minha vontade.

Ela não tinha pensado nisso. Em tudo que não poderia ver.

– Isto não é normalmente feito no escuro?

Os olhos dele ficaram lânguidos enquanto passeavam pelo corpo dela.

– Nem sempre. Às vezes a escuridão pode aumentar a sensualidade do ato. Às vezes, a luz pode tornar tudo mais provocante. Depende do que você deseja. Eu sou um mestre das duas coisas.

Alguém poderia querer chamá-lo de fanfarrão, mas Minerva tinha visto a verdade dessa afirmação nas fotografias dele. Engolindo em seco, ela levantou os braços, observando como as narinas dele se dilataram, os lábios se entreabriram, os olhos cintilaram de desejo. Enquanto procurava os grampos, ela quase se lamentou por ter desejado a escuridão para poder retirar a máscara. Mas ela queria se livrar daquilo tanto quanto ele. Ela não queria que a peça os atrapalhasse.

Ela deixou os grampos cair no chão sem cerimônia. Quando sentiu o peso das mechas se deslocando, a máscara se soltando, ela deu as costas para ele no caso de a máscara cair antes que pudesse segurá-la. Ela ouviu o ruído da inspiração pesada dele quando seu cabelo cascateou até as nádegas. Segurando a máscara com as mãos, Minerva girou o corpo para encará-lo.

– Eu pensei que sabia como era sua aparência. Baseado no caimento do vestido de seda. Eu estava enganado. Você é mais linda do que eu imaginava.

Minerva não sabia como reagir a isso, aos elogios, à admiração dele. Ela baixou os braços lentamente, sentindo-se poderosa e no controle porque não estava constrangida com a admiração dele.

– O que você está esperando? – Ele perguntou.

– Perdão?

– Minhas roupas. Você não afirmou que iria rasgá-las?

– O que você iria usar para ir para casa, se eu fizesse isso? – Ela perguntou, deslizando as mãos por baixo da abertura do paletó, pressionando-as no peito dele, com imensa satisfação ao notar a respiração quase ofegante de Ashe. Ela subiu as mãos, passando-as pelos ombros, descendo pelos braços, e nenhum dos dois fez menção de pegar o paletó quando este caiu no chão.

Minerva começou a desabotoar o colete com dedos que ela não esperava que estivessem tão firmes.

– Nada de nervos. – Ashe comentou. Então ele tinha reparado.

Erguendo o olhar para o dele, Minerva lhe deu o que esperava ser um sorriso malicioso.

– Eu quero fazer isso.

– Está demorando demais. – Enquanto ela desfazia o nó da gravata, Ashe começou a desabotoar a camisa, e em seguida a puxou por cima da cabeça, expondo um tronco muito bem definido.

Os dedos dela tremeram quando tocaram na cicatriz horrível e irregular no ombro esquerdo dele.

– O Sr. Alcott não exagerou.

– Como?

Ela procurou o olhar dele e viu a dúvida ali. Tinha cometido um erro sem pensar, poderia ter se revelado se tivesse dito mais alguma coisa.

– Eu estava na casa de Lady Greyling quando ela ofereceu a recepção para a volta de vocês. Ouvi as histórias, vi suas fotografias. Elas são o motivo por eu ter mudado de ideia quanto a posar para você.

– Nós não nos falamos lá. Eu teria me lembrado. Sua voz é bem marcante.

Minerva soltou um suspiro lento de alívio.

– Eu fico invisível em eventos como esse.

– Que pena. Parece que as minhas cicatrizes atrapalharam o clima. Suba na cama. Eu cuido do resto.

– Não acho que são horríveis. São um símbolo da sua coragem.

– Mais arrogância que coragem. Quando estou fascinado por sua beleza, é fácil me esquecer que essas criaturas da floresta são selvagens. – Ele segurou o queixo dela e a beijou. – Estou ansioso para descobrir o seu grau de selvageria. Suba na cama.

Um grau não muito alto, já que ela hesitou ao pensar em tirar a calça dele. Minerva concordou com um movimento de cabeça. Enquanto se acomodava entre os lençóis de cetim, ciente do tilintar dos berloques no seu tornozelo, Ashe começou a circundar a cama, soltando as cortinas do dossel. O veludo pesado se desfraldou sem esforço, lentamente fechando-a na escuridão.

Sentada ali, Minerva puxou os joelhos para o peito e abraçou as pernas, ouvindo os passos abafados de Ashe enquanto ele andava pelo quarto, provavelmente apagando as chamas das velas. Ela ouviu o baque de uma bota caindo, depois da outra. Apurando os ouvidos, ela escutou o tecido farfalhar quando ele tirou a calça, mas de repente tudo ficou em silêncio.

– A máscara já sumiu?

Ela estremeceu com a profundidade da voz dele.

– E a sua calça?

– Já era.

Ela podia jurar ter ouvido um indício de riso na voz dele.

– Vamos lá, V, estou doido para me extasiar com você.

Inspirando fundo, Minerva levou as mãos à nuca e soltou os laços que mantinham seu disfarce no lugar. Esticando-se, de joelhos, ela colocou a máscara em um canto no pé da cama. Ela devia ficar em segurança ali.

– Estou pronta. – Ela disse com a voz suave.

A escuridão se abriu para revelar sombras profundas. Ela mal conseguia distinguir a forma de um homem grande. A cama gemeu quando Ashe subiu no colchão e as cortinas se fecharam atrás dele.

Passando o braço ao redor dela, Ashe a puxou para si, pele com pele, dos ombros aos pés, a extensão dura e quente dele pressionando sua barriga. Infalíveis, os lábios dele capturaram os dela e ele a tomou para si.

Ela quase tinha se entregado. E ele quase tinha lhe dito que sabia quem ela era. Mas por algum motivo Lady V precisava do segredo, não confiava nele com a verdade. Embora naquele momento, como o libertino que era, Ashe só queria que ela lhe confiasse seu corpo.

E pretendia garantir que ela não se arrependesse.

Ele amaldiçoou a droga da escuridão, pois queria fazer mais do que simplesmente passar o dedo de leve ao redor dos seios dela quando Minerva estava nua diante de si, mas ele sabia que se pegasse naqueles seios perfeitos, se beliscasse um mamilo rosado e enterrasse os dedos nos pelos entre as coxas dela, não teria conseguido se segurar. Ashe a teria jogado na cama e a possuído logo em sequência.

Mas ele quis se livrar da maldita máscara para que não houvesse nada interferindo em seu prazer. Enfiando os dedos naqueles cabelos espessos, ele manteve a cabeça dela imóvel enquanto beijava cada canto de sua boca. Minerva tinha gosto de vinho e morango, libertinagem e desejo. E não estava intimidada. Ela explorava sua boca com a mesma intensidade, cravando os dedos em seus ombros, em suas costas. Ela era páreo para qualquer homem, e alguns a criticavam por isso. Eram uns tolos, isso sim. O entusiasmo dela era ímpar, sua avidez, incomparável. E Ashe quase a rejeitou por ser virgem. Ele teria sido um tolo.

Mas então ele conversou com ela na casa dos Greyling e ficou fascinado. Uma mulher que sabia o que queria, ousada, corajosa e franca. Bem, talvez nem tão franca. Ela não queria revelar sua identidade. Mas por mais que desejasse que ela se identificasse, Ashe compreendia sua hesitação. O que estava acontecendo entre eles seria malvisto na Sociedade. Embora ela afirmasse que não desejava se casar, se as visitas dela ao Nightingale fossem descobertas, casamento nunca mais seria uma opção para Minerva. Ela se transformaria em uma pária, não seria mais convidada para bailes e recepções. Então ele não a culpava pelo cuidado, e guardaria os segredos dela. Todos. Cada um que estava descobrindo.

Ashe descobriu a maciez da pele de Minerva quando passou a mão pelas suas costas. A firmeza roliça das nádegas, quando as segurou e apalpou. O modo como o seio dela enchia sua mão. A sensibilidade da área atrás da orelha, quando a beijou. O gemido doce quando ela apertou o corpo com força contra o dele. O bico rígido do mamilo, quando sua língua o circulou. O eco dos suspiros dela, a sensação da sola do pé de Minerva em sua panturrilha. A umidade quente que recobriu seus dedos quando ele a experimentou para ver se estava pronta.

Com as mãos firmes sobre as costelas dela, Ashe enterrou o rosto entre os montes macios formados pelos seios. Ele detestava a ideia de lhe causar qualquer desconforto.

Minerva enfiou os dedos no cabelo dele.

– Ashe?

– Você tem certeza de que não vai se arrepender?

– Só vou me arrepender se você parar. – Ele a ouviu engolir em seco. – Eu quero você dentro de mim.

Apesar da escuridão, Ashe apertou os olhos e gemeu baixo. As palavras dela o deixaram ainda mais duro. Ele já tinha se protegido. Ele beijou o lado de dentro de um seio, depois do outro.

– Então prepare-se, querida. Vou te deixar louca.

Vai me deixar louca? Ele já tinha realizado esse feito. Cada parte de seu corpo que Ashe tocava ansiava ser tocado de novo, cada terminação nervosa aguardava pelo que ela sabia que ele podia lhe dar, pelo prazer que a tinha devastado antes. Minerva se deliciava tocando o corpo dele, todas as partes que conseguia alcançar, acariciando os músculos que se flexionavam e se estendiam. Com a boca e os dedos ele a provocava. Ashe beijava, chupava e beliscava. Até Minerva estar se contorcendo debaixo dele, ansiando por fundir seu corpo ao dele, até sentir a dureza dele pressionar sua abertura quente. Ela ficou imóvel.

– Não fique tensa. – Ele disse, recuando. – Não pense no que vai acontecer, só pense no que é.

Minerva aquiesceu e se deu conta de que ele não podia ver o movimento de sua cabeça. Erguendo as pernas, ela envolveu os quadris dele e ouviu os berloques tinindo.

– Tudo bem. Estou pronta para você. Eu sei que estou.

– Eu também sei disso, mas não precisamos ter pressa.

– Eu pensei que você gostasse de forte e vigoroso. Ou era forte e rápido?

– Vamos ter tempo para isso depois. Nós temos muito tempo.

– Não quero decepcioná-lo.

Ashe deslizou por cima do corpo dela e mordiscou o lóbulo de sua orelha. Minerva gemeu baixinho.

– Você está em meus braços. – Ele sussurrou, rouco. – Como eu poderia estar decepcionado?

Ela o abraçou apertado. Ashe tinha dito que não existia falsidade na cama dele, mas era difícil acreditar naquelas palavras, ainda que ele as pronunciasse com tanta convicção. Por que ela não podia ter tudo aquilo sem máscara e sombras?

E que mulher boba ela era por lamentar o que não possuía, em vez de apreciar o que tinha naquele momento: o afeto e o desejo dele. Não importava que fosse apenas por uma noite. A lembrança a nutriria até a velhice.

Minerva sentiu a pressão outra vez, entrando sem pressa, só um pouco, saindo devagar. Ashe a beijava, afastando-a de tudo, exceto da glória daquele momento. Ela pensou nos caçadores de dote. Eles teriam tido essa mesma paciência? Teriam esperado? Ou teriam simplesmente socado dentro dela para poderem dizer que cumpriram seu dever?

Ele se ergueu sobre ela, balançando os quadris, cada movimento levando-o mais para dentro. Ela se sentiu dilatando para acomodá-lo, o desconforto tão pequeno que mal era notado. A respiração dele ficou mais difícil, os braços tremiam um pouco. Ela passou as mãos pelo peito dele, sentindo os músculos rijos, tensos.

Uma última estocada mais forte foi mais fundo que todas as outras. Ashe ficou imóvel. Sob seus dedos, ela sentiu um pouco da tensão diminuir. Ele tomou a boca de Minerva em um beijo profundo e rápido.

– Você não gritou.

Ela apertou as pernas nos quadris dele.

– Não foi tão ruim.

– Grande elogio ao meu talento.

Ela deu uma risada curta, estendeu as mãos e segurou o rosto dele.

– Eu adoro a sensação de ter você enterrado em mim.

Ele soltou um gemido que mais parecia um rosnado e aquele som os envolveu; Minerva sentiu o tremor na garganta dele.

– E eu adoro sua franqueza.

Então Ashe a beijou outra vez, enquanto começava a movimentar os quadris entre as coxas dela, com força e vigor. Sensações que estavam à espreita irromperam em uma explosão de sentidos e prazer. Tudo dentro dela se acumulou e tensionou.

Ele interrompeu o beijo e os movimentos ficaram mais rápidos. Minerva se perdeu no êxtase, com uma vaga consciência de que gritava o nome dele enquanto um cataclismo a engolfava. Ashe gemeu, baixo, selvagem e foi fundo com uma última estocada que fez seu corpo estremecer. Com a respiração curta, ele encostou a testa na dela.

– Não é justo! – Ela ofegou, letárgica. – Você não gritou o meu nome.

– Só porque você me tirou o fôlego.

Ele saiu de cima dela e rolou para o lado, trazendo-a para perto, aninhando o rosto dela na curva do seu ombro, puxando a perna dela por cima de sua coxa. Minerva pensou que deveria dizer mais alguma coisa, talvez lhe agradecer. Mas ela só foi capaz de cair no sono.

Ela não soube dizer quanto tempo dormiu, mas acordou com o braço dele ainda ao seu redor, a mão livre brincando com fios do cabelo dela. Minerva desejou não precisar da escuridão, mas ela não queria que nada arruinasse o que tinha acabado de acontecer entre eles.

– Foi como você esperava?

– Como você sabe que eu acordei?

– Seus cílios bateram no meu peito. – Ele prendeu o cabelo dela atrás da orelha. – E então?

– Foi melhor. Não me parece certo que as mulheres não possam fazer isso fora do casamento.

– É óbvio que algumas mulheres fazem.

– Mas se forem pegas, haverá repercussões. – Ela se ergueu, colocou o queixo no peito dele e apertou os olhos, tentando discernir a silhueta de Ashe. – Para alguém com aversão a virgens, você lidou bem com a situação.

– Está dolorida?

– Um pouco. Nada que eu não consiga aguentar. Mas como você sabia o melhor modo de facilitar as coisas para mim?

– Eu tenho um amigo que não compartilha da minha aversão. Eu lhe pedi que me contasse as experiências que já teve.

Ela ficou tensa.

– Relaxe. Eu não contei o porquê. Além disso, ele estava bêbado, nem vai se lembrar da conversa.

Edward Alcott, sem dúvida.

– Se você estiver com fome, eu lhe trago comida.

– Não, eu deveria ir para casa. Meu pai é um madrugador.

– Você já terminou comigo, então? Ou gostaria de mais uma noite?

A voz dele mostrava decepção. Levantando-se até estar quase em cima dele, Minerva acariciou seu rosto. Já dava para sentir a barba começando a crescer.

– Nunca pensei que eu ficaria tão à vontade estando completamente nua com um homem.

– Você não está completamente nua.

Erguendo o pé, ela o sacudiu, tilintando os berloques de ouro.

– Não sei se é sensato me encontrar com você outra vez. Corro o risco de ser pega. Isso nunca deveria ter sido mais do que uma noite apenas.

Ashe a segurou pelo cabelo e puxou para mais um beijo.

– E se eu quiser mais?

Havia outro risco além de ser pega. Havia o risco de ficar grávida.

– Você me disse que só fica uma vez com cada mulher.

– Como já disse, eu abro exceções para você. Além do que, você não é boba. Sabe que nenhum outro homem pode satisfazê-la como eu.

Ela lhe apertou o queixo áspero.

– Como você é convencido! Você me estragou para os outros homens. Não vou ficar com outros. – Mas ela também não poderia continuar com aquilo.

– Não precisamos nos encontrar aqui. Poderíamos nos encontrar na minha casa. É um lugar mais reservado. Mas eu quero saber quem você é.

– Não posso. – Ela sacudiu a cabeça.

– Mande uma carta se mudar de ideia. Você sabe onde me encontrar.

– Ficou bravo?

– Decepcionado; talvez seja bem-feito para mim que você só me queira por uma noite. Nunca pensei em como as mulheres que eu escolhia se sentiam depois, sabendo que nosso tempo juntos tinha acabado. Eu me arrependo de ter sido um canalha. – Levantando-se, Ashe deu um beijo rápido nos lábios dela. – Coloque a máscara, querida, vou levá-la para casa.

Então ele saiu pela abertura no dossel. Durante três segundos ela pensou em segui-lo, deixando a máscara para trás. Mas, no fim, ela a pegou e a prendeu no lugar.

Ashe a acompanhou na carruagem dessa vez, mantendo o braço ao redor dela enquanto a segurava junto ao seu corpo. Eles não conversaram. Minerva não sabia se restava algo para ser dito.

Quando a carruagem parou em frente ao Twin Dragons, ele não reagiu. Ela decidiu aproveitar a deixa. Erguendo-se um pouco, enquanto esperava que o criado abrisse a porta, ela olhou para ele.

– Você não parece nem um pouco surpreso com o nosso destino. Você pediu o endereço para o cocheiro.

– Eu lhe dei minha palavra de que não pediria.

– Então por que não está estranhando o lugar em que estamos?

– Porque eu mandei que ele nos trouxesse ao endereço que você tinha lhe dado. Minha promessa continua intacta.

A porta foi aberta.

– Vejo que você é tão bom com as respostas quanto é com os dedos. – Ao deixar a carruagem, Minerva foi acompanhada pela risada dele, o que a fez sorrir. No meio da escada, ela tirou a máscara. Ao se aproximar da porta, ela teve vontade de olhar para trás, mas sabia que Ashe a estaria observando, podia sentir o olhar dele como se fosse uma carícia. Ela quase voltou para ele.

Em vez disso, passou pela porta aberta, sabendo que depois daquela noite tudo mudaria.

Capítulo 12

Minerva acordou um pouco dolorida, mas não tanto quanto esperava. Ashe tinha se dedicado a prepará-la para recebê-lo. Ele foi um amante atencioso, perfeito para a primeira experiência de uma mulher com um homem. Naquela que, ela pensava, seria sua única vez. Mas agora ela entendia a tolice que era acreditar nisso. Por que desistir do prazer quando ela gostou tanto?

Contudo, Minerva queria agir com sabedoria. Não queria mais se preocupar se ele descobriria sua identidade. Uma coisa era usar a máscara no Clube Nightingale. Mas quando estivessem sozinhos em um quarto, ela precisava encontrar a coragem para tirar o disfarce. Depois que revelasse quem era, os dois poderiam se encontrar na casa dele, como Ashe sugeriu. Ela nunca pensou em tornar o Nightingale parte de sua vida. Queria apenas usar o clube como sua introdução ao prazer.

O lugar tinha servido aos propósitos dela. Sorrindo, tocou a campainha para chamar a criada. Minerva precisava pensar em como lidaria com a questão de agora em diante e calcular o melhor modo de contar para Ashe quem era. Ela não tinha sido uma decepção na cama, o que lhe despertava ondas de calor e contentamento, deixando-a perdida nas lembranças dele. Falando honestamente, talvez estivesse um pouquinho apaixonada por ele. Que foi o que Ashe lhe aconselhou naquela primeira noite. Esteja um pouco apaixonada pela pessoa.

Ela se perguntou se era possível que na noite anterior ele tivesse se apaixonado um pouco por Lady V. Então a alegria deu lugar à decepção. Ela queria que Ashe se apaixonasse um pouco por Minerva Dodger.

Ela estava vivendo duas vidas que, se um dia se chocassem, nada poderia salvá-la. Nem o dinheiro do pai, nem a influência da família, nem a posição de seu meio-irmão na Sociedade. Seu maior medo era arrastar todos eles para a sarjeta com ela.

Aquela não era a primeira vez de Ashe em um baile, mas ele nunca tinha comparecido em busca de uma esposa. Costumava ir para flertar, dar e receber atenção, apenas se divertir. Uma dança aqui, um jogo de cartas ou bilhar ali, algum tempo com os cavalheiros, conversas inconsequentes com muitas mulheres – jovens, idosas e no meio-termo.

Como um dos quatro aventureiros, ele recebia bastante atenção. As pessoas se fascinavam com o passado deles, suas viagens e aventuras. Depois que fossem anunciados e descessem a escadaria para o salão de festas da Casa Lovingdon, ele e Edward dificilmente teriam qualquer tempo a sós. Então, enquanto outras pessoas eram anunciadas, eles ficaram um pouco de lado, observando a nata da Sociedade londrina.

Embora a Srta. Dodger tivesse lhe dito que não iria a nenhum baile dessa Temporada, Ashe tinha certeza de que ela estaria nesse. A amizade íntima dela com a Duquesa de Lovingdon era garantia disso.

– Se você quiser nunca mais se preocupar com as finanças, case-se com a garota Dodger. – Edward disse em voz baixa o bastante para que ninguém mais ouvisse.

O comentário o irritou. Talvez porque Ashe ainda podia senti-la em seus lábios, ou trêmula em seus braços.

– Você ao menos sabe o nome dela?

– O que isso importa? Eu sei o tamanho do dote dela. E é robusto. O suficiente para ignorar as imperfeições dela.

– E quais seriam essas imperfeições?

Edward olhou firme para o amigo, sem dúvida porque a pergunta de Ashe tinha saído como um rosnado.

– Um pai que o mataria lenta e dolorosamente, sem remorsos, se ouvisse falar que a filha está infeliz. Além disso, ela não é muito bem-comportada, tem a tendência de dizer o que pensa e discute assuntos que deveriam ser apenas coisa de homem.

Alguma coisa muito parecida com ciúme apertou o peito de Ashe.

– Quando foi que você conversou com ela?

– Oh, aqui e ali, ao longo dos anos. Na festinha da Julia, aquela noite. Ela teve a audácia de duvidar da veracidade da minha história.

– Não dá para culpá-la. Você inventou muita coisa.

– De modo geral, a história é verdadeira. Alguns detalhes podem ter embelezado o que de fato aconteceu. Ainda assim, foi indelicado da parte dela sugerir que eu sou um mentiroso.

– Ela é sincera.

– É mesmo. Sabia que ela escreveu um livro? *Guia para Ladies – Como Identificar Caçadores de Dotes*. Ela impossibilitou que um homem corteje uma mulher sem ter que se esforçar demais, do meu ponto de vista. Já ouvi muitos cavalheiros reclamando disso. Você devia ler esse livro. Por outro lado, se eu fosse você, ficaria longe dela. A Srta. Dodger vai deduzir seus motivos em um piscar de olhos. Inteligente demais para ser uma boa esposa. Além disso, ela não é o peixe mais bonito do lago. Embora eu imagine que no escuro isso não faça diferença.

Foi só quando a mão de Ashe começou a doer que ele percebeu que a tinha fechado em um punho durante a conversa. Ele estava com muita vontade de lançar aquele punho contra o nariz de Edward.

– Em certos momentos, Edward, você é um verdadeiro imbecil.

– Agora você está parecendo a minha cunhada. Falando do capeta, aí vem ele. Meu Deus, acho que vou ter que dançar com a megera só para ser educado e não dar a impressão de que eu gostaria que ela sumisse da face da Terra.

– Ela é bem simpática. Não entendo por que você não gosta dela.

– Ela roubou meu irmão de mim! – Edward disse e mudou de posição, evitando o olhar dele, como se aquela declaração o tivesse constrangido. – Vamos descer? Eu estou precisando de um bom *scotch*.

Eles aproveitaram uma folga no fluxo de pessoas, foram anunciados e desceram a escadaria para o que Ashe esperava que não fosse o inferno.

Minerva estava dividida entre esperar que ele comparecesse ao baile e desejar que não fosse, mas quando Ashe foi anunciado, um estremecimento delicioso de alegria percorreu sua espinha e ela logo se repreendeu pela reação. Era ridículo pensar que ele lhe dispensaria qualquer atenção naquela noite. Ele não sabia que ela era a mulher que teve nos braços na noite anterior. Não que fizesse diferença se ele soubesse. Os dois estiveram no Nightingale para um encontro descompromissado, nada mais. Com certeza não foi nada que aumentaria o tempo deles para além do Nightingale, nada que fizesse com que se procurassem em público. Ainda que seus olhos parecessem não ter entendido essa mensagem e se recusassem a parar de encará-lo.

As mulheres se aglomeravam à volta de Ashe, colocando suas cadernetas de dança diante do rosto dele. Ashe, por sua vez, sorria muito e parecia estar se divertindo, tocando um queixo aqui, um rosto ali, lisonjeando as mulheres com sua atenção. Minerva tentou não sentir ciúmes. Tentou não se magoar nem se ofender. Mas ela não estava se saindo bem nessas tentativas. Ele foi só dela no Nightingale. Fora dali, Ashe pertencia a toda Londres.

Minerva estava se divertindo bastante até a chegada dele a perturbar. Parada ao lado do meio-irmão e de dois cavalheiros que ela considerava da família, eles conversavam sobre os méritos de investir em gado no Texas.

– Eu gosto da ideia – ponderou Lorde Langdon –, mas não acredito em investimento às cegas. Penso que alguém deveria ir até lá e dar uma olhada na coisa.

– Você pelo menos saberia o que está olhando? – Drake Darling sorriu.

– Eu não disse que *eu* iria. – Langdon olhou de lado para Minerva, que riu.

– Eu? Você quer que eu vá?

– Faz sentido! – Lovingdon concordou. – Você é a melhor pessoa para analisar as coisas e já elaborou uma lista das vantagens do negócio. Além do mais, ouvi dizer que não há muitas mulheres por lá.

Minerva sabia que ele tinha falado com a melhor das intenções, mas ainda assim as palavras a feriram.

– Então pode ser que eu encontre um marido entre homens desesperados? É o que você está insinuando?

– Não foi o que eu quis dizer.

– Bem, com certeza pareceu isso.

– Não sei por que você se ofendeu. – Darling interveio. – Baseado nos americanos que conheci, notei que gostam de mulheres decididas e teimosas.

– Você não está ajudando. Se ser descompromissado é um requisito para ir conferir esse maldito investimento, então o Langdon pode muito bem ir.

– Ir aonde? – Perguntou uma voz familiar e Minerva sentiu o peito apertar com a chegada inesperada de Ashebury ao seu lado. Seu rosto ficou quente de vergonha do linguajar que empregou. Quando estava com aqueles cavalheiros, ela nem sempre agia como uma lady. Eles conseguiam extrair o que Minerva tinha de pior. Ela não sabia por que não queria que Ashebury testemunhasse seu comportamento, por que sentia aquela necessidade ridícula de causar uma boa impressão. Ocorreu-lhe, então, que talvez fosse porque ela ansiava pela atenção dele fora do Nightingale. Ela queria que ele achasse a Srta. Minerva Dodger tão fascinante quanto Lady V.

Ashebury estava lindo nessa noite, divino vestindo casaca e colete pretos. Camisa branca imaculada. A gravata atada com perfeição, e Minerva não conseguiu evitar de lembrar como foi íntima a sensação que sentiu quando deu o nó na gravata dele. Ele estava recém-barbeado, mas ela preferia a sombra da barba de algumas horas. Fazia com que parecesse mais perigoso, mais sedutor, menos respeitável. Até aquele momento, ela não tinha percebido que gostava muito do lado menos civilizado de um homem.

– Perdoem minha intromissão. – Ele disse. – Fui rude de ouvir a conversa, mas viajar é uma das minhas paixões, mesmo quando o faço através dos relatos dos outros. Para onde vocês estão pensando em viajar?

Todos pareceram estar esperando que Minerva falasse, mas como ela conseguiria, com ele tão perto, respirando o mesmo ar que ela, com o calor do corpo dele chegando até ela? E aquela boca, com um meio sorriso, aquela boca linda, formada com perfeição, que a tocou em seus lugares mais íntimos até que ela gritasse. O calor lhe chegou ao rosto, ameaçando consumi-la por inteiro. Minerva precisou se lembrar de que ele não sabia que ela era Lady V. Ashe não sabia que era ela quem ele tinha chupado, mordido e acariciado... Oh, bom Deus, tinha sido um erro pavoroso ir àquele baile. Mas ela não podia recuar se quisesse manter sua dignidade.

Lovingdon pigarreou.

– Estamos estudando a possibilidade de investir em gado no Texas. Minerva fez alguns cálculos que indicam a possibilidade de um retorno substancial.

Ah, sim, por favor, façam com que ele saiba como sou habilidosa com informações e números, porque os homens acham essa habilidade encantadora em uma mulher.

– Mas nós pensamos que alguém deveria ir até lá para termos um entendimento mais completo da situação – Langdon continuou – e estávamos discutindo os méritos...

– Não estávamos discutindo. – Minerva interrompeu, porque homens não acham que mulheres cheias de opinião sejam tão atraentes. Ela estava começando a entender por que era uma solteirona. Aqueles amigos não a estavam ajudando. Não que ela continuasse procurando um marido, mas Minerva sentiu uma necessidade insana de impressionar Ashebury. – Estávamos apenas *conversando*.

Ashebury curvou os lábios e ela lembrou deles em sua pele, arrastando-se, explorando, deslizando por seu corpo. Pensou nele demonstrando tão bem o que um homem podia fazer quando estava ajoelhado. Não era uma posição de rendição, mas de conquista. Pensou no peso dele sobre ela enquanto a possuía por completo. Ela nunca foi de desmaiar, mas naquele momento tinha cada vez mais dificuldade de respirar. A criada devia ter apertado demais seu espartilho.

– Conversando, então – Langdon admitiu –, sobre quem deve ir, Minerva ou eu.

– Você. – Ashebury disse, sucinto e decidido. – A Srta. Dodger é delicada demais...

– Não sou delicada demais! – Outro motivo pelo qual ela era uma solteirona mostrou sua face horrível. Ela não gostava de ser vista como incapaz ou propensa a desmaios. Achava ridículo que as mulheres fizessem reuniões para praticar desmaios. Uma mulher tinha que ser capaz de fazer o que quisesse. Só que ela tendia a dizer isso nos momentos mais inoportunos, como aquele.

Ashebury arqueou uma sobrancelha.

– Minhas desculpas, mas você pareceu preocupada com a ideia de ir. Devo ter entendido mal.

– Preocupada, não. Irritada. Eu não quero ir, mas não porque pense que não conseguiria cuidar de mim mesma. – Talvez ela devesse largar a pá, pois já tinha cavado uma cova bem grande. – É melhor nós mudarmos de assunto, pois tenho certeza de que Ashebury não tem interesse em nossos empreendimentos comerciais. – E verdadeiras ladies não discutiam empreendimentos comerciais.

– Prefiro Ashe. – Ele disse, sem nunca desgrudar o olhar dela. – E embora o tópico me fascine, estou mais interessado em uma dança com a Srta. Dodger. Eu me perguntava se haveria um espaço para mim na sua caderneta de dança.

Vários espaços continuavam livres. Esse não foi o caso durante as primeiras Temporadas dela, quando os homens faziam fila por uma chance de ficar com seu dote. Mas conforme eles foram descobrindo que ela não tolerava caçadores de fortuna, os pedidos de dança foram diminuindo.

– Tenho certeza de que posso encaixá-lo, mas depois da atenção que recebeu das outras ladies, estou surpresa de que milorde tenha uma dança livre.

– Você reparou nisso, então?

– Foi difícil não reparar. Então, quais danças você tem disponíveis?

– Todas.

Minerva tinha plena ciência de que seu meio-irmão prestava atenção no diálogo, com o olhar voando entre ela e Ashe. Ela o entendia. A resposta de Ashe não era o que esperava. Por um momento, ela ficou alegre, mas então sua natureza prática assumiu, e junto com ela sua suspeita relativa ao interesse dele. Pelo que Minerva sabia, Ashe não estava endividado.

– Estou livre para a próxima dança. – Ela disse, enfim.

– Então vou esperar aqui, certo? Com seu irmão servindo de acompanhante?

– Na verdade, acredito que estes cavalheiros estavam indo procurar suas parceiras de dança. – Ela deu um olhar severo para cada um deles. – Não estavam?

Depois de se despedirem dela e do duque, eles se afastaram, deixando-a sozinha com Ashe, ou o mais sozinha que alguém poderia ficar em um salão de festas lotado. O Duque e a Duquesa de Lovingdon formavam um dos casais mais populares e amados da Grã-Bretanha. Ninguém recusava seus convites.

– Por que você não aceitou nenhuma das outras danças?

– Eu gostei da nossa, outra noite no Twin Dragons. Eu queria garantir que teria outra oportunidade de rodopiar pelo salão com você nos meus braços. Vou colocar meu nome em outras cadernetas depois que terminarmos. Se não, as más línguas vão falar.

– Elas vão falar de qualquer modo.

– É provável. – Ele concordou.

– Por que de repente estou recebendo sua atenção?

– Você é bastante direta.

– É um dos meus muitos defeitos.

– Não me lembro de dizer que era um defeito.

– Outros homens já disseram isso.

– Acredito já termos estabelecido antes que alguns homens são cretinos.

Ela não pôde evitar um sorriso.

– Sim, acredito que fizemos isso.

Era fácil apreciar a presença dele quando não estava carregando o fardo da necessidade de uma proposta de casamento. Minerva podia ser ela mesma, embora talvez fosse mais o fato de Ashe não parecer crítico, de modo que ela se sentia mais livre. Ou talvez fosse porque eles já tivessem uma história de intimidade que tinha revelado como eram de fato. Não que ele soubesse disso, mas ela sabia. Isso afetava o modo como ela olhava para ele, a tranquilidade que sentia ao lado dele. Ele tinha beijado sua marca de nascença, beijado de maneiras e em lugares que ela nunca havia pensado que um homem beijaria.

– Fiquei sabendo que você escreveu um livro que ensina a identificar caçadores de dotes.

– Foi mais uma colaboração entre mim e a Duquesa de Lovingdon, baseada na experiência dela em arrumar um marido.

– E quanto à sua experiência?

– Não estou procurando um marido.

– Mas já esteve.

Ela pensou antes de responder.

– Acredito que não. Não de verdade. Pelo menos não um marido. Algumas mulheres querem marido em vez de amor. Eu quero amor em vez de marido. Não estou convencida de que seja algo que se possa encontrar dessa forma. Eu acho que apenas acontece. Se a pessoa tiver sorte.

– Você já esteve apaixonada?

Minerva poderia ter lhe dito que a pergunta era pessoal demais, mas ele tinha lhe contado sua própria história de amor. Não que ele soubesse disso. Mas que mal havia em responder?

– Não. É possível que eu seja analítica demais. Neste momento, estou me perguntando por que tenho sua atenção.

– Você não confia nos homens. – Ashe disse como uma afirmação, não como uma pergunta.

– Não confio nos motivos deles.

A música terminou em um silêncio que pareceu incrivelmente alto enquanto Minerva esperava que ele lhe desse alguma explicação além de dizer que tinha gostado de dançar com ela. Por que ele tinha ido ao baile nessa noite? Por que estava parado diante dela?

– Então vou ter que me esforçar em dobro para garantir que você confie nos meus motivos. – Ele disse, afinal, quando começaram os acordes de uma valsa, e lhe ofereceu o braço.

– Qual é o seu motivo?

– Eu já lhe disse. Gosto de você.

– Não, você disse que gostou de dançar comigo. São coisas muito diferentes.

– Você é bem literal.

– Infelizmente, sou sim.

– Então vamos voltar à minha primeira resposta e, por favor, me conceda o prazer de uma dança.

Minerva hesitou por dois momentos antes de colocar a mão no braço dele e deixar que a levasse até a pista de dança. Por que tinha uma necessidade insaciável de entender a presença dele? Minerva se sentia atraída por Ashe e, de novo, estaria em seus braços. Por que não podia se contentar com isso por enquanto? Ele não era de dar atenção a uma mulher por muito tempo. Ela devia aproveitar enquanto durava.

Ele gostava dela? Com certeza gostava de suas pernas, do modo como a paixão ardia dentro dela, do eco de seus gritos no momento do clímax. Ele gostava de dançar com ela, de observar o modo como ela se conduzia em uma conversa ou em um confronto mal disfarçado. Apreciava o modo como ela estudava suas fotografias. Se fosse casar por dinheiro, não seria uma dificuldade tê-la como mulher. Ashe teria o benefício adicional de poder levá-la para cama – sem a maldita máscara, sem a escuridão absoluta.

Mas será que ele *gostava* dela?

Droga! Ela merecia alguém que gostasse. Ele podia afirmar isso, porque de fato gostava da companhia dela, mas Ashe também sabia que Minerva queria mais do que isso. Ela queria ser amada.

Toda mulher merece amor e não deve aceitar menos do homem com quem aceitar se casar.

Essas eram as palavras iniciais do maldito livro. Ele já conhecia a obra antes de Edward mencioná-la. Na verdade, tinha ido à livraria garantir sua cópia assim que tomou a decisão de cortejá-la. Ele se sentiu um pouco culpado quando anunciou que estava disponível para todas as danças. Se não tivesse lido o *Guia para Ladies* – não era extenso demais; aparentemente, caçadores de dotes podiam ser identificados sem muita dificuldade –, ele teria assinado o nome em várias cadernetas de dança que lhe colocaram diante do nariz e dado as sobras para Minerva. Só que, de acordo com o livro, "uma lady merece mais do que as sobras de qualquer cavalheiro que a esteja cortejando a sério".

Como ela não estava disposta a revelar sua identidade no Nightingale, parecia justo que ele não revelasse seu verdadeiro objetivo ali: encher os bolsos. Ela se aproveitou dele nas sombras – não que Ashe fosse reclamar. Ele iria se aproveitar dela na luz. Embora sabendo que criatura incrivelmente sensual ela era, Ashe sabia que Minerva poderia ganhar muito como sua esposa: ele poderia satisfazê-la na cama de um modo que nenhum outro homem conseguiria ou, talvez, quisesse. Ainda que ele não a amasse, nos braços de Ashe ela jamais se sentiria negligenciada. E ela estaria nos braços dele durante uma boa parte do tempo.

Nessa noite, Minerva estava usando um vestido lilás com detalhes em roxo escuro que enfatizava o calor em seus olhos castanhos, quase pretos. Os braços estavam nus, exceto pelas luvas, ridículas de tão longas, que passavam dos cotovelos. Por que a Sociedade possuía tal aversão pela exibição de pele? Bem, nem toda exibição. Era aceitável que uma mulher provocasse os homens com seu decote. Ele sentiu o corpo endurecer ao lembrar da sensação do mamilo dela em sua boca. Outros pensamentos começaram a se alinhar como bons soldadinhos decididos a fazê-lo lembrar de cada minuto que passou na cama com ela. Se isso acontecesse, ele teria que sair dobrado da pista de dança.

– Qual foi o motivo? – Ele perguntou.

Ela franziu de leve a testa.

– Perdão?

– Seu motivo para não querer viajar para o Texas. Qual é?

Ela apertou os lábios e dilatou as narinas.

– Não é que eu não queira ir. Mas não quero viajar pelo motivo que meu irmão sugeriu.

Ela passou a língua pelos lábios e de repente ele teve uma vontade insana de beijá-la.

– Lá as mulheres são escassas. – Minerva continuou. – Ele pensou que eu teria mais sorte para encontrar um marido. Eu sei que ele não falou por mal...

– É um insulto sugerir que você não possa enfrentar a concorrência.

Ela recuou um pouco a cabeça, como se ficasse surpresa com a conclusão dele.

– Eu não iria tão longe. Não é um insulto. Acho que magoa um pouco. No geral, esse tipo de comentário só me irrita. Eu tive seis Temporadas e, a cada uma, mais gente bem-intencionada apareceu para me aconselhar sobre como encontrar o amor. Alguns desses conselhos são totalmente ridículos.

– Por exemplo?

Os olhos dela se acenderam.

– Você quer mesmo saber?

Por mais estranho que pudesse parecer, ele queria.

– Eu posso precisar saber, os anos estão passando para mim também.

– Homens não precisam casar jovens. Esse é um fardo imposto apenas às mulheres, como se nós, em determinada idade, azedássemos. *Isso* eu acho um insulto, mas tenho certeza de que você não quer ouvir meu sermão a esse respeito. Quanto ao que eu posso fazer para encontrar o amor: pendurar um osso de galinha da sorte sobre a porta do meu quarto. A cozinheira até forneceu o osso quando me deu esse conselho estarrecedor.

– E não funcionou? – Ashe sorriu.

Ela fez uma careta para ele.

– Eu não o pendurei. Minha camareira está sempre colocando um espelho de mão debaixo do meu travesseiro. Parece que isso deveria fazer o meu amor verdadeiro ser refletido nos meus sonhos. Mas ele sempre apareceu nos meus sonhos, então eu sempre retiro o espelho quando o descubro.

Lá estava aquele aperto na barriga de novo, aquele sentimento de ciúme que teve antes com Edward.

– Quem é ele? – Ashe se ouviu perguntando, tentando não rilhar os dentes enquanto falava.

Minerva meneou a cabeça.

– Ele não é uma pessoa, mas um ideal de homem. Gentil, generoso, encantador. Irreal. Seu hálito nunca está ruim, o corpo nunca cheira mal. Seus pés nunca fedem.

Ashe riu.

– Lembra as mulheres nos meus sonhos. Elas nunca reclamam, nunca estão de mau-humor e tudo que querem fazer é... bem, vamos apenas dizer que são muito obedientes.

Um tom de rosa vivo subiu pelo rosto dela e Ashe reparou como se espalhou. Se ele a visse outra vez com a máscara, saberia qual era cor que a incendiava, a rapidez com que se espalhava, perdendo-se debaixo dos cabelos.

– Não acredito que lhe contei tudo isso. – Ela disse. – As solteironas são aconselhadas a não chamar atenção para sua condição.

– Você usa a sua como um emblema.

– Eu sou realista. – Ela lhe deu um sorriso maroto. – Bem, a não ser nos meus sonhos.

Foi com bastante pesar que Ashe percebeu que a música estava terminando e que, portanto, a dança deles chegava ao fim. Ele gostava de conversar com Minerva. Ela não o entediava.

– Me acompanhe em uma volta no jardim.

Ela o estudou como se procurasse alguma coisa. Ele estaria agindo rápido demais? Será que ela deduziria seus motivos?

– Tudo bem. – Ela disse, afinal. – Não vejo problema nisso.

Se ela não via problema, então não conhecia os homens muito bem.

Capítulo 13

Enquanto caminhavam pelo labirinto dos jardins intricados de seu irmão, Minerva não pôde deixar de se perguntar se ele a teria descoberto. Mas se tivesse, não anunciaria? Não diria "Arrá! Eu sabia que você é Lady V!"?

Se ele não a tivesse descoberto, então por que estavam ali? Homens ricos, poderosos e diabolicamente lindos não costumavam levá-la para passear em jardins.

Minerva não estava acostumada a receber tanta atenção de um cavalheiro. Ah, claro que ela já tinha experimentado sua cota de caminhadas, mas estas sempre a deixavam deprimida quando seu acompanhante, de modo involuntário – ou voluntário em alguns casos –, comentava que seu dote era "atraente", como se estivesse cortejando o dinheiro e não ela. Minerva não queria que isso acontecesse com Ashe, não queria que ele estragasse suas lembranças da noite anterior.

– No Dragons você mencionou uma proposta de casamento. – Ele disse. – Teve muitas?

– Algumas.

– Não gostou de nenhuma?

– Gostei bastante de uma delas, até o cavalheiro me informar que eu deveria engravidar logo e produzir um herdeiro. Disse que não toleraria nenhuma menina. E que, depois que ele tivesse um filho, nós estaríamos concluídos.

– Concluídos?

Como ela gostava daquele pretendente, foi difícil ouvir aquelas palavras.

– Sim. Depois disso eu estaria liberada para arrumar um amante, pois ele pretendia continuar com a amante dele. Ele não dava a mínima para mim ou para meus sentimentos.

– Ele deveria ter pelo menos fingido.

Aquelas palavras a fizeram pensar. Será que A*she* estava fingindo? Quando estavam no Nightingale, o que se passou entre eles lhe pareceu mais honesto do que o que ela costumava perceber em outros homens.

– Eu prefiro a honestidade. Escrevi meu guia porque alguns homens são muito bons na hora de fingir, mas é muito difícil continuar com o fingimento pela vida toda. E quando termina, uma mulher pode ficar surpresa com o que lhe resta.

– Bem, eu consigo entender sua cautela.

– Estou solteira por escolha, porque me recuso a carregar o fardo que é um homem que não me ame. Tenho a sorte de ser abençoada com pais que não acreditam que meu único objetivo na vida é ser uma esposa.

– É por isso que você procura oportunidades em aventuras bovinas?

Ela deu uma risada leve e tentou não exagerar seus talentos.

– Eu tenho uma cabeça boa para negócios e números. Muitos aristocratas não compreendem que o vento está mudando. Os cavalheiros do meu círculo íntimo entendem e admiram meu tino para os negócios. Infelizmente, alguns homens se sentem ameaçados. E eu receio que isso me torne uma companheira de caminhada muito entediante.

– Pelo contrário. Você me fascina, Srta. Dodger.

Minerva conteve a alegria que as palavras dele lhe trouxeram. Outros homens a tinham ensinado a ser vigilante, a não entender os elogios ao pé da letra. Mas ela acreditava em Ashe, queria desesperadamente acreditar. Mais do que isso, ela queria que ele a beijasse. Queria a intimidade que eles tiveram na outra noite. Mas como conseguiria isso sem revelar que era Lady V?

Talvez ele sentisse seu desejo. Ashe começou a conduzi-la para fora da trilha. Um pigarrear forte fez com que ele parasse e olhasse por sobre o ombro.

– Não é seu irmão e a esposa vindo em nossa direção?

Minerva olhou para trás e suspirou.

– É. Ele gosta de proteger minha reputação. Ele não quer que eu seja forçada a me casar porque algum cavalheiro se comportou mal.

– Algum já se comportou assim?

A pergunta de Ashe a surpreendeu, ainda mais pelo seu tom de voz, como se aquele relato o revoltasse. – Uma vez, um deles rasgou meu corpete, achando que se eu parecesse comprometida, teríamos que correr para o altar.

– Meu Deus, você não está falando sério...

– Estou, infelizmente. Quando o vi novamente, ele estava coberto de hematomas. Não sei bem quem o castigou: meu pai ou um dos meus irmãos. Lovingdon tem sido muito protetor desde então. – Virando-se, Minerva avisou: – Estou bem.

– Grace estava precisando tomar ar. – Lovingdon disse ao se aproximar.

– Tenho certeza que sim. – Minerva murmurou.

O casal parou e Minerva percebeu como o irmão encarava Ashebury.

– É melhor evitar as sombras. – O irmão dela disse. – Você pode acabar dando com a cara em um punho.

– Não tenho planos de comprometer sua irmã. – Ashebury respondeu e Minerva se espantou com a própria decepção. Mas ela também percebeu a ironia: ele já a tinha comprometido, só não sabia disso.

– Os planos nem sempre dão certo. – Lovingdon rebateu, inexpressivo.

– Pelo amor de Deus, Lovingdon! – Minerva estrilou. – Não vai acontecer nada que eu não queira que aconteça.

– E o que você quer que aconteça? – Ele perguntou, indo direto ao assunto.

– Querido – Grace interveio, espalmando a mão sobre o peito do marido –, é melhor nós voltarmos para nossos convidados.

– Não até eu ouvir a resposta dela.

– Isso não é da sua conta. – A esposa disse e o marido a encarou como se ela tivesse enlouquecido. Mas Grace continuou. – Minerva tem idade suficiente para saber o que quer. Agora venha comigo.

Fuzilando Ashebury, Lovingdon aquiesceu lentamente.

– Certo, tudo bem. – Então inclinou a cabeça para Minerva. – Lembre-se do que eu lhe ensinei.

– Aproveitem os jardins. – Grace disse antes de fazer o marido voltar para a casa.

– Isso foi interessante... – Ashe disse.

– Desculpe. Ele exagera às vezes.

– Não tem problema. Se eu tivesse uma irmã, acredito que também iria cuidar dela.

Minerva não pôde deixar de pensar que a irmã dele seria uma garota de muita sorte.

– Vamos em frente? – Ela perguntou.

– O que foi que ele lhe ensinou?

O calor do constrangimento subiu pelas faces dela.

– A como fazer um homem se dobrar com o meu joelho.

Ashe arregalou os olhos.

– Entendo. A falta de confiança nos homens parece ser comum em sua família.

– De novo, preciso dizer que não é nos homens que não confiamos. É nos *motivos* deles.

– Muito bem. – Ele ofereceu o braço, que ela aceitou. Eles tinham dado apenas três passos quando Ashe perguntou: – Você não respondeu à pergunta do seu irmão.

– Que pergunta?

– O que você quer que aconteça?

Era cedo demais. Ele sabia disso. Se não levasse em conta o tempo que passaram juntos no Nightingale, era cedo demais. Mas aquilo existia entre eles, quer ela admitisse ou não. Os resíduos da noite passada estavam presentes, aumentavam os sentidos, faziam Ashe prestar mais atenção nela do que se não tivessem se encontrado no clube. Ele não conseguia evitar o pensamento de que Minerva sentia os mesmos desejos, de que tinha as mesmas necessidades.

Ele esperou, quando tudo que queria era arrastá-la para as sombras e beijá-la até lhe roubar todos os sentidos. Dar-lhe um lembrete do motivo pelo qual devia voltar ao Nightingale, do que a estaria esperando lá com ele. Ela olhou ao redor como se procurasse a resposta.

– Não é uma pergunta tão difícil. – Ele disse.

Minerva olhou para além dele e só então Ashe percebeu os passos que se aproximavam. Um casal, conversando baixo, passou por eles e pegou a trilha para a esquerda.

– Se nós continuarmos nesta direção – ela disse em voz baixa –, vamos chegar a uma pequena ponte em arco que atravessa um lago raso com peixes. Eu gostaria de ir até lá. Acredito que você vai achar interessante.

Ashe lhe ofereceu o braço e saboreou a sensação dos dedos enluvados dela segurando nele. Quando recomeçaram a caminhar, ele teve vontade de olhar para trás, por cima do ombro, para garantir que Lovingdon não vinha se esgueirando atrás deles.

– Eu notei que você chegou com o Sr. Alcott. – Minerva disse, como se precisasse preencher o silêncio entre eles, e Ashe se perguntou se ela não estaria se sentindo à vontade em sua companhia. – Imagino que você saiba que as pessoas se referem a vocês como os Diabos de Havisham.

Ele sorriu de canto de boca.

– Nós conhecemos o apelido que nos colocaram. Embora Grey já não seja o diabrete que era.

– E você?

Ashe não soube bem por que sentiu que Minerva estava lhe testando, mas ela o observava como se a resposta fosse de fato importante.

– É bem possível que eu possa ser domado no futuro próximo. Está disposta a praticar adestramento, Srta. Dodger?

Ela negou lentamente com a cabeça.

– Eu não gostaria de vê-lo domado.

– Fico muito feliz de ouvir isso.

– Então, aonde suas aventuras o levarão a seguir? – Ela perguntou, mudando o rumo da conversa, como se não estivesse à vontade com o caminho que estava seguindo.

– Receio que para um lugar muito entediante. Para a casa dos meus pais em Mayfair. Vou me mudar para lá nos próximos dias.

Ashe estava ciente de que Minerva o estudava, ainda que não tenha conseguido se obrigar a encará-la. Ele imaginou como ela poderia reagir se soubesse a condição em que se encontravam seus negócios. Uma mulher com tino para negócios que reunia informações para um investimento em gado em outro país sem dúvida o consideraria um idiota por sua incapacidade de compreender números. Por outro lado, ela poderia ser capaz de entender o que ele não conseguia – se Ashe pudesse engolir seu orgulho. O que ele não podia. O orgulho o faria engasgar e sufocar.

– Imagino que não seja da minha conta, mas por que você ainda não está morando lá?

– Eu não estava pronto para encarar as lembranças. Esse foi o último lugar em que vi meus pais vivos. – Então Ashe olhou para Minerva. Embora houvesse apenas algumas lâmpadas a gás ao longo do caminho, elas emitiam luz suficiente para que ele visse a simpatia refletida no rosto dela. Ele não se lembrava de ter falado de seus pais com nenhuma outra mulher, mas para Minerva já o tinha feito duas vezes. Algo nela sugeria que fosse como um porto seguro.

– Quem sabe você não tem boas lembranças do lugar, que possam superar as más? – Ela arriscou com a voz branda, apertando com um pouco mais de firmeza o braço dele, transmitindo uma sensação espantosa de apoio.

– Não pensei muito no tempo que passei lá antes da morte deles. – Exceto pelas lembranças que o bombardearam depois que entrou na casa. Elas ainda o assombravam. Mas ele estava pronto para deixar o passado para trás e voltar ao presente. – A morte deles ofuscou todo o resto, mas talvez você tenha razão. Depois que eu me estabelecer lá de novo, vou me lembrar de momentos mais felizes. Você já viajou, Srta. Dodger?

– Quando eu era mais nova, visitei a propriedade de Lovingdon algumas vezes, mas meu pai não gosta de sair de Londres, então nunca tive o hábito de viajar. Não posso nem imaginar tudo que você já viu.

– Eu tenho muitas fotografias. Quando quiser, pode ir vê-las. À vontade. – Ele sentiu que ela contraiu os dedos.

– Você só tira fotografias quando está viajando?

Ashe quase lhe lançou um olhar diabólico. Então ela iria bancar a inocente quando sabia muito bem o tipo de foto que ele tirava? Mas os dois estavam envolvidos em um jogo. Ele não tinha muita certeza de quais eram as regras, mas desconfiava que Minerva tivesse algumas.

– Eu fotografo tudo que me dê prazer.

– Então você vai gostar da ponte.

Eles chegaram ao local. A largura era suficiente apenas para que os dois ficassem lado a lado. Parando na metade da travessia, Minerva tirou a mão do braço dele e segurou na balaustrada da ponte.

– Eu gosto de vir aqui e jogar migalhas para os peixes e cisnes. – Ela disse em voz baixa. – É sempre tranquilo. Toda a folhagem, os arbustos e as cercas-vivas parecem bloquear os sons da cidade.

Ashe se aproximou até seu corpo quase tocar o dela. Não de fato, mas quase. A cautela era aliada dele. Ashe não queria interpretar mal a situação, o motivo dela para levá-lo àquele lugar isolado dos jardins.

– Não tem muita luz aqui... – Ele observou.

– Não, não tem. Não sei por que Lovingdon não iluminou melhor esta área.

– Fico feliz que ele não tenha iluminado. Eu gosto de sombras.

Minerva se virou até quase ficar de frente para ele.

– Sombras podem esconder muitos pecados.

– Você não me parece uma pecadora, ou alguém que teria algo a esconder.

– Em algum momento ou outro, nós todos somos pecadores, todos temos algo a esconder.

As palavras dela foram ditas com tranquilidade, mas ainda assim o atingiram com uma força que quase o derrubou da ponte. Ela não tinha como saber da situação financeira dele, nem que ele estava disposto a fazer o que fosse necessário para corrigi-la. Era provável que Minerva se referisse às fotografias que ele tirou no Nightingale. Embora nunca as tivesse mostrado a ninguém, Ashe sabia que nem todas as mulheres que posaram para sua câmera eram discretas. Mas ele não ligava se as pessoas soubessem que ele as fotografava. Alguns cavalheiros até lhe pediram para ver as fotos e ficaram decepcionados quando Ashe lhes negou o pedido.

Ashe sabia o que Minerva tinha para esconder: sua visita ao Nightingale. Mas o fato de ela esconder a identidade causava problemas para ele. Havia uma possibilidade de que ele escorregasse, desse um passo em falso. Ashe não podia ficar com Lady V e Minerva Dodger. Ele teria de escolher uma delas. Minerva não iria querer nada com Ashe se ele tivesse um caso com Lady V no Nightingale. Mesmo que fosse as duas mulheres, ela não sabia que ele sabia disso. Ashe precisava da confiança dela, completa e absoluta, para que tivesse uma chance de conquistá-la – fosse como amante ou como esposa.

– O que você quer que aconteça, Minerva?

Ela arregalou os olhos e entreabriu os lábios.

– Você está sendo um pouco íntimo ao usar meu primeiro nome.

– Você me levou para longe da casa e para as sombras. O que você quer que aconteça?

– Tenho certeza de que você sabe. Ou vai me fazer dizer?

– Você é filha de um homem poderoso e rico, que não hesitaria em me afogar neste lago se pensasse que eu me aproveitei de você. Então, sim, eu quero ter certeza de que não existe nenhum engano quanto ao que você quer.

O silêncio se instaurou sobre eles, denso e pesado, mantendo longe até a música e o alarido da festa. Um barulho na superfície do lago quebrou o silêncio. Um peixe pulando na água, talvez. Ou um dos cisnes. Não tinha importância. Tudo que importava era que os dois estavam sozinhos no escuro.

– Eu quero que você me beije! – Ela disse, ousada.

Foi o mesmo que se Minerva o tivesse puxado para um beijo. A ousadia dela fez o desejo dele acender de imediato. E então, talvez porque ele não a tomou de imediato em seus braços, ela perdeu um pouco do entusiasmo, a dúvida começou a se inserir em sua expressão, e Ashe amaldiçoou cada homem que a tinha feito se sentir menos do que era, cada homem que olhou para ela e viu apenas uma pilha de moedas.

Esticando o braço, ele pôs a mão no ombro dela e a virou um pouco, até que o estivesse encarando totalmente de frente.

– Ótimo, porque eu quero beijá-la desde que você mandou seu irmão e seus amigos embora do salão.

Então Ashe se inclinou e se apoderou dos lábios dela.

Minerva mal podia acreditar que, na escuridão do jardim de seu irmão, ela estava sendo beijada com tanto ardor e paixão, como se fosse o tipo de mulher por quem navios são lançados, guerras declaradas e reinos arrasados. Até então ela só tinha levado outro homem até ali, um cavalheiro do qual ela gostava muito. Ela não iria tão longe a ponto de dizer que o amou, mas na época ela pensava que seu afeto por ele iria crescer e se aprofundar. Enquanto admiravam os cisnes, ele propôs que se casassem.

Não foi de joelhos, nem a fitando nos olhos nem pegando sua mão. O tom que ele empregou foi semelhante ao que ela usava para escolher o tipo de chá na loja. Quando Minerva sugeriu que eles não tivessem pressa para casar, o sujeito apenas deu de ombros e foi embora. Uma semana depois ela leu sobre o noivado dele com outra.

Minerva sabia que depois iria analisar aquele momento com Ashe e todos os momentos que aconteceram antes. Seis Temporadas a tinham ensinado que o afeto de um homem vinha com um preço, e quando ela dizia não estar disposta a pagá-lo, eles desapareciam como se nunca tivessem existido. Mas por enquanto ela deixaria de lado todas as dúvidas que pediam para ser analisadas. Por enquanto ela se permitiria acreditar que era desejada. Que aquele homem desejava ficar com ela tanto quanto ela desejava ficar com ele.

Minerva quase gritou de decepção quando Ashe afastou sua boca, antes de suspirar de surpresa quando ele segurou seu rosto e o cobriu de beijos, como se adorasse aquela parte dela que Minerva nunca aprendeu a valorizar. Voltando seus lábios aos dela, ele não lhe deu trégua e aprofundou o beijo, fazendo-a mergulhar na paixão impetuosa que ardia em seu íntimo. Ele não precisava de muito esforço para atiçar as chamas.

Recuando, ele passou os polegares pelas maçãs do rosto dela. O sorriso dele brilhou no escuro.

– Ora, ora... Olá, Lady V.

O coração de Minerva martelou nas costelas e sua respiração ficou presa nos pulmões. Ela pensou em negar, mas como conseguiria fazê-lo com alguma credibilidade? O que ela iria dizer? *Não tenho ideia do que você está falando.* Por outro lado, estava um pouco aliviada por aquilo finalmente ter sido revelado.

– Quando você descobriu?

Com um dedo, ele desenhou lentamente a máscara no rosto dela, passando pela linha do cabelo, descendo pelo rosto, delineando o lábio superior.

– Desconfiei quando nós conversamos na festa de Lady Greyling. Seu tamanho e sua forma pareciam semelhantes, mas foi sobretudo a paixão com que você fala que te entregou. Sua voz me deixou em dúvida, e as roupas também. As roupas femininas podem ser terrivelmente enganadoras, mas quando eu dancei com você no Dragons, minha certeza aumentou. Além disso, tem a verbena.

Ele sabia há tanto tempo e mesmo assim continuou atrás dela, foi se encontrar com ela no Nightingale?

– Não é uma fragrância incomum.

– O perfume produz uma diferença sutil de acordo com a pele em que é aplicado. Mas o beijo acabou com qualquer dúvida. Seu sabor, sua ousadia, a maneira com que você retribui. Eu não podia mais negar a verdade de quem você é.

– Isso não muda nada entre nós.

– Isso muda tudo. Sabendo o que pode existir entre nós, você não deve esperar que eu simplesmente vá embora, ainda mais quando pode haver muito mais. E eu sei que você gosta muito de mim; do contrário não teria me pedido que a beijasse. Nem teria permitido as liberdades que tomei noite passada.

– Silêncio. Você não sabe quem pode estar escondido nas sombras. – Ela colocou dois dedos sobre os lábios dele, para silenciá-lo. Então ele pegou a mão dela e a virou, beijando o centro da palma, antes de curvar os dedos dela, como se para guardá-lo.

– Você não estava tão preocupada com quem poderia estar escondido nas sombras enquanto estávamos nos beijando.

– Um beijo é uma coisa. A *outra* coisa é algo totalmente diferente.

– As duas vão te levar para o altar com a mesma rapidez se o seu pai descobrir qualquer uma delas.

– Não. Se meu pai descobrir a *outra* coisa vai levar você para um caixão.

Ashe pareceu despreocupado enquanto continuava segurando a mão dela.

– Não se eu tiver intenções honradas a seu respeito.

Minerva o encarou.

– Você está falando de... casamento?

– É uma possibilidade.

– Mesmo sabendo quem eu sou?

– *Principalmente* sabendo quem você é. Você me fascina. "Aquilo a que chamamos rosa, com qualquer outro nome, continuaria a exalar o mesmo perfume" e toda essa baboseira. Você é uma mulher que sabe o que quer e vai atrás. Não é uma mocinha tímida que fica choramingando pelos cantos, esperando que alguém a faça feliz.

– A maioria dos cavalheiros não gosta do fato de eu não choramingar, desmaiar ou fingir que sou indefesa.

– Eu não sou a maioria.

Ashe não poderia ter dito palavras mais verdadeiras. Parte da preocupação de Minerva vinha do temor de se apaixonar com extrema facilidade por ele, mas ela não acreditava que ele fosse o tipo de homem que poderia amar. Embora tivesse gostado de uns poucos pretendentes, nunca amou loucamente nenhum deles. Seria preciso amar para ser amada?

Recuando, ela encostou os quadris no parapeito da ponte, e achou mais fácil pensar quando Ashe soltou sua mão e seu maravilhoso aroma masculino não a envolvia mais tão de perto.

– Por que você quer se casar comigo?

Ele se adiantou e no mesmo instante Minerva teve ciência da proximidade, das pernas dele tocando sua saia, do peito dele quase tocando o dela. Ela precisaria fazer pouco mais que inspirar fundo para fechar o espaço entre eles.

– Existe paixão entre nós. Somos bons juntos.

Ela semicerrou os olhos.

– Qual é a sua situação financeira?

– Nem todo homem está atrás do seu dote. – Foi só o que ele respondeu.

– Então você está atrás do quê?

– Não foram os seus gemidos que eu escutei na noite passada?

– E quando o fogo da paixão se apagar?

– Não vai apagar.

– Você não pode garantir isso. – Afastando-se dele, Minerva se virou e olhou para a parte mais escura dos jardins. A atração física seria motivo bastante para casar? Um relacionamento sem amor seria suficiente para uma vida toda?

Aproximando-se por trás dela, Ashe encostou a boca em sua nuca. Um toque tão simples que fez tudo dentro dela derreter.

– Eu te quero mais hoje do que na noite passada! – Ele sussurrou, fazendo a pele dela arrepiar.

– Por que você não me contou na noite passada que sabia quem eu era?

– Você parecia precisar do anonimato. Talvez fosse parte da sua fantasia. Eu quis lhe dar o que você desejava. Mas eu quero cortejar Minerva Dodger. E achei que ela não entenderia que eu tivesse um caso com Lady V enquanto a cortejava.

Por que ela não conseguia acreditar nos motivos dele? Por que não conseguia acreditar que ele a queria de verdade?

– Você me ama? – Ela perguntou.

– Você me ama? – Ele devolveu a pergunta.

Minerva se virou e os lábios dele encontraram os seus antes que ela conseguisse pronunciar qualquer palavra. A paixão pegou fogo no mesmo instante. Ela derreteu de encontro a ele, passando seus braços pelo pescoço de Ashe. Isso seria suficiente para manter os dois felizes pelo resto de seus dias?

Ele desceu a boca pelo pescoço dela.

– Permita que eu a visite amanhã. Dê-me uma oportunidade para lhe mostrar que você pode ser tão feliz comigo na luz como é nas sombras.

Diante de pedido tão simples, ela não podia fazer muito mais que concordar. Ele se afastou.

– Você estava certa. – Ashe disse, sedutor, passando o dedo pelos lábios dela. – Eu gostei muito do lago do seu irmão.

Ela deixou uma risada escapar, sentindo-se mais nova do que em muito tempo.

– Não sei se algum dia gostei tanto do lago quanto hoje.

– É bom saber disso. Eu tenho uma veia competitiva. Não quero que se entregue a mais ninguém.

Ela não conseguiu pensar em nenhum cavalheiro que pudesse competir com ele, mas Minerva não lhe diria isso. Ele não precisava se sentir mais confiante do que já era.

– Nós precisamos voltar ao salão. Antes que nossa ausência seja notada e as más línguas comecem a fofocar. – Ashe estendeu o braço para ela.

Ela tinha centenas de perguntas, milhares, mas não queria que a aura de encantamento se dissipasse. Quando se aproximaram do terraço, Ashe se afastou dela.

– Estivemos fora bastante tempo. Para proteger sua reputação, você deve entrar sem mim.

– Você estaria comigo agora se eu não fosse a mulher... – ela se interrompeu e olhou ao redor, pensando em como fazer a pergunta sem revelar demais no caso de alguém estar escutando – ...que você pensou que eu fosse?

– Mas você é, então não tem importância.

– Você sabe o que estou perguntando. Não é o que está respondendo.

Ashe a estudou por um momento.

– Não sei. O que eu sei é que a mulher que conheci naquela primeira noite no Nightingale me fascinou, e eu fiquei desesperado para descobrir quem ela era. Também foi fascinante conversar com você na casa de Lady Greyling. Que essas duas mulheres sejam a mesma é muita sorte minha.

– Pelo menos você é honesto.

Minerva teve a impressão de que no tempo de uma única batida de coração ele ficou tenso, parecendo culpado. Por que ela tinha mania de procurar coisas que nem deviam existir? Soaram passos quando outros casais se aproximaram.

– Obrigado pelo prazer de sua companhia, Srta. Dodger. Estou ansioso pelo dia de amanhã.

– Vossa Graça. – Ela o cumprimentou, subiu os degraus e entrou no salão de festas. Ninguém se aproximou dela, ninguém a deteve enquanto Minerva atravessava o recinto e subia a escada. Ela continuou até chegar a uma passagem que levava a um balcão com vista para o grande salão. Ashebury tinha entrado em algum momento enquanto ela se dirigia até ali. Ele estava dançando com Lady Honoria Não precisou de muito tempo para dar sua atenção a outra mulher. Minerva se esforçou para não sentir ciúme. Era um baile, supunha-se que as pessoas dançassem.

Ela ficou onde estava, observando enquanto ele dançava com Lady Julia, depois Lady Regina. Minerva não conseguiu deixar de se perguntar se ele as tinha fotografado. Percebendo, de repente, a entrada de uma figura forte, ela se retesou. Seu irmão apoiou os antebraços na balaustrada.

– Ele é um mulherengo! – O irmão disparou sem preâmbulos.

– E você não é? – Minerva rebateu, sem se preocupar em esconder o sarcasmo ou a irritação com ele por apontar um fato do qual ela já tinha amplo conhecimento.

– Eu tive meus motivos.

– Talvez ele também tenha. – Ela se virou para ele. – É tão inconcebível que um homem possa me desejar?

– Não, é claro que não. Para ser bem honesto, não entendo por que você ainda não está casada. E eu não estou dizendo que ele não deseje você, só não acredito que Ashebury seja do tipo que se casa.

– Não estou procurando o tipo que se casa.

Lovingdon se endireitou tão de repente que ela ouviu a coluna dele estalar. Com os olhos apertados ele era ainda mais intimidante.

– O que você quer dizer?

– Que já me cansei dos caçadores de dote. Que me cansei de estar no conjunto das casadouras. Não estou aqui para encontrar um marido. Eu vim porque Grace é uma amiga querida, você é meu irmão e os dois sempre dão festas incríveis.

– Então por que aceitar o flerte dele?

– Por que não? Não ter planos de casar é um grande alívio, é libertador, na verdade. Não preciso me preocupar se um homem me acha agradável. Posso falar o que penso e saber que isso não vai fazer diferença, que a opinião que eles têm de mim não é importante para a minha alegria.

– Já falou isso para o seu pai?

– Ele aprova.

O irmão apertou o maxilar, porque era óbvio que ele não aprovava.

– E nossa mãe?

– Ela só quer a minha felicidade. – Pelo menos era o que seu pai tinha dito, e Minerva acreditava nele. – É uma tolice, de fato, que o objetivo na vida de uma mulher seja conseguir um marido.

– Qual é o seu objetivo, então?

– O que eu quiser que seja. – Ela não queria dar motivos para preocupá-lo, ainda mais dizendo com todas as letras: prazer.

Passos se aproximaram. Olhando por cima do ombro, ela viu Edward parado na entrada. Ele fez uma careta.

– Pare de me fuzilar, Lovingdon. Só vim pedir uma dança com a sua irmã.

Lovingdon aquiesceu e olhou para ela.

– Lembre-se do que eu lhe ensinei. – E então ele saiu.

Minerva suspirou antes de voltar sua atenção para Edward. Ele estava lindo nessa noite, vestindo uma casaca preta. Edward sorriu para ela.

– Espero que sua próxima dança esteja livre.

– Por acaso está. Vamos descer? – Ela deu um passo na direção da porta, mas ele colocou a mão no braço dela, detendo-a.

– Vamos dançar aqui em cima. É mais vazio.

– Vamos atrair muita atenção.

– Eu gosto de atenção.

– Você está tentando deixar alguém com ciúmes? – Minerva logo perguntou.

Ele deu de ombros, um movimento despreocupado.

– *Você* não gostaria de fazer isso?

Engolindo em seco, ela juntou as mãos.

– Não sei se estou entendendo o que você quer dizer.

– Eu vi Ashe levá-la para o jardim. Eu também sei que as mulheres não o deixarão em paz, e ele é educado demais para rejeitá-las. Não deve ser divertido ficar assistindo enquanto ele dança com outras.

– Elas normalmente não deixam *você* em paz.

– É verdade. E eu só tenho a próxima dança livre. – Edward estendeu a mão enluvada. – Então vamos?

– Creio que não haja nenhum mal nisso. Quem sabe nós inauguremos uma nova tradição.

A orquestra começou a tocar uma valsa. Minerva esperava que Edward quisesse se aproveitar, segurando-a mais perto do que o necessário, mas ele manteve a distância adequada.

– Ele gosta de você. – Edward disse.

– Perdão?

– Ashe. Ele gosta de você.

– Porque ele me levou para passear no jardim?

– Porque ele olha para você com interesse real. Eu já o vi com muitas mulheres. Nossa tendência é usá-las como distração. – Ele meneou a cabeça. – Não vamos falar disso. Ele não a vê dessa forma. Ashe não tirou os olhos de você desde que chegamos. Agora mesmo ele está observando.

Minerva teve que se esforçar para não olhar para baixo e verificar se era verdade.

– Pode não parecer que sim, mas ele está de olho em tudo. É por isso que ele é tão bom para tirar fotografias.

– Você já posou para ele?

– Em diversas ocasiões. – Ele olhou ao redor antes de se aproximar e sussurrar: – Uma vez eu posei nu.

Minerva estreitou os olhos para ele.

– Eu acho que você está exagerando.

– Bem, eu estava nu por baixo das minhas roupas.

– Você é terrível! – Ela riu.

Edward abriu um sorriso largo.

– Bem, sou mesmo. E nossa dança chegou ao fim.

Só então ela percebeu os últimos acordes ecoando. Edward pegou sua mão e beijou seus dedos.

– Obrigado pela valsa, Srta. Dodger.

– Obrigada, milorde.

Ele soltou a mão dela, afastou-se um passo e se voltou, os olhos sombrios.

– Ele é um bom homem. Não o julgue mal só porque é meu amigo.

Então saiu pela porta antes que Minerva pudesse responder.

– Eu disse que se você chegasse a menos de três passos dela eu acabaria com a sua raça! – Ashe rugiu.

Edward estava com o pé no banco à sua frente enquanto a carruagem de Ashe chacoalhava pelas ruas. Ele estava surpreso pelo amigo ter esperado tanto para reclamar. Por outro lado, o fato de estarem em um ambiente apertado facilitaria para que Ashe o socasse. E o amigo estava a um palmo dele, *droga*.

– Não, você me avisou para ficar longe do cisne branco. Assim eu deduzo que a Srta. Dodger *é* o cisne branco. Era o que eu pensava. Ela tem a mesma altura.

– Edward...

– Relaxe. Não vou dizer nada para ninguém. Mas imagino que seja com ela que você está planejando se casar.

– Se eu conseguir convencê-la de que não estou querendo me casar pelo dote.

– Mas está.

Mesmo no escuro, Edward sentiu o olhar de Ashe pesando sobre ele.

– Ah, entendo. Não seria melhor ser honesto com ela?

– Todo homem que se aproximou dela queria o dote. Ela quer amor.

– Você pode lhe dar isso?

Ashe suspirou alto.

– Não sei. Depois de ver o que o amor fez com Marsden... Como Albert superou isso?

– Não tenho a menor ideia. – Edward respondeu. – Pensar em amor me assusta mais do que um capeta. Então eu não penso nisso. Você me conhece. Eu sempre escolho o caminho mais covarde.

– E esse foi o motivo pelo qual você matou um leão com uma droga de faca.

– Meu rifle emperrou. – Edward deu de ombros.

– A propósito, não me sinto bem com o modo como você conta essa história. Se Locke estivesse na casa de Lady Greyling, ele não teria permitido.

– Mas ele não estava, certo? Então eu pude embelezar a narrativa do jeito que eu queria, porque você gosta das minhas histórias. Além do mais, você também golpeou a fera.

– Você deu a facada mortal.

– Não há como termos certeza disso.

– Deus, você parecia um louco. Fiquei surpreso que seu guincho não tenha posto o animal para correr. – Ashe riu baixo.

– Eu não *guinchei*. Eu urrei. Como um guerreiro antigo.

– Como um louco! – Insistiu Ashe.

– Bem, quando se é criado por um, o que se pode esperar? – Edward retorquiu.

O silêncio desceu sobre eles, interrompido apenas pelas batidas regulares dos cascos dos cavalos.

– Por que você dançou com ela? – Ashe perguntou em voz baixa.

– Eu me lembrei das palavras de Lady Hyacinth na roleta. Eu gosto de dançar com solteironas. Elas ficam muito gratas pela atenção.

– Você é um cretino, Edward.

Edward sorriu. Sim, ele era. Mas era um cretino inofensivo. Desde que nada ameaçasse as pessoas que lhe eram importantes.

Capítulo 14

Minerva tomou cuidado especial ao se arrumar para esse dia, escolhendo um vestido rosa-claro que realçava o avermelhado de seu cabelo, de modo que não parecia tão escuro. Sua camareira tinha lhe feito um penteado que deixava alguns cachos delicados caídos pelo rosto, destacando seus olhos. Ela não era convencida o bastante para achar que estava bonita, mas se considerou mais do que passável.

O nervosismo estava fazendo seu estômago dar cambalhotas, por isso quase não comeu no café da manhã e ficou muito grata por seu pai não fazer nenhum comentário. Não estava acostumada a ficar tão ansiosa com a visita de um cavalheiro. Tinha recebido muitas, mas nenhum com quem tivesse se deitado. Ela sabia como era a firmeza dos músculos dele, o calor de sua pele, o modo como ele se movia junto a ela...

Minerva receou que houvesse algo de errado com seus princípios morais, porque não sentia nenhuma vergonha por conhecer todos esses detalhes.

Enquanto as horas passavam até chegar um horário aceitável para a visita de um cavalheiro, ela ficou sentada na sala matinal tentando ler. Depois de passar os olhos cem vezes pela mesma frase, ela fechou o livro e caminhou até a extremidade da sala. Uma garoa começou a cair, então ela não podia sair para o jardim. Pensou em escrever uma carta ao *Times* sobre a necessidade de mais gente fazer trabalho de caridade, mas duvidou que conseguiria se concentrar o bastante para fazer um texto eloquente ou convincente.

Os nervos dela chegaram ao limite da tensão quando o mordomo, afinal, entrou e informou que ela tinha uma visita. Ainda assim, Minerva ficou estarrecida por sentir toda aquela alegria...

– Lorde Burleigh. – Dixon anunciou e suas palavras trombaram com Minerva e a fizeram parar no meio da sala.

– Lorde Burleigh? – Minerva repetiu como se não tivesse entendido bem. O homem nunca a visitou antes, nunca dançou com ela. Eles tinham conversado de passagem, mas ele não manifestou interesse.

– Sim, senhorita. Eu o levei à sala de visitas. Sua mãe irá encontrá-lo lá.

Talvez ela devesse colocar um anúncio informando que não estava mais à procura de marido. Por outro lado, seria tolice excluir a possibilidade de encontrar o amor tarde na vida. É claro que qualquer homem dali em diante teria que aceitar seu comportamento escandaloso. Não que Ashebury parecesse ter algum problema com isso.

– Tudo bem, então.

Lorde Burleigh, um homem corpulento, pulou do sofá assim que ela entrou na sala.

– Srta. Dodger.

– Milorde, que gentileza sua me visitar. Eu pedi chá para nós.

– Vou deixar vocês jovens conversarem. – A mãe disse, depois pegou seu bordado e foi para um canto distante da sala para lhes dar um pouco de privacidade.

Minerva sentou-se no sofá. Lorde Burleigh também se sentou, mantendo uma distância respeitosa. Ela tentou imaginar Ashebury fazendo a mesma coisa e percebeu que era impossível.

– Está um dia muito melancólico. – Burleigh disse.

– Eu gosto da chuva.

– Eu também. Muita gente não gosta, mas é bom para se refletir.

– É mesmo. – Minerva concordou.

– Eu gosto do som das gotículas tamborilando no vidro.

– Essa frase soou bem poética. É um poeta, milorde?

As bochechas dele ficaram vermelhas.

– Eu tento.

– Que ótimo! Parabéns!

Ele semicerrou os olhos para ela.

– Está debochando de mim, Srta. Dodger?

– Não, claro que não. Eu acredito que toda iniciativa criativa deva ser aplaudida.

– Desculpe-me. Pensei ter ouvido... – Ele fechou a boca de repente, tirou o relógio do bolso, conferiu a hora e sem dúvida ficou decepcionado ao descobrir que nem dois minutos tinham se passado.

– O que foi que ouviu, milorde?

Meneando a cabeça, ele enfiou o relógio no bolso quando o chá chegou. Graças a Deus. Minerva começou a servir uma xícara para ele.

– Três torrões de açúcar – ele informou – e um pingo de leite.

Minerva lhe entregou a xícara, que Burleigh equilibrou com perícia na coxa.

– Mamãe?

– Não, obrigada, querida. – Ela mal ergueu os olhos do bordado. Minerva nunca conseguiu ficar tão concentrada enfiando e puxando agulha em um tecido, mas com certeza admirava quem era capaz de criar tapeçarias tão lindas.

Depois de preparar seu próprio chá, Minerva olhou para Burleigh e viu que ele a estudava. Ela lhe deu o que esperava ser um sorriso encorajador. Juntando as sobrancelhas, ele pigarreou.

– Eu a vi no baile de Lovingdon, noite passada.

O coração dela deu um pequeno salto. Ela esperava que Burleigh não a tivesse visto no jardim.

– É mesmo?

– E me dei conta de que nós nunca nos conhecemos de verdade.

– Eu gostaria que tivesse me convidado para dançar.

– Meu tamanho me deixa um pouco desajeitado para isso.

– Acredito que está sendo um pouco duro consigo mesmo, mas, de qualquer modo, creio que poderíamos ter dado um jeito.

Ele piscou várias vezes.

– Que gentileza a sua dizer isso.

– Você parece surpreso por eu ser gentil.

Ele pegou a xícara, hesitou, soltou.

– Ouvi dizer que você era... – Burleigh pigarreou.

– Uma megera? – Minerva sugeriu.

Ele fez um leve movimento positivo com a cabeça, franzindo o cenho.

– Difícil – Ele disse, afinal.

– E ainda assim veio me visitar.

– Meu pai faleceu há pouco.

O que isso tinha a ver com qualquer coisa?

– Sim, eu soube. Deveria ter oferecido meus pêsames quando o cumprimentei.

– Não é necessário. Ele era bem idoso; teve uma vida boa. Mas eu preciso cuidar dos meus deveres agora. E preciso de uma esposa, então pensei em visitá-la.

– É muita gentileza sua.

– Eu sou um pouco mais velho e não tenho muita paciência para a tolice das garotas.

Aquele motivo era um que ela ainda não tinha ouvido. Embora fosse animador, ela também o achou um pouco insultuoso.

– Então minha idade lhe agrada?

– Você não fica de risadinhas.

– Normalmente, não, embora eu seja conhecida por rir às vezes.

– Não alto, espero.

– Isso depende, eu acho. – Minerva pensou ter ouvido a aldrava. Ela aceitaria uma visita de Lorde Sheridan naquele momento.

Ela olhou para Dixon, que se aproximava com uma salva de prata. Ele a estendeu para ela. Minerva pegou o cartão e leu, tentando conter sua alegria.

– Por favor, peça que o Duque de Ashebury entre.

Minerva percebeu o olhar de curiosidade da mãe quando esta ergueu a cabeça de seu bordado, e também o de decepção de Burleigh. Todos se levantaram quando Ashebury entrou. Ele foi direto até a mãe de Minerva, pegou sua mão e beijou o dorso.

– Madame, a senhora está magnífica.

– Obrigada, Vossa Graça. É um prazer receber sua visita.

– O prazer é todo meu, eu lhe garanto. – Virando-se, ele fixou o olhar em Minerva, ignorando Burleigh por completo ao se aproximar. Ela teve a esperança de que ele fosse ousado e pegasse sua mão também, mas Ashe apenas inclinou a cabeça para o lado.

– Srta. Dodger.

– Vossa Graça.

Ele olhou um pouco de lado.

– Burleigh.

– Ashebury.

– Espero não estar atrapalhando.

– Você nunca atrapalha. – Minerva disse. – Gostaria de um pouco de chá?

– Eu adoraria. Um torrão de açúcar, sem leite. Perdi o gosto por leite em minhas várias jornadas para longe da civilização. É impossível transportá-lo.

Minerva sentou, percebendo que Burleigh se aproximou um pouco mais ao sentar. Ashebury ficou na poltrona mais próxima dela.

– Você deve ter sentido falta de chá em suas viagens. – Ela disse.

– Pelo contrário, um cavalheiro sempre carrega seu chá, mesmo na floresta.

– Não vejo como se pode preparar chá adequadamente na floresta. – Burleigh comentou.

– Oh, mas é possível! – Ashebury atalhou. – Você tem que ler *A Arte da Viagem*, Burleigh. É fascinante. Você ficaria surpreso com o que uma pessoa é capaz de fazer quando tem necessidade. – Pegando a xícara que Minerva lhe estendia, ele experimentou a infusão. – Darjeeling. Excelente.

– Acredito que nunca conheci um cavalheiro que pudesse identificar o tipo de chá. – Minerva observou.

– Eu tenho um paladar refinado. Posso distinguir os sabores de praticamente qualquer coisa que tenha um gosto distinto: vinho, destilados, chá... – Os olhos dele brilharam e focaram nos lábios dela; Minerva entendeu o que ele deixou de dizer: o beijo de uma mulher, sua boca.

Remexendo-se no sofá, Minerva tomou um grande gole – indigno de uma lady – de seu chá. O silêncio começou a se instalar entre eles. Ela notou a xícara de chá descansando na coxa firme de Ashebury e pensou como a peça parecia mais delicada ali do que sobre a coxa de Burleigh. Embora este fosse mais corpulento que Ashebury, o Duque parecia maior. Talvez porque suas roupas lhe caíssem tão bem, deixando evidente que ele não possuía uma camada de gordura. Podia ser também porque ela conhecia a sensação daquela coxa na sola de seu pé e, assim sabia que ela fornecia um lugar de apoio muito seguro para o pires.

– O que vocês estavam conversando antes de eu os interromper? – Ashebury perguntou.

– Os méritos da idade. – Minerva respondeu, esperando que ele não percebesse aonde o olhar e os pensamentos dela haviam ido parar.

– Do vinho? – Ashe perguntou.

– Das mulheres.

– Isso parece muito inconveniente. As mulheres que eu conheço são discretas a respeito da idade.

– Nós estávamos comentando que mulheres mais velhas não ficam de risadinhas como as mais novas. – Burleigh interveio, impaciente.

– O que há de errado com risadinhas? – Ashebury perguntou.

– São irritantes. Não quero uma esposa que faça isso. A Srta. Dodger não é dada a risadinhas.

Ashebury pousou o olhar nela.

– Não mesmo? Aposto que consigo fazer a Srta. Dodger dar umas risadinhas.

– Por que você iria querer isso? – Burleigh perguntou.

– Por que eu *não* iria querer?

– Como eu disse, é irritante.

– Pelo contrário, Burleigh, é um som alegre. Uma mulher deveria dar suas risadinhas pelo menos uma vez ao dia. – Ashe falava sem nunca desviar o olhar de Minerva.

Ela ouviu um tilintar suave: a xícara de Burleigh balançando sobre o pires conforme ele ficava agitado. Ele era seu convidado, Minerva não podia deixar que Ashebury o provocasse assim.

– Então, como alguém prepara chá na selva? – Ela perguntou.

Ashebury abriu um sorriso lento e ela percebeu que ele tinha notado sua tentativa de mudar de assunto.

– Com fogo, chaleira, bule e chá.

– Do mesmo modo que se prepara chá na civilização. – Burleigh disse.

– Algumas variações aqui e ali. No fim, nós demos chaleira, bule e um pouco de chá para um chefe tribal. Ele ficou fascinado com o processo todo. Não sei onde ele vai conseguir chá depois de usar tudo que deixamos com ele. Vocês gostariam de ver uma fotografia dele?

– Não. – Burleigh respondeu ao mesmo tempo que Minerva dizia: – Sim!

– Não posso negar o pedido de uma lady. – Ashebury disse, colocando a xícara de lado antes de se mudar de lugar, da poltrona para a extremidade do sofá.

Minerva deslizou rapidamente para o lado, para que ele não sentasse em cima dela, o que só serviu para que ela encostasse em Burleigh. Ela percebeu o modo como o homem ficou tenso e não conseguiu imaginar Ashebury reagindo de maneira semelhante. Se sentisse uma mulher encostar nele, Ashe sem dúvida ficaria à vontade.

Um sorrisinho brincava nos lábios dele. O danado se divertia manipulando os dois, deixando Burleigh constrangido. Ela não deveria se sentir atraída quando ele se comportava tão mal, mas ainda assim Minerva não conseguia ficar irritada. Burleigh não tinha feito nada de errado, mas também nada de certo. Ele não a atraía nem um pouco. A corte por parte dele não daria em nada. Ela deveria lhe dizer isso. Depois. Quando Ashebury não estivesse ali.

Ashe enfiou a manzorra dentro do paletó, de onde tirou um pacotinho amarrado com barbante, que colocou sobre as pernas dela.

– Você pode fazer as honras.

Ele estava tão perto quanto Burleigh, se não mais, a coxa encostada na dela, os quadris se tocando, e mesmo assim ela não se sentia apertada do lado direito. Mas não podia dizer o mesmo do lado esquerdo. Seria porque tinha compartilhado uma intimidade inacreditável com aquele homem, por causa de tudo que fizeram? Ou era apenas o modo como ele ficava totalmente à vontade com o corpo feminino? Era provável que fosse a segunda opção. Ela não quis pensar em quantas mulheres tinham ficado assim tão perto dele.

Puxando as pontas do barbante, ela desfez o laço do embrulho e o colocou na mesa baixa à sua frente. Então Minerva abriu com cuidado o papel. Ela foi saudada pela foto dos chimpanzés. Almas gêmeas, ela apostaria sua vida nisso. As pirâmides vinham a seguir, fazendo os humanos à sua volta parecerem anões. Ela conhecia aquelas estruturas, já tinha visto outras fotografias, e fazia tempo que queria visitá-las. Como não estava mais caçando um marido, tinha liberdade para ir quando quisesse. Ela poderia ir até lá e tocá-las pessoalmente, se assim quisesse. A próxima imagem mostrava uma espécie de altar de pedra quase escondido pela folhagem. Ela não fazia ideia do que aquilo poderia ser, mas parecia tão solitário, como se esperasse para ser utilizado outra vez.

Colocando essa fotografia de lado, ela se deparou com um homem com longos cabelos brancos e o que pareciam ser vários desenhos em tinta branca no rosto escuro e enrugado. Sorrindo, ele tinha em sua mão uma elegante xícara de chá que parecia incrivelmente deslocada.

– É ele. – Ashebury disse.

– Ele parece tão feliz. – Minerva comentou.

– Ele conseguiu ficar com a minha xícara de chá – Ele disse, mal-humorado.

Minerva olhou para Ashe. Ele estava tão perto, seu ombro quase tocando o dela.

– O que você ganhou em troca?

– Dois homens da sua tribo para nos acompanhar na floresta.

– E o que eles ganharam?

– O privilégio de nos acompanhar, imagino. Eles não precisam de dinheiro. São autossuficientes.

– São selvagens! – Burleigh disse.

– O que é, de fato, um selvagem, Burleigh? – Ashe perguntou. – Eu encontrei alguns dentro da Inglaterra.

– Você sabe o que quero dizer. Eles não são civilizados.

– Não como eu e você, talvez. Eles não sabem citar Shakespeare, mas posso lhe garantir que não são selvagens. Até onde eu pude ver, eles vivem uma vida pacífica. Acolheram-nos bem – ele piscou para Minerva –, beberam chá conosco. Não dá para ser mais civilizado do que isso.

Colocando essa foto de lado, ela prendeu a respiração ao ver uma mulher vestindo seus trajes nativos – o pouco que havia. Mas não foram os seios nus que chamaram sua atenção, foi o rosto da mulher: tão altiva, com uma expressão nobre. Nada de constrangimento nem vergonha. Como alguém poderia se sentir ofendido por aquela imagem admirável? Aquilo era apenas... a vida. E Ashe tinha conseguido capturar a essência e o encanto dela. Ele tinha razão. A forma humana era extraordinária em sua beleza natural.

Embora Burleigh, aparentemente, não concordasse. Ele produziu sons de engasgo, como se o chá que tinha ingerido tivesse entrado pelo lugar errado. Arrancando a foto dos dedos dela, ele se pôs de pé.

– Você não pode mostrar fotografias como esta para uma lady! – Era um espanto que o ataque de indignação dele não tivesse feito balançar o lustre acima de sua cabeça.

– Por que não? – Minerva perguntou.

– Madame – Burleigh se dirigiu à mãe dela –, o duque está mostrando fotografias vulgares para sua filha.

A Sra. Dodger ergueu o rosto, o cenho franzido.

– É uma mulher nativa, mamãe. Em seu habitat natural.

– Ela não está usando roupas! – Burleigh bufou.

– Os trajes dela não são como os nossos – Ashebury atalhou –, mas posso lhe garantir que, para o povo dela, esta mulher estava muito bem vestida.

Com graça e dignidade, a mãe de Minerva se levantou e caminhou na direção deles. Ashebury se colocou de pé. A mãe estendeu a mão para Burleigh. Este hesitou.

– Lorde Burleigh. – Ela estalou os dedos e estendeu a mão.

– É indecorosa, madame.

– Eu vou decidir o que é indecoroso ou não.

Burleigh lhe entregou a fotografia. Minerva tinha que admirar a serenidade da mãe. Pela expressão em seu rosto, ela poderia estar muito bem olhando para um pedaço de papel em branco.

– Se esta mulher não está acostumada a vestir roupas, não vejo como podemos chamá-la de vulgar por honrar suas tradições.

– Mas Ashebury não deveria colocar essa imagem diante do rosto de sua filha.

– Somos todos adultos aqui, milorde. Não podemos nos ofender com a vida. – Impassível, a Sra. Dodger devolveu a foto para Ashebury. – Já vi pinturas com mulheres usando menos roupas, mas eu não exibiria essas obras na minha sala de visitas.

– Minhas desculpas, madame, se a ofendi. – Ashebury disse.

– Não me ofendeu. Estou apenas relatando um fato. Vamos voltar ao nosso chá, agora?

– Preciso ir embora. – Burleigh disse.

– Vou acompanhá-lo até a porta, milorde. – Disse a Sra. Dodger.

– E quanto a Ashebury?

– Acredito que ele ainda não terminou.

– Você não pode deixá-los sozinhos!

– Oh, tenho certeza de que nada impróprio acontecerá. – Ela passou o braço pelo de Burleigh. – Como você está se virando, tendo que cuidar dos deveres de seu pai? – Ela perguntou, conduzindo-o para fora da sala.

Assim que eles passaram pela porta, Minerva cobriu a boca com a mão e seus ombros tremeram como se ela estivesse tentando não rir alto. Ashe sentou do lado dela e se aproximou até que sua respiração tocasse seu rosto.

– Você está dando uma risadinha?

Um som que lembrava muito uma risadinha escapou. Ela deu um empurrão no ombro dele.

– Você fez isso de propósito, deixar Burleigh constrangido com a fotografia.

– Não seja boba. Eu não sabia que ele estaria aqui.

– Então por que não esperou até ele ir embora para me mostrar?

Os olhos dele brilhavam com a travessura.

– Porque eu estava sentado aqui pensando que seria engraçado ver a reação dele. Ele é um tipo bem triste. Está cortejando você?

– Não sei direito. É a primeira vez que aparece.

– Ele vai fazê-la chorar de tédio. – Ashe levou as mãos ao rosto dela. – Vai matar sua alma. Não deixe que ele a visite outra vez.

– Você não pode me dizer quem eu permito que me visite.

Ele passou o polegar pelos lábios dela.

– Você não vai ser feliz com ele.

Minerva se rendeu.

– Eu não vou casar com ele, mas também não quero constrangê-lo. Ele acabou de perder o pai.

– Você tem um bom coração. – Ashe se aproximou. – Eu gosto de descobrir coisas sobre você, Minerva.

Ela pensou que ele a beijaria. Ela queria isso.

– Venha ao Nightingale hoje à noite. – Ele pediu, sedutor. – Nós poderemos continuar a aprender coisas um sobre o outro, só que em um ambiente mais íntimo.

– Estão me esperando no Dragons.

– Faça o inesperado.

O desafio lançado pelos olhos dele quase a fez concordar em se encontrar com ele, mas Minerva queria mais do que o encontro físico. Ela ansiava por uma união que envolvesse corações e almas.

– Muitas perguntas serão feitas se eu não aparecer.

– Creio que você pode lidar com elas.

– Prefiro não ter que lidar.

– Eu faria seu esforço valer a pena.

Ela meneou a cabeça devagar.

– Não tenho dúvida disso, mas preciso que você esteja um pouco apaixonado por mim.

Ashe lhe tocou de leve o rosto.

– Você está usando minhas palavras contra mim.

– Eu só as estou entendendo melhor agora. – Minerva olhou para trás, depois se voltou para ele. – Minha mãe vai voltar a qualquer momento.

– Então é melhor retomarmos nosso assunto. – Ashe admitiu, sem mágoa. – Você gostou das fotografias?

Ela abriu um sorriso doce.

– Gostei, sim. São extraordinárias. Principalmente a foto da mulher. Eu concordo que estaremos bancando os puritanos se prestarmos atenção no que ela não está vestindo em vez de prestarmos atenção no que ela é: altiva, elegante, graciosa.

– Eu imaginei que você apreciaria o que eu tentei capturar. Ela me lembra muito de você.

Com o elogio, ela sentiu o rosto esquentar.

– Você tem uma imaginação e tanto.

– Se você puder convencer seu irmão a me deixar usar a ponte no jardim como cenário, eu lhe mostro.

– Fico lisonjeada, mas não costumo posar para fotos ou pinturas. Em geral, não gosto do resultado.

– Você vai gostar dos meus resultados.

Ela riu.

– Não sei se você tem confiança demais ou arrogância.

Ele se aproximou um pouco mais, até sua respiração fazer balançar os fios de cabelo soltos dela.

– Você sabe o que eu posso fazer no escuro. Deixe-me mostrar o que eu posso fazer na claridade.

Ela foi invadida pela imagem de Ashe deitando-a na ponte, pairando sobre ela antes de fazer uma viagem deliciosa com a boca por todo seu corpo, até chegar ao ponto entre suas coxas, dando-lhe prazer enquanto a luz do sol aquecia sua pele e seus gemidos...

Um pigarro a fez estremecer como se os pensamentos dela estivessem dançando pela sala para que todos pudessem vê-los. Com um sorriso malicioso, que sugeria que ele sabia exatamente aonde a imaginação dela a tinha levado, Ashe se levantou devagar. Tentando acalmar seu coração disparado, Minerva também ficou de pé.

– Eu preciso ir embora. Pode ficar com as fotografias.

– Vou guardá-las com carinho. – E ia mesmo. Ela não conseguiria olhar para as fotos sem pensar nele e nas intimidades que os dois tinham compartilhado. Essas intimidades começavam a se estender além do domínio físico, incluindo momentos que os uniam de maneiras que Minerva nunca tinha associado a alguém fora do seu círculo familiar e de amigos íntimos.

– Então encontrei um bom lar para minhas fotografias. – Ele disse em voz baixa antes de se afastar, parar para se despedir da mãe dela e depois se dirigir à porta.

Sentando-se, Minerva pegou as fotografias. Nada que ele pudesse ter lhe dado a agradaria mais. Ela suspeitava que ele soubesse disso. Ashe a conhecia melhor do que qualquer outro homem. Ela deveria ficar satisfeita ou preocupada com essa ideia?

Ciente da mãe que se sentava no sofá ao seu lado, Minerva torceu para não ficar corada.

– Que tarde interessante. Quando foi que Ashebury começou a se interessar por você?

– Nós conversamos um pouco quando fui à festa de Lady Greyling. Nossos caminhos se cruzaram algumas vezes desde então.

– Você pareceu muito contente quando ele entrou por aquela porta.

– As aventuras dele são interessantes e as fotografias... ele é muito talentoso.

A mãe pegou a foto de cima – os chimpanzés que Minerva acreditava que seriam seus favoritos para sempre – e a estudou.

– Ele tem um bom olhar.

Ela acreditou que a mãe se referia a algo além da foto.

– Como foi que você soube, sem dúvida, que o papai a amava?

Os olhos da mãe suavizaram com a lembrança.

– Quando eu conheci seu pai, ele só se importava em ficar mais rico. Os cofres dele estavam transbordando, mas ele queria mais. Era tudo que ele dava valor. Então, um belo dia, ele estava disposto a desistir de tudo por mim.

Minerva sempre soube o básico da história de seus pais, mas não os detalhes.

– Eu acho que esse é o motivo pelo qual eu detesto caçadores de fortuna. Eles não têm nada de que desistir.

– Não tenha tanta certeza, querida. Todo mundo tem que fazer algum sacrifício.

– Eu acho que Ashe está com dificuldades financeiras. – Edward disse e bebeu o *scotch* do irmão, esperando sua vez na mesa de sinuca.

Grey levantou o olhar das bolas coloridas que estava estudando.

– Ele lhe disse isso?

– Ashe não me deu os detalhes, mas vai se mudar para a Casa Ashebury. A situação deve estar ruim para que ele faça isso. – Embora nenhum deles soubesse exatamente por que Ashe tinha aversão ao lugar, eles sabiam que isso estava relacionado à morte dos pais. Ele tinha sofrido pesadelos logo que eles se mudaram para Havisham.

– Ele é orgulhoso, Edward. Não posso fazer nada se ele não me pedir. Se Ashe quisesse que eu ficasse sabendo, teria me contado. – Grey voltou a atenção para a mesa de jogo.

– Bem, esse é o problema. Ele pensou que eu poderia querer assumir o aluguel da casa atual dele, e eu pensei que essa era uma boa ideia. Eu sei que ficar aqui, quando estou em Londres, é um problema.

– Não é um problema.

– Sua mulher não gosta.

Grey se endireitou.

– Você é um vagabundo bêbado e fica se gabando das suas conquistas. Ela acha isso indecoroso.

– Ela não precisa escutar as minhas histórias. – O irmão fez uma careta para ele. Edward capitulou. – Tudo bem, eu sei que sou rápido para irritar meus anfitriões. Mas também não posso ficar incomodando o Ashe, então pensei que já estava na hora de ter meu próprio lugar. Ele sugeriu que eu comprasse os móveis que ele pôs na casa. Isso iria evitar que eu tivesse que ir às compras e daria algum capital para ele. Se você conseguisse entender, ou seja, se fornecesse o dinheiro necessário. Isso ajudaria Ashe, você entende?

– E o aluguel?

– É provável que eu precise de um ligeiro aumento na minha mesada para poder pagar.

Grey acertou uma bola, que bateu em outra e a jogou na caçapa.

– O que você está fazendo com a sua vida, Edward? Você deveria ter algum objetivo.

– Eu tenho um objetivo maior. Prazer.

– Isso era muito bom quando nós tínhamos 20 anos. Mas agora você já viveu mais de um quarto de século. Precisa assumir alguma responsabilidade.

– Eu sou um segundo filho e cavalheiro. Sou obrigado a viver uma vida ociosa. Eu acredito que existe uma lei sobre isso. Talvez esteja na Magna Carta.

Grey riu.

– Que Deus me ajude, estou dividido entre insistir que você amadureça e torcer para que isso nunca aconteça.

Edward deu um passo à frente.

– Saia para uma última aventura comigo. Nossa última. Depois eu me aquieto e faço algo respeitável e maluco. Concorrer ao Parlamento, quem sabe?

– Meu Deus, imagine o país nas suas mãos? Isso seria um pesadelo! – Jogando seu taco de sinuca na mesa, Grey pegou o copo e deu um gole grande. – Mas você é inteligente, mais do que deixa transparecer. Você tem uma cabeça boa em cima do pescoço, e acho que em algum lugar... – ele cutucou o peito de Edward – ...aí no fundo, você quer fazer a coisa certa. Mas você vai ter que conseguir fazer isso sem essa última viagem. Não posso deixar Julia, ainda mais agora que ela está tão vulnerável.

Afastando-se, Edward esvaziou o copo.

– Quando você casou, eu não ganhei uma irmã. Perdi um irmão.

– Eu cresci. Você precisa fazer o mesmo. Eu acho que ter seu próprio lugar é um passo nessa direção. Tudo bem, vou bancar sua casa.

Edward se voltou para o irmão.

– Incluindo a mobília?

– Sim, para ajudar o Ashe.

– Muito bom. Ele vai ficar aliviado. Com certeza.

– Quando ele vai se mudar?

– Ele vai terminar a mudança amanhã ou depois.

– Cavalheiros, creio que vocês já passaram bastante tempo sozinhos com seu vinho do porto pós-jantar. – Julia disse, interrompendo-os e indo na direção de Grey, que a levantou na ponta dos pés e a beijou. – Eu estava me sentindo só. Senti sua falta.

– A chegada da dona da casa é minha deixa para ir embora. – Edward murmurou.

– Você não precisa ir. – Grey atalhou.

– Acredito que preciso. – Ele fez um breve cumprimento de cabeça para a cunhada. – E foi *scotch*, na verdade, não vinho do porto.

– Eu pensei que cavalheiros sempre tomassem vinho do porto após o jantar.

– Como você já deixou claro em várias ocasiões, eu não sou um cavalheiro. Seu marido fez minha vontade porque ele é. Mas agora eu preciso ir. Obrigado pelo jantar delicioso.

– Que bom que você pôde vir. – Julia disse.

Inclinando-se, Edward deu um beijo rápido no rosto dela e sussurrou:

– Você é uma péssima mentirosa.

– Não é que eu não goste de você, Edward, mas você tem tanto potencial, tantas oportunidades. Mas desperdiça tudo.

– Sem minha vida vagabunda para criticar, como você se divertiria?

– Edward, você foi longe demais! – Grey estrilou. – Julia só pensa no seu bem. Nós dois estamos preocupados.

– Pois devem se preocupar mesmo. Eu sou feliz, consigo me divertir aonde quer que eu vá e também divirto aqueles que gostam da minha companhia. Mas agora eu preciso ir para planejar minha próxima aventura. Boa noite.

Ele saiu da sala com passos decididos. Aquela mulher conseguia extrair o pior dele, mas Edward nem sabia o porquê. Ela não era uma completa megera, mas também nunca tinha olhado para ele sem que parecesse o estar acusando de ser uma mancha no nome e na honra da família.

Aliviada, Julia observou o cunhado sair pisando duro da sala. A situação era sempre tensa quando ele estava por perto. De nada ajudava o fato de Edward ter sido o primeiro homem a beijá-la – não que ela fosse confessar aquilo para Albert algum dia. Lindo de morrer, o respeitável Albert estava lhe fazendo a corte. Mas foi o lindo de morrer e desonrado Edward que se aproximou dela no jardim, durante um baile, colou sua boca à dela e a apresentou à paixão que pode existir entre homem e mulher. Essa era uma honra que deveria ter sido de Albert, e Edward sabia muito bem disso. Mas ele achou que seria engraçado fingir ser o irmão e lhe roubar o beijo. Julia nunca o perdoou. Nem a si mesma, pelo tanto que gostou do beijo.

Desde o episódio, ela sempre ficou atenta para conseguir diferenciar os gêmeos. A aparência deles era idêntica. Somente seus modos e particularidades os distinguiam. Edward não ligava para nada além de seu prazer, enquanto Albert colocava as necessidades de todos antes das suas. Esse era um dos motivos pelos quais ela o amava tanto.

Seu marido se aproximou da lareira, apoiou o antebraço na beirada da cornija e ficou com o olhar fixo no fogo. Julia não gostava das visitas de Edward porque estas sempre deixavam Albert sentindo que deveria fazer mais pelo irmão.

Ela foi em silêncio até ele, ficou na ponta dos pés e sussurrou:

– Eu gostaria que você não se atormentasse tanto. Eu queria que ele sumisse.

Albert virou a cabeça, sorriu para ela e massageou o lóbulo da orelha direita.

– Desculpe. Este é meu ouvido ruim. Você falou algo?

Outra característica que distinguia os irmãos. Albert tinha perdido a audição do ouvido direito quando tinha 5 anos e Edward o jogou em um lago gelado. Que depois ele tivesse pulado na água para salvá-lo não alterava o fato de ele ser responsável pela infecção que estragou a audição do irmão. Não que Albert visse as coisas assim. Ele afirmava que todos eram apenas crianças levadas que deixaram a situação sair de controle, mas Julia às vezes desconfiava que Edward tinha inveja do irmão mais velho. Albert herdou tudo, enquanto Edward ficou apenas com a generosidade do irmão.

– Só falei que te amo.

O sorriso dele aumentou.

– Você deveria dizer isso sempre no meu ouvido esquerdo.

– Sinto muito não conseguir fazer com que ele goste de mim. – Ela mentiu. Julia não dava a mínima se Edward gostava dela. Toda vez que ele saía em suas viagens, ela rezava com fervor para que ele não voltasse. A vida era tão mais fácil quando Edward não estava por perto.

Albert prendeu os fios soltos do cabelo dela atrás da orelha.

– Edward pode ser difícil, às vezes. Com relação a você, contudo, ele tem ciúme. Eu tenho uma esposa linda e ele está sozinho.

Julia lhe deu um olhar malicioso.

– Baseada em todas as mulheres de que ele fala, não sei se você pode afirmar que ele está sozinho.

– Mas nenhuma delas é boa para ele. Não do jeito que você é para mim. Mas ele me disse que se fizéssemos uma última viagem juntos, ele amadureceria quando nós voltássemos.

– Você vai? – Ela perguntou sentindo um aperto no peito.

Ele meneou a cabeça lentamente.

– Não vou deixá-la.

– Pode ir, se você quiser. – Julia disse, engolindo seus temores, os temores que ela sempre teve com relação à sua sorte de ter o amor de um homem tão maravilhoso, os temores de que a felicidade deles pudesse ser destruída.

Segurando o rosto dela, Albert a encarou.

– Não vou viajar enquanto você está grávida.

– Eu vou ficar bem.

– Se você perder o bebê enquanto eu estiver fora, acha que algum dia vou conseguir me perdoar?

– Não seria sua culpa. Nenhum de nós fez nada para que eu perdesse os outros três. Espero que este seja um garoto. Eu quero lhe dar seu herdeiro.

– Eu só espero que seja um bebê saudável e que você sobreviva ao trazê-lo ao mundo. – Ele a puxou para perto e a abraçou apertado. – Não quero perder você, Julia.

– Você não vai! – Ela prometeu, mesmo sabendo que algumas promessas não podiam ser mantidas.

Sentado em sua biblioteca, Ashe fez o líquido âmbar em seu copo girar e ficou hipnotizado pelo redemoinho que parecia espelhar sua vida. Ele precisava se casar com uma mulher que tivesse um dote. E Minerva Dodger tinha o maior dote disponível. Por que ele aceitaria menos que isso?

Além do mais, ele gostava dela, principalmente no quarto. O que eles tinham feito juntos revelava uma paixão que ultrapassava em muito qualquer coisa que ele tivesse experimentado antes.

Ele não gostou nem um pouco de entrar na sala de visitas dos Dodger e encontrar Burleigh no mesmo sofá que Minerva. Normalmente ele não era do tipo ciumento, mas parecia que, com relação a ela, nenhuma de suas regras funcionava.

No dia seguinte, começariam de verdade os preparativos para a mudança para a casa de seus pais. Nessa noite ele precisava de uma distração. Isso seria possível em um cassino, mesmo que ele não apostasse. E Minerva estaria no estabelecimento. Levantando-se, ele colocou o copo sobre o aparador e se virou para a porta.

– Ah, aí está você! – Edward disse enquanto entrava. – Tenho ótimas notícias. Conversei com Grey. Tudo que você quiser deixar para trás, terei condições de comprar.

Ashe soltou um suspiro de gratidão.

– Achei que você gostaria de saber. – Ele foi até a mesa e se serviu de uma dose de *scotch*. – O que nós vamos fazer para comemorar?

– Eu estava saindo para o Dragons. Você pode vir comigo.

Edward olhou para sua bebida como se procurasse uma resposta dentro do líquido.

– Não, estou mais para alguma coisa que envolva mulheres.

– Existem mulheres no Dragons.

– Mulheres respeitáveis. – Ele sacudiu a cabeça. – Não são do tipo que eu gosto.

Ashe se viu em um dilema, sem querer abandonar Edward depois de o amigo mostrar sua generosidade, mas também querendo muito ver Minerva. Seu desejo de estar com ela venceu.

– Como não estou com vontade de encontrar as mulheres de que você gosta, vou deixá-las para você.

Edward sorriu.

– Você já está começando a parecer casado. A propósito, quando se mudar, deixe a bebida.

– Se você quiser que eu também deixe alguns empregados, diga-me quantos.

– Deixe quantos você quiser. Vou ficar com eles. – Como se suas palavras não tivessem importância, ele virou o *scotch*.

Mas Ashe sabia o que o amigo estava fazendo: tentando aliviar seu fardo.

– Edward, obrigado por tudo.

– Nós, órfãos, temos que nos ajudar. – Ele disse com um sorriso irônico nos lábios.

– Embora eu não quisesse que você perdesse seus pais, sempre fui grato por não precisar ter ido para Havisham sozinho.

Edward pegou a garrafa.

– Você está ficando sentimental. Não combina com você. Vá gastar algum dinheiro. Isso vai fazer você se sentir melhor.

Grato por Edward pôr fim ao que poderia se tornar uma conversa constrangedora, Ashe riu de alívio.

– E você... vá encontrar uma boa mulher para passar a noite.

– Não quero uma boa. – Ele sorriu diabolicamente e arqueou uma sobrancelha. – Eu quero uma que seja muito, muito má.

Mas Ashe sabia que às vezes as duas estavam em uma só. Minerva Dodger tinha lhe ensinado isso.

Capítulo 15

Sentindo-se agitada e nervosa, Minerva se levantou na sacada escura do Twin Dragons e olhou para o piso de jogos. Ver Ashe durante o dia a deixou louca de vontade de estar nos braços dele. Minerva tinha pensado em lhe enviar um bilhete convidando-o para encontrá-la ali. Mas ela tinha esperanças de que ele aparecesse mesmo sem seu convite, e esse era o motivo para estar ali, e não no lugar onde deveria. Outras pessoas a esperavam. Ela precisava ir.

Passando os olhos pelo ambiente uma última vez, ela sentiu o coração acelerar quando viu Ashe perambulando lentamente pelas mesas de carteado antes de se dirigir à roleta. Será que estava procurando por ela? Por que mais se daria ao trabalho de passar pelo carteado em vez de ir logo para a roleta?

Minerva quase gritou o nome dele, para chamar sua atenção e convidá-lo a se juntar a ela. Mas bons modos exigiam um pouco mais de decoro. Ela se dirigiu ao piso de jogos.

Ashe estava parado perto da mesa de roleta, observando, ainda sem jogar. Ela gostava que ele não fosse do tipo que entrava logo no jogo, que sabia esperar. Alguns dos associados eram fanáticos afobados. Esses cavalheiros tinham sido incluídos em sua lista de *Homens com quem nunca vou me casar.*

Minerva sabia que nunca poderia amar alguém para quem o jogo fosse uma obsessão e não um passatempo agradável.

– Vossa Graça. – Ela o cumprimentou.

Ele se virou e seus brilhantes olhos azuis faiscaram.

– Srta. Dodger. Eu esperava mesmo encontrá-la aqui, mas não a vi nas mesas.

Quando um homem tinha soado tão sincero ao falar com ela?

– Estou jogando em uma sala reservada. Você gostaria de se juntar a nós? Eu sei que carteado não é o jogo de sua preferência, mas você não precisa jogar. Pode só assistir.

Ashe lhe respondeu com um sorriso malicioso.

– Eu nunca entendi a graça de ser um *voyeur*. Contudo, observá-la certamente me fará mudar de ideia.

– Não creio que eu seria tão interessante. E você está certo. É inacreditavelmente tedioso assistir a alguém jogando. Eu nem sei por que fiz essa sugestão.

– Se as opções são ficar assistindo a uma roda girar e meu dinheiro ir embora, ou assisti-la jogar, prefiro a segunda. Além disso, suponho que esse seja o jogo exclusivo no santuário de que as pessoas falam, mas onde poucos podem entrar.

Minerva abriu um sorriso animado.

– É isso mesmo.

– Então eu fico mais do que encantado em aceitar o seu convite.

– Quem sabe? Você pode até decidir jogar.

As salas reservadas eram lendárias. Ashe não ficou surpreso por Minerva possuir uma chave que lhe dava acesso a elas, mas isso lhe permitiu entender por que ela tinha instruído seu cocheiro a levá-la ao Twin Dragons. Com a máscara escondida no tecido de suas saias, ela poderia ter passado rapidamente pela área de jogo e buscado refúgio ali. Mesmo que ele tivesse seguido seu cocheiro naquela primeira noite, ela teria conseguido desaparecer antes que Ashe pudesse vê-la sem a máscara. Garota inteligente.

Ela o conduziu acima por um lance de escada, e então atravessaram um corredor escuro. Eles passaram por uma alcova mergulhada nas sombras. Agarrando-a pelo braço, Ashe a arrastou de volta para a alcova e grudou sua boca na dela. Minerva não reclamou nem se opôs. Apenas passou os braços pelo pescoço de Ashe e apertou os seios contra o peito dele, deixando-o louco com sua avidez.

Por que eles estavam jogando aquele maldito jogo quando existia isso entre eles? Por que não estavam na casa dele, em sua cama? E o que acontecia que ele não se fartava dela? Será que era porque Minerva tinha estabelecido as regras, porque ela estava no comando e ditava os termos daquele relacionamento?

Que relacionamento? Ele estava tentando manter a cabeça no lugar, cortejá-la do modo como o maldito livro dela dizia como deveria ser a corte, mas tudo que Ashe conseguia pensar era em agarrar os seios nus dela, acariciá-los, chupá-los. Tudo que ele queria era liberdade para passear com os lábios pelas pernas nuas dela, beijá-la atrás dos joelhos, colar seus lábios à marca de nascença dela, provocá-la com seus dedos e com a língua. Ele queria estar dentro dela, montado em uma onda de prazer que era mais intensa do que qualquer coisa que ele já tinha experimentado.

Ele arrastou os lábios pelo pescoço dela.

– Venha para minha casa.

– Bem que eu gostaria. – Ela disse com um suspiro.

– Então venha.

Com uma risada suave, ela segurou o rosto dele.

– Isso não o assusta? Essa atração louca entre nós?

– Não. Nós deveríamos festejá-la. Não é sempre assim.

– Não é?

Ashe levou as mãos ao rosto dela.

– Para mim nunca foi tão intenso com nenhuma outra mulher. Case-se comigo, Minerva. Vamos ter isso toda noite.

Ele ouviu a exclamação abafada de surpresa dela.

– Eu não sei se isso é suficiente para nos embalar por toda a vida.

– Mas veja que vida nós teremos até isso acabar.

– Então você realmente acha que vai acabar.

Ele amaldiçoou a decepção que ouviu na voz dela. Parte dele achava que acabaria, outra parte não podia conceber que acabasse. Ela queria garantias. Ele queria se deitar com Minerva de novo. Mas não iria mentir para ela.

– Você me ama? – Ela perguntou.

Ele engoliu um suspiro de frustração.

– Eu gosto muito de você. Amor… amor é o que fez o Marquês de Marsden enlouquecer. Eu sei que isso é o que você deseja, mas amor não é só afeto, alegria e felizes para sempre. Essa atração que nós sentimos pode nos levar longe.

– Eu só não sei se pode nos levar longe o bastante.

Ele deveria desistir dela. Minerva não era a única mulher com um dote. Mas, droga, ele a queria. Aquela teimosia, a disposição para ir atrás do que desejava, até mesmo sua crença no amor. Ele nunca tinha conhecido uma mulher tão complexa, complicada e fascinante. Uma vida com ela era garantia de que nunca ficaria entediado.

Ashe tomou a boca de Minerva mais uma vez, com fome e urgência, só mais um gosto, um bocado, uma passada de língua. Quando ele interrompeu o beijo, ela cambaleou. Ele a segurou e sorriu.

– Nós podemos ter isso toda noite. Pense bem.

Pegando-a pela mão, ele a puxou de volta para o corredor.

– Você não joga limpo. – Ela disse com a voz suave.

– Isso não é um jogo.

– Não?

Era o futuro de suas propriedades, de seu legado. Ele queria poder lhe dar o amor que ela desejava e merecia. Mas ao menos podia garantir que ela não se arrependesse de casar-se com ele.

– Eu te quero. – Ele disse apenas. – Isso não vai mudar.

– Como você pode ter certeza?

– Eu me conheço.

– Mas será que conhece seu coração?

Ashe apertou a mão dela, percebendo apenas naquele momento que nunca a tinha soltado. Eles não iriam resolver aquilo nessa noite, e ele queria aproveitar o tempo que passava com ela. Queria que ela aproveitasse o tempo que passava com ele.

– Eu quero vê-la jogar cartas.

No fim do corredor, Minerva parou diante de uma porta, bateu e falou uma única palavra, que fez a porta se abrir. Ashe a seguiu para o interior da sala sobre a qual ouvia sussurros desde que tinha se associado. O local escuro oferecia assentos e mesas repletas de garrafas.

Minerva o conduziu através de cortinas entreabertas que davam acesso a um aposento mais iluminado. Uma grande mesa redonda, forrada de feltro, estava no centro, com várias pessoas sentadas à sua volta. Levantando-se, os cavalheiros estreitaram os olhos, desconfiados. As mulheres permaneceram sentadas e olharam com curiosidade para Ashe.

– Acredito que todos se conhecem. – Minerva disse.

– Ashebury. – Lovingdon disse, e Ashe pensou que deveria ter imaginado que o meio-irmão dela estaria ali. A esposa de Lovingdon estava sentada ao lado do marido. O Duque e a Duquesa de Avendale vinham a seguir. Os Lordes Langdon e Rexton. E Drake Darling.

– Lovingdon. – Ashe inclinou a cabeça. – Ladies. Cavalheiros.

– Vamos nos sentar ali. – Minerva disse, pegando a mão de Ashebury e puxando-o até uma cadeira vazia na outra extremidade. Assim que chegaram lá, um criado trouxe outra cadeira.

Ashe ajudou Minerva a se sentar, depois esperou enquanto os cavalheiros terminavam de estudá-lo. Foram minutos intermináveis até que Lovingdon fez um sinal rápido de cabeça e os cavalheiros se acomodaram em seus lugares.

– Ashe não vai jogar. – Minerva explicou. – Vai apenas assistir.

– Onde está a graça nisso? – Avendale perguntou.

– A graça está em ver você perder seu dinheiro enquanto eu fico com o meu.

– Roleta é o jogo dele. – Minerva explicou e ele se espantou por ela demonstrar a necessidade de defendê-lo. Depois de tirar as luvas, ela as deixou sobre o colo e colocou as mãos sobre a mesa.

Ashe estudou aqueles dedos claros e esguios e lembrou-se da sensação de tê-los em seu corpo. Com o máximo de discrição, ele colocou a mão sobre a coxa dela, por baixo da mesa, e a apertou delicadamente por cima das camadas de anáguas. Seus olhos se encontraram e ele viu prazer nos dela, viu como o sorriso foi aumentando...

– Você pode estar aqui apenas para observar, Ashebury – Lovingdon disse –, mas tenho que insistir que mantenha suas mãos em cima da mesa.

Ashebury apertou o maxilar. Ele já estava ficando cansado da interferência do sujeito em sua sedução de Minerva – ainda que ela fosse irmã dele e Lovingdon tivesse obrigação de protegê-la.

– Ele está preocupado que você trapaceie. – A Duquesa de Lovingdon explicou. – Ou que ajude Minerva a trapacear.

Ashe não retirou a mão da coxa dela. Em vez disso, ele a apertou de novo e estreitou os olhos para o irmão dela.

– Estou achando difícil não me ofender. Eu não trapaceio.

– Infelizmente, nós trapaceamos. – Minerva disse em voz baixa, e suas bochechas ganharam um delicioso tom rosado. – Então, as mãos devem ficar à vista. – Aproximando-se, ela sussurrou junto à orelha dele: – Infelizmente.

De fato. Encarando Lovingdon, Ashe pôs a mão esquerda na mesa, os dedos abertos, e colocou o antebraço direito sobre o encosto da cadeira de Minerva, fechando os dedos ao redor do ombro dela. Ela olhou para Ashe, olhou para o irmão. A tensão cresceu.

– Não preciso de ajuda para trapacear. – Ela disse, afinal. – Fico ofendida que você ache que eu preciso. Desde que as mãos estejam visíveis, não acho que precisam estar sobre a mesa.

– Desde que estejam visíveis. – Lovingdon afirmou, embora não parecesse muito feliz com aquilo. Ashe se perguntou se o outro ficaria feliz quando eles se tornassem parentes.

– Vamos começar? – Darling perguntou.

Murmúrios de concordância preencheram o silêncio. Minerva esfregou as palmas das mãos e estalou os dedos. Ashe não soube por quê, mas aquele gesto grosseiro lhe pareceu adorável e erótico.

Cada um jogou uma ficha no centro da mesa. Darling começou dando as cartas. Ashe ficou espantado com as pilhas de fichas à frente de cada jogador. Ele não tinha inveja da fortuna deles, só desejava poder imitá-los. Mas, se seus planos dessem certo, em breve ele mesmo teria uma grande fortuna.

Com o máximo de discrição, Minerva lhe mostrou suas cartas, dando-lhe um sorriso travesso. Ela estaria flertando com ele ou sinalizando que estava contente com sua mão? Ashe tentou entender os números. Isso já seria difícil se ele tivesse tempo para raciocinar, mas com ela dispondo rapidamente as cartas em algum tipo de ordem, foi impossível. Ainda assim, ele retribuiu o sorriso, fingindo saber que diabos aqueles números embaralhados significavam.

Minerva descartou duas cartas. Ele não tinha ideia de por que ela as considerou ruins. Ashe se perguntou se ela sempre se contentaria em tê-lo apenas como espectador, se não chegaria o dia em que o encorajaria, ou mesmo insistiria para que ele jogasse. Minerva poderia pensar que ele estava sendo rude ou esnobe se não jogasse.

Quando a rodada terminou, foi ela quem esticou as mãos até o centro da mesa para recolher todas as fichas.

– Ah, quinhentas libras. Que sorte! Você pode me ajudar a empilhá-las. – Minerva lhe disse.

Isso ele podia fazer. As fichas de valores diferentes estavam marcadas com cores distintas. Ele não teve que fazer nenhuma conta.

– Como você sabe quanto dinheiro tem aqui?

– Eu fui somando conforme as fichas foram sendo jogadas.

De cabeça? Ela nem teve que anotar em um papel?

– Incrível.

– Não mesmo. – Ela disse com certa indiferença. – Tenho certeza de que todos na mesa estão fazendo a mesma coisa.

Maldição. Ela era afiada. Ashe tinha de garantir que ela nunca descobrisse sua incapacidade de entender números. Do contrário, poderia pensar que ele era um pateta, e por que ela iria querer um homem que não consegue acompanhá-la?

Darling recolheu as cartas e começou a embaralhá-las com habilidade.

– Sabe, Ashebury, eu tive uma conversa bem interessante com Lorde Sheridan há pouco tempo. Ele exigiu que eu revogasse a sua associação.

Todos os movimentos na mesa foram suspensos. Copos pararam no meio do caminho. Pessoas que se inclinavam para dizer algo ao cônjuge. Punhos virados para jogar mais uma ficha no centro da mesa. Menos as cartas que eram embaralhadas. O som delas pontuava o silêncio apreensivo enquanto todos os olhos procuravam Ashe. Minerva franziu a testa delicada e seus olhos escuros refletiram preocupação.

– Ele disse que houve uma altercação entre vocês dois. – Darling continuou, sem nunca parar de embaralhar as cartas.

– Eu não chamaria de altercação. – Ashe respondeu.

– Ele afirmou que você jogou *scotch* nele.

Era óbvio que o orgulho de Sheridan não o deixou admitir que tinha visto de perto o punho de Ashe.

– Um acidente, posso lhe garantir. Eu tropecei e meu *scotch* virou. Eu não tinha como impedir que a bebida caísse nele.

Com um aceno de cabeça, Darling começou a distribuir as cartas.

– Foi isso que Thomas também me contou, e por esse motivo eu não o incomodei antes, mas, como você está aqui, pensei em perguntar.

– Apenas falta de jeito da minha parte.

– Eu não gosto de Sheridan. – Rexton comentou.

– Espero que Lady Hyacinth goste. Eu soube que eles vão se casar. – Disse a Duquesa de Lovingdon.

– Isso é bem surpreendente. Como foi que ele conseguiu? – Minerva perguntou.

– Um encontro comprometedor em um jardim, pelo que eu soube... – A duquesa respondeu. – Melhor ela do que você, eu diria.

– Ele a visitou? – Lovingdon perguntou.

Minerva fez um gesto de pouco caso antes de pegar suas cartas e começar a arrumá-las.

– Vários dias atrás. Sinto pena da garota. Ele só está interessado no dote.

Mesmo depois que a garota a insultou, Minerva conseguia ter empatia por ela. Ashe não sabia se seria capaz do mesmo, mas os sentimentos de Minerva não o surpreenderam. Ela possuía uma decência que ele não encontrou em muitas das mulheres com quem flertou ao longo dos anos.

– Ela vai ser uma condessa. – Langdon observou.

– Ela vai ser uma condessa infeliz – Minerva contrapôs.

– Duvido. Pelo que eu soube, foi ela quem providenciou o flagrante no jardim.

– Ainda assim, eu tenho pena dela. E também vi quando você trocou sua carta, Langdon.

– Você nem estava olhando para mim!

Minerva apenas lhe deu um olhar triunfante que fez Ashe sentir um aperto no estômago. Ele queria aquele sorriso. Ele queria todos os sorrisos dela.

Langdon jogou suas cartas na mesa e cruzou os braços sobre o peito.

Minerva olhou para Ashe, ainda sorrindo, e ele precisou se segurar para não se aproximar e plantar um beijo neles.

– Nós até podemos trapacear, mas assumimos quando somos pegos.

– Que bom que eu não estou jogando, então, pois não sei como trapacear.

– Eu posso te ensinar, se você quiser.

Ashe preferia que Minerva fosse a aluna na matéria que ele queria lhe ensinar – quanta paixão podia surgir entre eles. De todo modo, ele sabia que a pessoa tinha que ser muito tola para recusar a oferta dela, mas Ashe não podia aceitá-la sem correr o risco de que Minerva descobrisse suas falhas. Então, decidiu mudar o rumo da conversa.

– Você perguntou ao seu irmão sobre o jardim dele?

– O que tem o meu jardim? – Lovingdon perguntou, com um tom de voz que deu a Ashe a sensação de que o outro não gostava ou não confiava nele. Pelo jeito, a esperteza era de família.

– Ashe queria saber se poderia usá-lo parar tirar uma fotografia... de mim.

As últimas duas palavras saíram com um tom de culpa. Era irônico que ela se sentisse constrangida de posar para ele completamente vestida, ao passo que já tinha posado com a seda levantada até o limite dos quadris. Lembrando-se que não fazia muito tempo que o duque ganhara seu herdeiro, Ashe disse:

– Para mostrar minha gratidão, eu me disponho a fotografar sua família.

– Você viu as fotos da viagem dele à África. – Minerva disse. – Você sabe como ele é talentoso.

Lovingdon estudou Ashe como se procurasse um motivo oculto. Então olhou para a esposa, que lhe deu um sorriso que parecia dizer muito mais do que quaisquer palavras conseguiriam.

– Imagino que não haja problema. – Ele finalmente grunhiu, embora pensasse que devia haver algum problema naquilo. Ele só não conseguia notar qual era.

– Ótimo. Quando você quer fotografar? – Minerva perguntou.

– Se o tempo estiver bom amanhã, por volta de dez horas seria o ideal. – Ashe respondeu. – O sol da manhã é mais complacente.

– Complacente com o quê? – Lovingdon perguntou.

– Com meus parcos talentos. Ele cria uma imagem mais suave, que eu prefiro no lugar de traços duros.

– Como foi que você aprendeu tudo isso? – A Duquesa de Lovingdon perguntou.

– Na base da tentativa e erro, em busca da perfeição.

– Eu nunca tive muito interesse na perfeição. – Comentou a Duquesa de Avendale, olhando para Ashe como se tivesse acabado de descobrir que ele tinha pisado em um monte de esterco. Ela não era particularmente bonita, e Ashe se perguntou como, sendo uma plebeia, ela conseguiu arrumar um duque. É claro que Minerva também era uma plebeia que iria agarrar seu duque, mas ela trazia uma fortuna consigo. A Duquesa de Avendale levou para o casamento apenas uma ficha criminal.

– Perfeição no meu estilo, não no meu modelo. – Embora em sua coleção particular ele buscasse perfeição nas linhas, algo que espantasse as imagens horrorosas que o bombardearam quando criança.

A duquesa aprumou os ombros como se para dizer que talvez ele não tivesse pisado em tanto esterco assim.

– Afinal, nós vamos jogar cartas? – Avendale perguntou.

– Vocês não conseguem jogar e conversar? – Ashe perguntou.

– Não do jeito que jogamos. – Minerva disse. – Somos terrivelmente sérios quando o assunto é ganhar.

Ela também adorava o jogo, isso era óbvio. E ele adorava cada aspecto dela. Provar para Minerva que o que ele sentia por ela seria suficiente estava sendo mais difícil do que ele imaginava. Mas Ashe não iria desistir. Ele a queria de novo em sua cama, e para sempre.

Na manhã seguinte, Minerva se esforçava para não ficar nervosa. Ela lembrou que iria posar para Ashe, e que já o tinha feito usando muito menos roupa. Ele estava ajustando a câmera em um tripé enquanto ela andava de um lado para outro perto do lago.

Antes da chegada de Ashe, ela teve uma pequena discussão com o irmão porque ele queria ficar de guarda. Mas ela queria ficar a sós com o duque, sem que o irmão interferisse. Ashe tinha ido embora do cassino, na noite anterior, antes que o jogo de cartas terminasse, de modo que ela não teve um momento sozinha com ele. Ela parou de andar.

– Por que você quer me fotografar?

Ele tirou os olhos do que estava fazendo.

– Você não se sente à vontade com sua aparência.

– Isso não é segredo. Como já lhe disse antes, eu pareço com meu pai.

Ashe lhe deu um sorrisinho provocante que aqueceu as profundezas do coração dela.

– Não acredito nisso.

Ele voltou ao trabalho e ela continuou a andar pra lá e pra cá. E parou de repente.

– Por que você jogou seu *scotch* em Sheridan?

Ashe endireitou o corpo.

– Porque eu não gosto dele.

– Ele queria casar comigo.

Ashe a estudou por um momento, e parecia que passava por um debate interno. Finalmente, ele a encarou.

– Sheridan estava reclamando porque foi rejeitado por você. Eu não gostei de algumas coisas que ele resmungou. Embora ele não tenha admitido para o Darling, antes de terminarmos eu o soquei.

Minerva não pôde evitar a maravilhosa sensação de contentamento que a tomou.

– Você estava me defendendo?

Com três longos passos, ele chegou ao lado dela e levantou seu queixo com o dedo.

– Você achou que eu não defenderia?

– Por que eu iria achar que você me defenderia?

Ele meneou a cabeça.

– Por que você não consegue entender o quanto eu te adoro? Você é uma combinação de ousadia e timidez que eu acho irresistível. Para não falar da paixão que existe entre nós.

– Mas você não me beijou desde que chegou.

– Faltou oportunidade. Eu a beijaria agora, mas suspeito que seu irmão esteja em alguma janela no andar de cima nos espiando com uma luneta.

– Na verdade, ele tem um telescópio. – Ela sorriu.

– Não se engane, Minerva, eu passo boa parte do tempo pensando em beijá-la... e também em fazer outras coisas.

Os olhos dele escureceram e ela sentiu o estômago pesar. Ashe a pegou pela mão e apoiou a outra na cintura dela.

– Preciso de você aqui.

Ashe a levou até um lugar perto da ponte.

– Eu quero que você se sente com as pernas dobradas.

– Eu preciso pegar uma manta.

– Não, você é uma mulher que não liga a mínima para manchas de grama na saia. – Oferecendo-lhe apoio, ele ajudou Minerva a se sentar no chão. Ashe não teve pudores de tocá-la enquanto ajeitava um braço aqui, a mão ali, ou mudava a perna de posição para que a saia fluísse melhor. Ela ficou hipnotizada com a concentração dele. Ashe estava absolutamente focado na tarefa diante de si, perdido no momento da criação de algo que significava muito para ele. Minerva desejou que ele não ficasse decepcionado com o resultado.

Ele segurou o queixo dela entre o polegar e o indicador e inclinou sua cabeça um pouco para o lado.

– Agora não se mexa. – Ele ordenou.

Então ele cobriu a boca de Minerva com um beijo que foi ao mesmo tempo doce e profundo, que apesar de sua rapidez conseguiu extrair prazer de todos os cantos de seu ser. Quando Ashe recuou, ele tinha um brilho travesso nos olhos.

– Seja uma boa menina e ganhará outro igual quando terminarmos.

– Pensei que você estivesse preocupado com meu irmão nos assistindo.

– Deste ângulo ele não tem como ver os detalhes do que estou fazendo. – Ele ficou sério. – Mas você vai ter que ficar imóvel por alguns minutos. Eu quero o sol exatamente como está em seu rosto.

– Vou fingir que estou na igreja.

Ele passou o polegar pela maçã do rosto dela.

– Eu lhe diria que você está linda, mas acho que não vai acreditar em mim.

Ela o fitou nos olhos.

– Aí! – Ele disse com um sorriso. – Mantenha os lábios relaxados e entreabertos, desse jeito.

E então se afastou.

Ajoelhado – Ashe não dava a menor importância para manchas de grama em sua calça –, ele observava a cena pela lente da câmera. Para conseguir o ângulo que queria, ele usava um tripé curto. Ashe acreditava que a fotografia era muito mais do que retratar pessoas de pé, rígidas, encarando a câmera. A fotografia estava em sua infância, seu potencial ainda tinha que ser desenvolvido, mas ele não duvidava que era uma forma de arte, e a imagem diante dele reforçava essa crença.

Minerva usava um chapéu elegante, mas simples, de aba larga, e um vestido amarelo-claro com saias volumosas. Seus cabelos brilhantes, os olhos castanhos e os lábios cor de morango se destacavam, contrastando com a pele e o vestido. Ela estava um pouco à direita da ponte, de modo que a estrutura e o lago ao fundo serviam de cenário. Mas o foco, o elemento principal da imagem, era ela. As sombras da manhã e a luz difusa do sol estavam quase onde ele queria para conseguir o melhor efeito.

Ele adorava aquele momento em que tinha controle absoluto, quando decidia o resultado de seus esforços. Se ele entendesse os números com a mesma naturalidade, ao olhar para ela não teria que enxergar um dote. Com a capacidade que ela tinha para contas, Ashe sabia que Minerva poderia ajudá-lo a administrar suas propriedades, poderia garantir que ele tivesse um legado magnífico para passar adiante. Mas isso exigiria que ele revelasse a situação em que estava no momento – ela não iria entender sua dificuldade. Com a aversão que tinha a caçadores de fortuna, como Minerva iria entender que ele não era nada disso?

– Estamos quase lá. – Ele avisou.

Ela não se mexeu nem indicou que o tivesse escutado. O controle e a disciplina dela o impressionaram.

O sol ficou mais forte e as sombras recuaram só um pouco. Ele capturou o momento.

Ele se levantou, caminhou até ela e lhe estendeu a mão. Minerva ergueu o rosto para ele.

– Acabou?

– Acabou.

– Até que não doeu. – Ela brincou, pegando a mão que ele lhe oferecia.

Ashe a levantou e colou sua boca na dela, apreciando o sabor e a sensação. Ela recuou um pouco.

– Lovingdon.

– Deixe-o assistir. – Ashe disse.

– Receio que ele vai fazer mais do que assistir. Ele vai dizer que você me comprometeu e insistir que nos casemos.

– Isso seria tão ruim?

Ela franziu a testa.

– Você falou em casamento ontem à noite, mas não pode estar falando sério.

– Eu nunca falei mais sério. – Ele colocou o polegar sobre os lábios dela. – Não responda, mas pense nisso.

– Por que você se casaria comigo?

– Por que eu não me casaria?

– Você não pode responder uma pergunta com outra pergunta.

Ele passou o braço ao redor da cintura dela e a puxou para si, beijando-a mais uma vez. Por que Minerva tinha que ser tão desconfiada? Por que tinha que questionar seus motivos? Ele amaldiçoou cada homem que veio antes dele e tornou sua tarefa mais difícil. Então amaldiçoou o irmão dela, porque provavelmente *estava* assistindo. Ashe não queria forçá-la a se casar. Ele queria convencê-la. Afastando-se, ele a fitou nos olhos lânguidos.

– Nós temos um fogo que não vai se extinguir se passarmos outra noite juntos.

– Para qualquer coisa duradoura, tem que haver mais do que paixão.

– Eu já lhe disse que a adoro. Eu a admiro. Você me fascina. Então pode ser que o problema esteja em mim. Você não me considera digno.

Virando-se, ele voltou para o equipamento e começou a desmontá-lo. A duquesa queria posar para um retrato de família, mas graças a Deus ela preferiu tirar a foto outro dia, quando o herdeiro não estivesse tão agitado.

– Ashe?

Ele olhou para Minerva.

– Não acho que você seja indigno. Só não estou acostumada a ser desejada por um homem. Eu decidi aceitar minha vida de solteirona.

– Decisões podem ser mudadas. – Ele pegou o equipamento. – E eu não sou de desistir, então acostume-se com isso também. Você me acompanha até o portão?

Aquiescendo, ela foi andando ao lado dele.

– Quando você vai me mostrar a foto?

– Em breve.

– Não sei se quero vê-la. Quando eu tinha 8 anos, minha mãe mandou pintarem um retrato meu. Quando vi o resultado, peguei um pedaço de carvão e escureci meu rosto. Meu nariz não é nada atraente.

– Às vezes, Minerva, nós olhamos para as coisas e vemos aquilo que esperamos, em vez do que realmente está lá. Mas quando olho pela lente da câmera, eu vejo a verdade.

– A verdade nem sempre é bonita.

Não, nem sempre. E havia verdades sobre ele próprio que Ashe jamais contaria para Minerva.

Capítulo 16

Ashe estava parado no saguão da Casa Ashebury quando ouviu um espirro delicado e se virou para encontrar Minerva junto à porta aberta. Fazia três dias que ele não a via, desde que a fotografou no jardim. Embora os criados estivessem cuidando da mudança, ele precisava supervisionar algumas coisas. Todo o tempo gasto nessa atividade não o deixou com o melhor dos humores, mas vê-la ali, naquele momento, fez Ashe perceber a tolice que foi passar tanto tempo longe dela. A felicidade com que a presença de Minerva o inundou foi um pouco desconcertante, muito diferente de tudo o que ele já tinha sentido.

– Perdão. – Ela disse. – Eu estava indo à chapeleira quando passei por aqui e vi toda essa atividade, o que me fez lembrar que você está de mudança. Pensei em parar para ver como está se saindo com as lembranças.

As únicas lembranças que lhe passaram pela cabeça naquele momento envolviam Minerva: no Nightingale, no cassino, no baile. Ele queria puxá-la para si, tomar sua boca, carregá-la escada acima e possuir seu corpo. Mas ele apenas acalmou o animal dentro de si e exibiu um cintilar de civilização.

– Receio ainda não estar pronto para receber visitas.

– Não quero me intrometer, mas não o vi no Dragons. Eu só queria ter certeza de que está bem. Eu sei como tudo isso deve ser difícil. – Espirrando de novo, ela levou um lenço de renda ao nariz.

– Desculpe, os criados estão descobrindo os móveis há dias, removendo vinte anos de pó.

– Faz tanto tempo assim?

Ele fez que sim.

– A casa foi fechada quando eu fui levado para Havisham. Alguns anos atrás, eu vim aqui dar uma conferida em tudo. Não consegui passar da porta, pois percebi que não estava pronto para morar aqui, então aluguei uma casa.

– Mas agora você está pronto?

Ele foi forçado a estar pronto. A ameaça de pobreza pode obrigar um homem a fazer coisas que de outro modo não faria. Como se casar. Embora a ideia de passar o resto da vida com ela quase o deixasse contente de voltar àquela casa.

– Eu acho que sim. Os fantasmas estão um pouco mais silenciosos agora.

Minerva olhou em volta.

– Aqui da entrada parece uma construção grandiosa.

– Você gostaria de uma excursão?

– Não quero ser invasiva.

– Não é nada invasiva. Como já falei, a casa ainda não está pronta, mas eu posso lhe mostrar este andar, assim você pode ter uma noção do lugar. – *Já que esta também será sua casa.*

– Tudo bem, então. Eu gostaria.

Ashe a conduziu por um dos corredores e os criados foram abrindo caminho. Raramente vistos, eles costumavam ser mais discretos para cuidar de seus afazeres, mas havia tanto a ser feito na casa que não tinham opção se não trabalhar em todos os momentos possíveis. Os aposentos falavam por si: uma sala de estar, uma sala íntima, a sala do café da manhã.

Eles entraram na biblioteca. Os criados estavam tirando o tecido que protegia as prateleiras.

– Acho que o número de livros que uma pessoa tem diz muito a respeito dela. – Minerva observou, olhando ao redor, parecendo contente ao ver tantos volumes encadernados.

– Meu pai gostava de colecionar livros, mas não me lembro de vê-lo dedicando-se à leitura.

– Você era uma criança. Provavelmente já estava na cama quando ele começava a ler.

Ashe nunca tinha pensado nisso. Ela foi até uma estante e tocou em uma lombada.

– O modo como eu via meu pai aos 8 anos era muito diferente do modo como o vejo agora.

Ashe se aproximou dela e encostou o ombro em uma estante.

– E como você o via quando tinha 8 anos? – Ele perguntou.

– Tão grande. Eu tinha que esticar muito o pescoço para conseguir vê-lo diante de mim. Ele parecia assustador, era fácil ficar contrariado. Ele passava muito tempo fora, administrando o cassino. E sempre fazia minha mãe rir, nunca foi grosseiro com ela. O mesmo não pode ser dito dos meus irmãos. Papai era rápido para ralhar com eles caso se comportassem mal. Já comigo, não era tão rápido para me repreender.

– E agora?

– Ele é dócil como um gatinho. – Ela sorriu.

Ashe riu com gosto, o som vibrando ao redor deles.

– Acho que não acredito nisso. Tenho a impressão de que qualquer homem que a fizesse infeliz seria encontrado boiando no Tâmisa.

– Ele tem mesmo a reputação de não ser muito amistoso, não tem?

– Isso é um grande eufemismo. – Ashe não temia o pai dela, mas respeitava o poder que o homem detinha. Ele poderia destruir com facilidade qualquer um que o desagradasse ou entristecesse sua filha.

Ashe voltou com Minerva para o corredor.

– Eu lhe mostraria o jardim, mas no momento está uma selva lá fora.

– Vai ser difícil voltar a morar aqui?

– Não tanto quanto eu imaginava. Já tenho uma boa lembrança para substituir as não tão agradáveis, como você esperava que eu tivesse. Fico feliz que tenha vindo.

Minerva o encarou quando os dois chegaram à entrada.

– Eu sei que você anda muito ocupado, mas queria saber se vai ao baile Claybourne amanhã à noite.

– Só se você me prometer a primeira e a última valsa.

Ela sorriu com gosto.

– São suas. Senti falta de você.

– Amanhã eu compenso minha ausência nos últimos dias. – Ele prometeu.

– Mal posso esperar. Tenha um bom dia.

Com isso, Minerva deu meia volta – e Ashe teve a impressão de ter ouvido um tilintar delicado. Parado à porta, ele a observou percorrer o caminho até a carruagem que a esperava e ser auxiliada por um criado para entrar no veículo, e ficou olhando enquanto ela sumia de vista. Seu plano envolvia a sedução dela, mas Ashe não conseguia deixar de sentir que era ele quem estava sendo seduzido. Cada vez que ele a via ficava um pouco mais encantado.

Começou com a explosão. A colisão das locomotivas, madeira se despedaçando, a irrupção do fogo. Terminou com corpos mutilados, espalhados pelo chão... E Ashe sentado na cama, respirando com dificuldade, coberto de suor, enrolado nos lençóis, sentindo como se fosse sufocar.

Fazia anos que ele não tinha um pesadelo tão vívido, tão horroroso. Ele saiu cambaleando da cama, foi até o aparador e se serviu de um copo cheio de *scotch*, que virou de um gole. Ele deveria estar esperando aquilo. Era a primeira noite que dormia na Casa Ashebury, sua primeira noite envolto em lembranças.

Ashe foi até a janela e olhou para a escuridão, lutando para afastar as imagens pavorosas de sangue e carnificina. Ele imaginou dedinhos delicados encostados na sua coxa, suas mãos envolvendo uma perna bem torneada. Sua respiração foi se acalmando e sua pele pegajosa de suor começou a esfriar.

Ele pensou em Minerva deitada na cama, o rosto oculto sob o cabelo caudaloso, o vestido de seda levantado até os quadris, revelando a extensão de suas pernas esguias. Os tornozelos delicados. Ele começou a se concentrar nos detalhes: a marca de nascença em forma de coração, uma pinta atrás do joelho. Tudo que uma câmera podia capturar. Depois no aroma dela quando a paixão a dominava. Seu sabor. Tudo que escapava à câmera.

A perfeição e a beleza de Minerva dominou os demônios do arrependimento e do remorso. Ele tentou lembrar de outras mulheres que posaram para ele, mas Minerva era tudo que ele via. Desde o começo, algo nela era diferente. Desde o começo, algo nela o atraía. Desde o começo, ela conseguiu, de algum modo, inserir-se na trama da existência dele.

Ashe a queria como esposa. Estava na hora de aumentar as apostas.

Capítulo 17

Minerva seguia na carruagem com Grace e Lovingdon – que tinha sido gentil ao lhe oferecer transporte nessa noite –, pensando que não se sentiu assim tão ansiosa quando participou de seu primeiro baile. Ela estava usando seu vestido branco favorito, que tinha rosas de seda aplicadas no corpete, formando uma trilha que descia pelo quadril e adornavam a cauda curta da saia. Uma camada de pregas conferia mais um toque de elegância. Seu cabelo estava penteado para cima, deixando o pescoço à mostra, preso com rosas de seda estrategicamente colocadas e que combinavam com as que enfeitavam seu vestido. Pela primeira vez em muito tempo, Minerva levava consigo um par extra de sapatos. Não que as duas danças fossem gastar as solas dos sapatos que estava calçando, mas se ela começasse a noite sob as atenções de Ashe, poderia acabar dançando um pouco mais que o habitual.

Não que ela quisesse dançar com mais alguém. Se isso não fosse provocar centenas de línguas maldosas, ela dançaria todas as músicas com ele.

Dizem que a ausência torna o coração mais mole. Ela ficou surpresa com o quanto sentiu a falta de Ashe, e isso a fez considerar os méritos de se casar com ele. Um duque, de linhagem respeitada, com propriedades prósperas – pelo que ela soube de suas amigas mais próximas. Ele nunca mencionou seu dote nem falou que precisasse dele. Ele viajava, tinha criados suficientes e se mudou para outra casa sem muito alarde. Ashe se vestia bem, com roupas da última moda feitas pelos melhores alfaiates. Nada puído, nenhum fio puxado.

Mas o principal era que ele não precisava do dote dela. Ele a queria e não ligava que ela falasse o que pensava. Parecia até gostar disso, na verdade. Ashe a fazia sorrir, rir e a deixava contente quando estava por perto. E a paixão que explodia entre os dois... ela sentia falta disso também.

– Você está especialmente linda esta noite, Minerva. – Grace elogiou.

– Obrigada.

– Existe algum motivo especial? Um certo cavalheiro que você gostaria de impressionar?

Ela não pôde evitar que um sorriso iluminasse seu rosto.

– Talvez.

– Eu a aconselho evitar ir ao jardim com ele. – Lovingdon disse num tom de voz que não permitia desobediência, que deixava claro que era um homem acostumado a dar ordens.

– E eu o aconselho a cuidar da sua vida.

– Minerva, você está jogando um jogo muito perigoso.

Ela soltou um suspiro cansado.

– O que pode acontecer de pior?

– Ele pode te deixar grávida.

As palavras do irmão a acertaram como um golpe, como se ele soubesse até onde Minerva tinha ido com aquele homem.

– Não sei por que você pensa tão mal dele.

– Eu vi quando ele a beijou na manhã em que tirou sua fotografia no jardim.

– Você não tinha o direito de espiar, mas seja como for, está querendo me dizer que nunca beijou Grace antes de se casarem?

– O que eu fiz com Grace não importa aqui.

– Por que ele não pode me querer por quem eu sou?

– Não estou dizendo que não pode. Apenas tenha cuidado.

Esse era um dos problemas em ter um irmão que possuía uma reputação escandalosa antes de ter se casado.

– Não sou tola, Lovingdon, e sei que não existe nenhum motivo para ele me querer, para me dar atenção...

– Não foi isso que eu quis dizer. Só me parece que ele está indo rápido demais.

– Sou grata por isso, pois estou envelhecendo rápido demais. – Ela mordeu o lábio inferior. – Acredite em mim, caro irmão, eu também me questiono. Pois isso não faz sentido nenhum. Ele poderia ter qualquer uma. Por que eu? Ele tem dívidas?

– Não que eu saiba. – O irmão sabia muita coisa de muitos lordes. – Eu posso perguntar por aí, se você quiser.

– Não. Eu estou gostando da atenção. Não vou fazer nenhuma bobagem. – Embora ele diria, sem dúvida, que ela já tinha feito bobagem, se soubesse de suas idas ao Nightingale.

– Eu acho que ele está lhe dando atenção porque é um homem inteligente. – Grace interveio. – E porque está apaixonado por você.

– Você é uma amiga leal, Grace. – Minerva agradeceu.

– Não é isso. Eu o observei na noite passada. Notei como ele observava você. Nos olhos dele eu vi admiração, afeto, carinho... sempre que estava olhando para você. Ashe prestava pouca atenção nas cartas que você tentava lhe mostrar. Ele só tinha olhos para você. Eu acho que ele gosta de você e creio que é por isso que você conquistou o interesse dele.

– Mas por que nesta Temporada? Não é como se um de nós tivesse, de repente, aparecido nos salões de baile. Ele está nisso há tanto tempo quanto eu.

– Eu aprendi que quando alguém encara a morte, sai desse encontro não apenas com uma gratidão maior pela vida, mas também com a compreensão de que é muito frágil. Talvez o ataque daquele leão tenha feito Ashebury perceber que estava na hora de amadurecer e tomar rumo na vida.

– Acho que você pode ter razão.

– Você gosta da companhia dele, então apenas aproveite a atenção e seja feliz.

– Eu realmente faço questionamentos demais.

– Como já estive na sua posição de rechaçar caçadores de fortuna, sei que nós nos tornamos desconfiadas, mas no fim das contas, acredito que devemos confiar nos nossos instintos. E em como nos sentimos.

Minerva sorriu.

– Com ele, eu me sinto preciosa.

– Então é isso.

Grace fazia tudo parecer tão simples, tão descomplicado. Talvez ela tivesse razão e Minerva devesse apenas aproveitar o momento e, se a oportunidade aparecesse, aproveitar Ashe também.

Ashebury preferiria não ter três mulheres abanando seus leques no rosto dele, ou lhe sussurrando ao pé do ouvido quando viu Minerva, mas fazia meia hora que ele estava rechaçando avanços femininos e a coisa estava ficando cansativa. Ele não deveria ter chegado tão cedo como chegou, mas queria garantir que ela não tivesse tempo de conquistar a atenção de mais ninguém.

Minerva estava devastadora em seu vestido de seda branca. Ele pensou nela usando seda branca em outras noites. Ela não precisava do enfeite de rosas. A suavidade de suas linhas por si só valorizavam o vestido.

O sorriso largo que ela exibia quando entrou no salão diminuiu um pouco quando o viu. Ele deveria ter se livrado daquelas três antes.

– Se as ladies me dão licença...

– Você não assinou nossas cadernetas. – Lady Honoria protestou.

– Receio já ter reservado minhas danças desta noite. – Ashe disse e se virou, começando a vasculhar a multidão em busca do cabelo castanho-avermelhado com rosas de seda. Enfim, ele a avistou na pista dançando uma quadrilha. Seu parceiro... Edward. Ashe soltou um grunhido abafado. Com sorte, o amigo estava apenas ajudando a manter longe outros possíveis pretendentes, mas se a cunhada dele estivesse mesmo insistindo para que Grey diminuísse a mesada de Edward, ele bem que poderia estar pensando em caçar um dote. Edward não se contentaria com pouco. Dentre os quatro Diabos de Havisham, Edward era o perdulário, o que sentia prazer em distribuir dinheiro.

Chegando à borda da pista de dança, Ashe sentiu a irritação se dissipar enquanto observava Minerva, a elegância de seus movimentos, o brilho em seus olhos. Ele não se ressentiu de que ela estivesse se divertindo. Ashe só queria que ela estivesse com ele.

Ele odiava estar precisando de dinheiro, odiava que ela tivesse tanto. Sua dívida e o dote dela sempre estariam entre os dois. Mesmo que ela nunca soubesse de sua situação financeira, ele saberia. O truque era não deixar aquilo ter importância. Mas conhecendo-a, ele temia que aquilo fosse se tornar muito importante.

A música terminou e os casais começaram a se separar; Edward levou Minerva para a outra extremidade da pista. Ashe começou a abrir caminho entre as pessoas, tentando não ser pego em conversas. A próxima dança era uma valsa. Ele pretendia tê-la nos braços no momento em que o primeiro acorde ecoasse.

Apesar da concentração que a quadrilha exigia, Minerva estava muito ciente do olhar de Ashe sobre ela durante boa parte da dança. Ela não sabia por que tinha imaginado que ele a estaria esperando isolado, como se fosse invisível. Ele sempre atraía as mulheres e era provável que fosse assim para sempre.

Ao acompanhar Edward para fora da pista, ela precisou admitir que tinha apreciado a companhia dele, apesar de seus comentários irreverentes sobre o que algumas das outras mulheres estavam usando. Ou talvez *por causa* dos comentários. Ele não parecia se levar a sério, mas ainda assim Minerva sentia que ele era um homem com questões profundas.

– Obrigada pela dança. – Ele disse, deixando-a em um local onde as mulheres estavam alinhadas como se fossem lotes de um leilão. Edward levou a mão dela aos lábios e beijou seus dedos. O brilho nos olhos dele mudou um pouco e o bom-humor refletido neles foi aguçado.

– Ashe!

Minerva se virou, sem poder ir até onde queria porque Edward continuava segurando sua mão e parecia decidido a não soltá-la. Ela deu um puxãozinho para se libertar e sorriu para Ashe.

– Vossa Graça.

– Srta. Dodger. Acredito que a próxima valsa seja minha.

Era mesmo, com absoluta certeza.

– Eu gostei muito da dança, Srta. Dodger. – Edward disse, como se já não tivesse lhe agradecido. Ou ele estava tentando transmitir alguma mensagem para Ashe.

– Obrigada, meu senhor.

Então Ashe pegou a mão de Minerva e a conduziu de volta à pista. Eles já estavam posicionados antes que as primeiras notas da música reverberassem pelo salão.

– Por que você estava dançando com ele? – Ashe perguntou ao entrar com ela no círculo da dança.

– Ele pediu. – Minerva respondeu, franzindo a testa. – Ele é mais seu irmão que amigo. Por que está incomodado?

– Porque eu o conheço e ele não vale nada.

– Você está com ciúme?

Ashe fez uma careta de pouco caso e Minerva pensou que uma mulher mais fraca ficaria intimidada, poderia até desmaiar. Ela não pôde deixar de abrir um sorriso.

– Eu nunca tive um homem com ciúme de mim. Estou muito lisonjeada.

– Não gosto de vê-la com outros homens.

– Mas eu sou obrigada a vê-lo com outras mulheres.

Ele gemeu.

– Eu nem estava gostando da companhia delas. Só estava sendo um convidado agradável.

– Você vai dançar com elas?

– Não. Esta noite só vou dançar com você.

Minerva se sentiu inundada de satisfação. Ashe sempre sabia a coisa certa a ser dita para levar alegria ao coração dela.

– Bem, então acho que posso perdoá-lo.

Ela gostava tanto de estar com ele. Gostava do modo como ele a fitava, sem olhar em volta como outros homens faziam. Do modo como os olhos dele brilhavam de prazer, como se achasse uma delícia tê-la nos braços. Do modo como ele a segurava com firmeza e um pouco perto demais, o que não era totalmente decoroso. Do modo como ele a fazia não se importar com isso.

A música acabou cedo demais e eles ficaram parados no meio da pista de dança.

– Dê uma volta no jardim comigo. – Ele disse, nem tanto um pedido, mas uma ordem, e talvez com uma pontada de desespero, como se não pudesse aguentar a ideia de não ter mais um minuto na companhia dela.

Concordando com um breve movimento de cabeça, Minerva segurou no braço dele. Enquanto Ashe a conduzia para fora do salão de baile, ela percebeu que nunca tinha ficado tão empolgada com a expectativa de dar uma volta no jardim. Era um pouco assustador, para ela, dar-se conta de que estava disposta a ir com Ashe aonde quer que ele quisesse, deixando que ele tivesse um poder sobre ela que Minerva jamais concedeu a outro homem. Ainda assim, com Ashe ela se sentia como se estivesse sempre no controle. Com ele, Minerva tinha uma sensação de igualdade que nunca experimentou com ninguém fora de sua família e do círculo mais íntimo de amizades.

Eles saíram para o terraço onde outros casais já estavam. O zunido dos sussurros dos outros a lembrou do Nightingale. O que estava acontecendo ali seria muito diferente? Pessoas querendo elevar seu flerte para um nível que exigia sombras. Querendo manter a aparência de decoro quando ela suspeitava – sabia, agora – que muito daquilo não tinha nada de decoroso. Algumas ladies com sorte o bastante para serem cortejadas por cavalheiros que queriam fazer coisas indecorosas com elas.

Antes de Ashe, ela não teve essa sorte. Suas caminhadas com outros cavalheiros eram mais para exercitar as pernas do que suas fantasias.

– Claybourne não tem um lago... – Ela comentou quando eles desceram uma escada até uma trilha mal iluminada.

– Pena. Vamos ter que nos virar. – A mão livre dele cobriu a dela que estava em seu braço. Luva sobre luva, quando ela ansiava por pele sobre pele. Antes dele não existiram cavalheiros que a fizesse desejar que luvas nunca tivessem sido inventadas.

– Existe algum cavalheiro que ficará decepcionado por não encontrá-la no salão? – Ashe perguntou.

– Langdon, mas ele se vira.

– Vocês são tão próximos que fico surpreso por ele não cortejá-la.

– Ninguém corteja a própria irmã.

– Vocês não são parentes.

– Não de sangue, mas sempre pensei nele como um irmão. E creio que ele também me veja como uma irmã.

– Sorte minha, então.

Minerva riu.

– Como se o Duque de Ashebury temesse a concorrência de meros mortais.

As lâmpadas a gás forneciam luz suficiente para que ela o visse franzir a testa.

– O que você quer dizer com isso?

– Eu não sei... – Ela deu de ombros. – Sempre pensei em você como um tipo de deus. É lindo como o diabo, tem um sorriso que derrete o coração das mulheres, pode ser indecoroso o quanto quiser e é perdoado pela Sociedade num instante.

O olhar dele ficou mais intenso.

– Eu gostaria de ser indecoroso com você... – Ele respondeu e olhou para trás.

– Ele não está aqui.

Ashe olhou para ela.

– Lovingdon. – Minerva esclareceu, sabendo exatamente quem ele procurava. Ela nunca esteve em sintonia tão forte com outra pessoa. Era uma sensação maravilhosa saber o que outra pessoa estava pensando. – Eu disse para ele que se viesse atrás de nós esta noite eu o deixaria de joelhos.

– Fico decepcionado que ele não esteja aqui, então. Eu gostaria de ver você fazendo isso!

Antes que Minerva pudesse pensar em algo para dizer, Ashe pegou sua mão e a puxou para fora do caminho iluminado, atravessando um vão na sebe e indo mais além, onde não havia luz nenhuma. Ele a girou e Minerva sentiu suas costas encostarem na parede de tijolos que cercava o jardim dos Claybourne. Mãos quentes chegaram de repente ao seu rosto e ela nem teve tempo de pensar quando ele teria retirado as luvas antes que sua boca fosse tomada pela dele e invadida pela língua que entrou para conquistar e possuir. Minerva não se incomodou em conter seu suspiro de prazer enquanto enfiava os dedos no cabelo dele, mantendo-o perto para que sua língua duelasse com a dele. Tinha sentido tanta falta do sabor de Ashe, da sensação dele. Ashe estava encostado nela, e Minerva sentiu a presença do volume rijo em sua barriga. Ele a queria, desejava, e ela se arrependeu de que não estivessem no Nightingale, onde Ashe poderia possuí-la por completo.

– Droga, como eu quero você! – Ele gemeu, rouco, mordiscando o lóbulo da orelha de Minerva e enviando arrepios de prazer pelas terminações nervosas dela.

Então vamos embora daqui, ela quase disse. Lady V poderia ter dito isso, e ele a teria levado sem hesitar nem um instante. Mas Minerva Dodger tinha uma reputação para zelar, um pai e um irmão que não admitiriam vê-la arruinada.

– Você me deixa maluco. – Ashe disse enquanto arrastava a boca pelo pescoço dela, descendo pelas suaves elevações dos seios. – Eu quero saborear, chupar, beijar cada pedacinho de você.

Minerva inspirou fundo quando ele agarrou seu seio, o polegar brincando com o mamilo teso. O calor os revolvia, consumia. Ela sabia aonde todas aquelas sensações podiam levar e seu corpo se estendia na direção dele, querendo participar da jornada que ele oferecia. Com a mão atrás da cabeça dele, ela o puxou para perto, aconchegando o nariz na pele macia debaixo do queixo, inalando a fragrância dele, aquecida por seus próprios desejos, pela necessidade dela que Ashe sentia. Era uma sensação inebriante ser desejada daquele modo.

Minerva percebeu a mão dele subindo por sua perna, as saias sendo levantadas, o gemido baixo enquanto os dedos dele deslizavam em meio aos pelos até o núcleo molhado do prazer dela. Ele rosnou.

– Você está tão pronta para mim. Eu daria minha alma para possuir você por inteira.

Faça isso, faça isso, faça isso!, o pensamento dela gritava, mas a lady que ela deveria ser manteve os lábios bem fechados. O que ele pensaria de uma mulher que se abria por completo para ele em um jardim onde qualquer um poderia descobri-los?

Minerva estava certa de que eles dois não eram os únicos procurando sombras para alguns momentos ilícitos, mas ela se deleitou com o fato de que Ashe estava ali com ela, que ele fazia coisas que não deveria estar fazendo, que embora ela estivesse totalmente vestida, ele conseguia fazer seu corpo vibrar.

A mão dele se fechou sobre a intimidade dela, os dedos acariciando e provocando, enquanto a beijava sem trégua. Minerva começou a se contorcer de encontro a Ashe, enquanto as sensações percorriam seu corpo, acumulando-se...

Ela se agarrou nele, segurando-o firme enquanto Ashe a tomava de assalto e o corpo dela se rendia e desmoronava. Ele capturou o gemido dela com a boca, e os movimentos de seus dedos foram ficando mais suaves. Ele passou o outro braço pela cintura dela, segurando-a com firmeza para que seus joelhos enfraquecidos não a deixassem cair no chão. Ela se agarrou nos ombros dele, nele, tremendo com o êxtase quase violento.

Como ela desejou sentir o peso dele enterrado dentro dela.

Ashe deixou a boca de Minerva e encostou os lábios quentes e úmidos na testa dela.

– Poupe-me dessa tortura interminável. Case-se comigo, Minerva. Nós poderemos ter isto toda noite, toda tarde, toda manhã! – Ele suplicou, com a voz rouca e baixa.

Com a respiração ofegante, ela recuou um pouco, tentando vê-lo com mais clareza, mas os dois estavam perdidos na escuridão. Mesmo assim, ela podia sentir o olhar dele focado nela.

– Eu poderia falar com seu pai amanhã à noite. Se você concordar.

Uma onda de risada escapou dela antes que pudesse se conter. Ela levou os dedos à boca sentindo a alegria dançar dentro de si.

– Você fica falando de casamento, mas eu acho difícil acreditar que você vá mesmo me querer pela eternidade.

– Eu vou passar o resto da minha vida demonstrando que quero! – Ashe colocou a palma da mão no rosto dela. – Você me completa.

Minerva queria acreditar nele. Ashe não tinha lhe dado razão para não acreditar.

– Eu não sou como os outros. – Ele disse em voz baixa.

Apertando o rosto no peito dele, Minerva sentiu os braços dele a envolvendo, segurando-a perto. Não, ele não era como os outros. Nunca foi. O problema era ela. Minerva sentia muita confiança em todos os assuntos, menos nesse. Ashe podia não ter dito que a amava, mas era óbvio que sim. Do contrário, ele teria ido embora há muito tempo.

– Sim. – Ela sussurrou, concordando com a cabeça. Inclinando a cabeça para trás, ela o encarou. – Sim! – Ela disse mais alto. – Sim, eu me caso com você.

Ashe baixou a boca sobre a dela. Minerva sentiu a alegria tomando conta de seu corpo. Ele a queria. Ela podia ser amada. Ela iria ter seu próprio "felizes para sempre".

Capítulo 18

Foi estranho, mas quando Minerva acordou naquela manhã, tudo parecia mais brilhante, como se todas as cores do mundo tivessem se tornado mais vívidas.

Parada atrás de uma cortina na loja da modista, enquanto uma assistente a ajudava a colocar a roupa após provar um vestido novo, Minerva pensou se deveria conversar com a costureira sobre seu vestido de noiva. Ela e Ashe não tinham conversado sobre quando iriam se casar, mas ela não queria esperar muito tempo. No fim da Temporada, talvez. Com certeza não no fim do ano.

Durante a última dança, eles não trocaram nem uma palavra. Depois do encontro tórrido no jardim, depois de Ashe dizer que falaria com o pai dela, o que mais havia para ser dito? Ele tinha feito o pedido, e embora não tivesse pronunciado as palavras *eu te amo,* com certeza deixou muito claro que a tinha em alta estima e nutria grande afeto por ela.

Ele a manteve mais próxima durante a valsa, sem nunca desviar o olhar. Ashe comunicava tudo através dos olhos. Estava oferecendo tudo aquilo com que Minerva sonhou quando dançava com cavalheiros que mal lhe davam atenção. Quando sugeriam ser a última esperança dela para se casar e ter filhos. Ou que ela deveria ficar grata pela atenção como eles ficariam gratos pelo dote. Nenhuma noção de amor romântico, apenas aspectos práticos tinham dominado a vida social dela.

Até Ashe aparecer. Até ele olhar para ela como se Minerva fosse mais do que uma pilha de moedas. Até ele olhar para ela...

– Eu só acho que isso tudo é muito triste. – Uma mulher disse ao entrar no provador. – Ela estava com uma expressão tão apaixonada enquanto eles dançavam na noite passada. Eu pensei que a qualquer momento ela iria desmaiar nos braços dele. Sinto muita pena dela, bancando a boba desse jeito.

– Eu não a culpo... – Disse outra mulher, e Minerva reconheceu aquela voz. Lady Honoria. – Ele é o mais atraente dos Diabos.

Tudo dentro de Minerva congelou. Ela não podia estar falando de Ashe. Embora Minerva o considerasse atraente, é claro, ela sabia que muitas mulheres preferiam o jeito extrovertido de Edward. Ela só podia estar se referindo a ele, que devia ter feito alguma mulher desmaiar.

– Com certeza! – Minerva reconheceu a primeira voz então. Lady Hyacinth. – Eu só acho irônico o fato de que ela escreveu um livro sobre como reconhecer caçadores de fortuna apenas para falhar por completo na hora de identificar um e ser totalmente envolvida por alguém que só está atrás do dote dela.

A assistente estendeu a mão para a cortina. Minerva segurou o braço da moça, fez um sinal negativo com a cabeça e levou um dedo aos lábios.

– Você tem certeza de que ele está atrás do dinheiro dela?

– Absoluta. Meu irmão tem o mesmo administrador que Ashebury. Ele passou no escritório de Nesbit algum tempo atrás e ouviu Ashebury gritando que seus cofres estavam vazios. É claro que meu irmão saiu dali no mesmo instante, pois não queria constranger o duque quando ele saísse do escritório de Nesbit. Mas é isso. Winslow até sugeriu que eu escolhesse Ashebury como pretendente, pois meu dote não é nada desprezível. Eu tentei, mas logo ficou óbvio que ele precisa de uma quantia muito mais substancial do que eu posso oferecer. Onde está a assistente? Eu preciso fazer logo esta prova de roupa.

Minerva soltou o braço da moça e fez um gesto com a cabeça. Ela saiu por uma abertura na cortina enquanto Minerva se encostava na parede, mal conseguindo inspirar. Ela ousou acreditar que Ashebury realmente a *queria*.

Talvez ela tivesse sido influenciada, em parte, pelo modo como ele a fez se sentir preciosa no Nightingale. Tinha se apaixonado um pouco por ele ali, e levou a emoção consigo ao partir, em vez de deixá-la para trás, como deveria ter feito. Tinha permitido que isso a cegasse para a verdade.

Ele podia ter sido mais educado e sutil do que os demais, mas Ashe queria dela o que todos os outros homens queriam: seu dote.

Ashe estava sentado à escrivaninha com papéis espalhados sobre a superfície, cabeça abaixada, cabelo desgrenhado como se estivesse passando as mãos por ele repetidas vezes. Parada à porta, Minerva pensou que ele nunca lhe pareceu mais atraente, e então um nó doloroso se formou em sua garganta. Tinha se apaixonado por ele, que era só uma invenção, assim como Lady V.

Ela chegou à Casa Ashebury e – com um sorriso dissimulado e uma piscadela – convenceu o mordomo a deixá-la fazer uma surpresa para o duque. Como já estivera naquela sala antes, não precisou ser acompanhada. Seu coração batia com tanta força que Minerva ficou surpresa por Ashe não tê-la ouvido se aproximando pelo corredor. Então ela pôs os olhos nele e tudo se transformou em uma dor difusa.

– Seus cofres estão vazios. – Ela disse em voz baixa, mas Ashe deve tê-la ouvido porque ergueu a cabeça rapidamente, e se existe um olhar de culpa, era o dele naquele instante.

Empurrando a cadeira para trás, ele se levantou, pegou o paletó nas costas da cadeira e o vestiu com um movimento fluido.

– Minerva, que surpresa agradável. Eu não estava lhe esperando.

Andando na direção dele, Minerva ficou surpresa por suas pernas ainda terem força para conduzi-la.

– Seus cofres estão vazios.

Ele arqueou a sobrancelha.

– É uma pergunta?

Parando diante da escrivaninha, ela passou os olhos por ele, pela estrutura óssea perfeita, pelas feições proporcionais. Ela se perguntou por que ele começou a lhe dar atenção, e como ele a fez acreditar que suas próprias imperfeições não importavam.

– Seus cofres estão vazios?

– Praticamente, sim. Como você soube?

Pelo menos ele não tinha mentido, negado. Ela lhe concedia esse mérito.

– Na minha costureira, imagine só. Parece que alguém ouviu de alguém... você sabe como é. Não existem segredos na aristocracia. Por que você não me contou?

– Não me pareceu fazer diferença.

Ela arregalou os olhos.

– Não faz diferença?! Como não? Você precisa do meu dote.

– Só porque meus cofres estão vazios, isso não significa que eu esteja atrás do seu dote.

Ela empinou o queixo.

– Você está dizendo que esse não foi um motivo?

– Não. – Ele disse, sombrio.

Aquela única palavra a fez murchar. Ela olhou para os papéis espalhados sobre a mesa, colunas de números bem arrumadas em contraste com a desordem da disposição dos livros-razão. Ela percebeu uma ponta azul por baixo dos papéis, um azul familiar. Ela a pegou e ao se deparar com *Guia para Ladies – Como Identificar Caçadores de Dotes,* escrito com tanto cuidado, Minerva sentiu que sua alma desmoronava. As bordas estavam gastas, a lombada marcada – sinais de um livro querido, bem lido. Bem estudado. Ela o folheou. Ashe até tinha feito anotações nas margens. Ela o fitou bem no fundo dos olhos.

– Eu pensei que estava fornecendo informações para as ladies. Na verdade, estava lhe fornecendo uma estratégia para não ser pego.

– Isso não muda nada, Minerva.

– Isso muda tudo! Você não precisa se incomodar em falar com meu pai esta noite. Eu não tenho intenção de me casar com você.

– Não vejo por que não.

– Você me enganou.

– Tenho certeza de que existem certas coisas sobre você que também não me contou.

– Nada tão ruim quanto isto. Você esbanjou sua herança. Viajou pelo mundo em busca de prazeres enquanto suas propriedades iam à ruína. Você pensou que não haveria consequências para seus gastos desmedidos, para sua incapacidade de assumir responsabilidades?

– Estou assumindo as responsabilidades agora.

– É tarde demais. Não vou me casar com um homem que não posso respeitar, e não posso respeitar um homem que permita que sua situação financeira chegue a este ponto... – ela fez um gesto indicando os papéis sobre a mesa – ...e espere que o dote de uma mulher desfaça o estrago. – Ela não era mulher de chorar, mas sentiu a ardência das lágrimas. – Você deveria ter sido honesto comigo, Ashebury.

Dando meia-volta, ela se dirigiu para a porta. Minerva ainda não tinha chegado lá quando a voz dele ecoou à sua volta, através dela. Carregada de confiança, ameaça e triunfo.

– Não sei bem se você está em condições de me rejeitar... Lady V.

Ashe estava bravo com as acusações que Minerva tinha lhe feito. O que ela sabia de suas dificuldades, de como ele chegou àquela situação? Por que Minerva desprezava seus sentimentos por ela só porque ele precisava de seu dote?

Fazendo meia volta, ela o fuzilou com o olhar.

– Você está ameaçando me chantagear? Acha mesmo que sou o tipo de mulher que vai ser intimidada por uma tolice dessas? O que se passou entre nós não muda nada. Não vou me casar com você.

Ele atravessou a sala, parando apenas quando estava perto o bastante para sentir a fragrância de verbena.

– Tenho certeza de que seu pai vai pensar diferente quando souber que eu a deflorei.

– Vai ser a sua palavra contra a minha.

Se ela não tivesse olhado para ele com tanto desprezo naqueles olhos castanhos, Ashe poderia tê-la deixado ir, mas Minerva tinha machucado seu orgulho.

– É mesmo? Então toda Londres sabe da marca de nascença em forma de coração no seu quadril direito? Mesmo com você vestida, posso pôr meu dedo no lugar exato em que ela está. O que ele vai dizer então?

– Ele não vai me obrigar a casar com um homem que não quero.

– E o que Londres irá dizer quando souber que a correta e casta Srta. Dodger foi três vezes ao Clube Nightingale?

– Você não pode divulgar isso. Eles vão expulsá-lo. Nunca mais poderá aparecer lá.

– Não vou precisar do Nightingale quando tiver minha esposa para satisfazer minhas necessidades mais baixas.

– Você está louco se acha que irei recebê-lo na minha cama.

– Você é uma criatura sensual demais para não me receber, para se negar ao prazer que posso lhe proporcionar.

– Seu cretino pretensioso!

Ashe lhe deu um de seus sorrisos mais sedutores, pensado para conquistar o coração de uma mulher.

– Não seja tola, Minerva. Sim, eu preciso do seu dote para ajustar minha situação financeira, mas isso não significa que as coisas não possam ser boas entre nós. As coisas *são* boas entre nós. O Nightingale provou isso. – Antes que ela pudesse reagir, Ashe a agarrou e puxou para perto, descendo sua boca sobre a dela, decidido a lembrá-la da paixão que se inflamava com tanta facilidade entre eles, decidido a atiçar o desejo dela, a...

A dor veio de baixo, forte, aguda, e o fez se dobrar. Seus joelhos bateram no chão e o resto dele caiu logo depois. Ashe se curvou em posição fetal, lutando para conseguir respirar.

– Não vou me casar com um homem que eu não possa amar! – Ela declarou. – Um homem que não me ama.

Através dos olhos lacrimosos, tudo o que ele viu foi a saia e a sola dos sapatos dela, enquanto Minerva saía de sua biblioteca e de sua vida.

Capítulo 19

Ela se recusou a chorar. O ardor em seus olhos era resultado do lamentável ar de Londres, não da dor em seu coração.

– Eu vou colocar um anúncio no *Times* informando que nunca irei me casar e que não receberei mais pretendentes.

Ao voltar para casa, ela foi ver os pais na biblioteca. Depois que ela fez sua declaração, os pais a encararam e Minerva apenas virou o copo de *scotch* que tinha se servido ao entrar na sala.

– Aconteceu alguma coisa? – A mãe perguntou.

– Eu avaliei mal o afeto de Ashebury.

– Quão mal você avaliou? – O pai perguntou, os olhos apertados. Minerva sabia que a raiva dele não era dirigida a ela.

– Mal o bastante para ele pensar que você vai me obrigar a casar com ele. Mas eu não vou, sob nenhuma circunstância, casar-me com ele.

O pai se levantou.

– Vai ser difícil se casar com um homem morto.

– Sente-se, pai.

Ele apertou ainda mais os olhos.

– Por favor. – Minerva pediu.

Ele se deixou cair no sofá, ao lado da esposa, que colocou a mão sobre o punho fechado dele, que estava apoiado na coxa.

– Eu fiz algo que não deveria – Minerva disse –, mas não vou explicar. Não me arrependo. Apenas me arrependo de ter deixado meu discernimento ser afetado. Eu pensei que ele me quisesse, mas, conforme acabou sendo revelado, ele precisa do meu dote. Agora percebo que sempre que eu perguntava sobre suas finanças, Ashebury não me dava uma resposta direta. Eu fui uma tola.

– Você não foi uma tola. – A mãe disse, carinhosa. – Ele é muito encantador. É compreensível que você se afeiçoasse a ele, que confiasse nele. Também é compreensível que, sendo criado como foi, ele não entenda o que é amor.

Minerva sacudiu a cabeça.

– Não arrume desculpas para o comportamento dele. Toda Londres arruma desculpas para os Diabos de Havisham! Nenhum de nós tem uma vida perfeita. Nós fazemos o melhor com o que temos.

– O que não é perfeita na sua? – O pai lhe perguntou.

– Nenhum homem me ama.

– Eu te amo.

O ar de Londres ardeu mais nos olhos dela. Lágrimas malditas ameaçavam escapar.

– Vou me satisfazer com isso.

– Colocar um anúncio no *Times* me parece um exagero... – A mãe observou.

– Eu não quero mais receber visitas de cavalheiros.

– Vou avisar a criadagem.

– Principalmente, não quero ver Ashebury.

– Não vai ver. – O pai lhe garantiu.

– Também não o quero morto.

– Machucado?

Ela não conseguiu se segurar e soltou uma leve risada.

– Não, embora eu acredite que o tenha machucado.

– Gancho de esquerda? – O pai perguntou.

– Não. Um truque que Lovingdon me ensinou. Ele ficaria orgulhoso. Eu até contaria para ele, mas aí ele vai ameaçar matar o Ashebury, e não vou conseguir segurar vocês dois.

– Talvez fosse bom nós duas viajarmos para algum lugar. – A mãe propôs.

– Eu tenho outra coisa em mente. Vou contar para vocês quando resolver alguns detalhes. Mas fiquem tranquilos, não vou ficar sofrendo pelos cantos. Pretendo tomar medidas para nunca mais cruzar o caminho de Ashebury ou de qualquer outro caçador de dotes.

Os ventos que uivavam sobre o pântano chegaram até a carruagem quando esta fez a curva na longa trilha que levava até a Mansão Havisham. Ashe não podia dizer que sentia como se estivesse voltando para casa, mas sentiu uma nostalgia agridoce ao observar a escuridão que logo desceria sobre o pântano naquela noite de lua encoberta. Uma tristeza profunda o acompanhou naquele lugar, mas foi ali também que ele teve alguns de seus momentos mais felizes.

O Marquês de Marsden não foi um guardião dos mais atenciosos, mas também não negligenciou seus deveres. Ele os acompanhava nas refeições, contava-lhes histórias de sua juventude – histórias que incluíam o pai de Ashe e também o Conde de Greyling, pai de Albert e Edward. Através de Marsden, Ashe soube de facetas de seu pai que nunca teria imaginado: um revolucionário, um aluno com dificuldades nos estudos, um rapaz que gostava de uma boa brincadeira.

Às vezes, quando o vento estava silencioso, Ashe conseguia um vislumbre do homem que o Marquês tinha sido antes de perder a esposa no parto do filho, antes de ele parar todos os relógios da casa na hora exata em que ela morreu. Amar uma mulher dessa forma... Ashe não sabia se isso era uma bênção ou uma maldição.

A carruagem parou em frente à mansão que não parecia mais tão grande e agourenta como tinha parecido para ele aos 8 anos de idade. Ele conhecia os aposentos, os corredores e os cantos escuros tão bem quanto sua própria mão. Ninguém apareceu para recebê-lo, mas ele não era um convidado. Era como se fosse da família. À vontade, ele subiu os degraus e entrou pela porta da frente, sendo recebido pelo silêncio. Os relógios continuavam parados, sem fazer seu tique-taque, sem marcar o tempo.

Velas tremeluziam para iluminar o caminho. Ele atravessou o saguão familiar, olhando pelos vãos das portas ao passar, sem se surpreender ao não encontrar nenhuma sala ocupada até chegar à biblioteca. Uma única vela grande na escrivaninha de ébano revelava a cabeça baixa do Visconde de Locksley, que fazia anotações em um livro-razão. Ele ergueu os olhos e sorriu.

– Ashe, mas que diabos?! Você deveria ter me avisado que viria. – Ele se afastou da escrivaninha e foi até o amigo, apertando a mão dele e batendo em seu ombro. – O que o traz aqui?

Essa conversa ficaria para mais tarde.

– Como está seu pai?

– Louco como nunca. – Virando-se, Locke foi até o aparador e serviu dois copos de *scotch*. Ele entregou um para Ashe. – Ele está dormindo agora. Vai gostar de ver você amanhã. – Locke se sentou em uma poltrona diante do fogo brando e esticou as pernas. – Já está entediado em Londres? Planejando nossa próxima aventura?

Ashe se sentou na poltrona de frente para o amigo.

– Planejando a minha, pelo menos. Estou pensando que talvez esteja na hora de me casar.

– Meu Deus. O que causou isso? – Locke perguntou.

Ele não estava pronto para confessar.

– Nós estamos ficando velhos.

– Você não tem nem 30 anos.

– Estou mais perto que você. – Ashe era dois anos mais velho.

– Mas não chegou lá ainda. – Locke afirmou. Com a ponta do dedo, ele tamborilou o copo, refletindo, com aqueles olhos verdes penetrantes. Locke sempre foi o observador do grupo, demorando-se ao considerar todos os ângulos, derrubando as fachadas. Talvez porque tivesse recebido a maldição de ter que testemunhar o declínio gradual de seu pai até a loucura.

Ashe ponderou que essa talvez fosse uma vantagem de não ter os pais por perto: ele não tinha que vê-los envelhecendo e sucumbindo às doenças, apesar de a morte súbita do casal quase o ter destruído. Embora não quisesse trocar de lugar com Locke, Ashe não conseguia sufocar aquele sentimento diminuto de inveja por ele ainda conseguir, pelo menos, conversar com o pai.

– Quem é a mulher? – Locke perguntou, solene.

– Srta. Minerva Dodger.

Locke soltou um assobio baixo.

– Você vai viver como um príncipe com o dinheiro que ela vai levar para o casamento.

– Ela é mais que dinheiro.

– É mesmo? – Locke deu um meio sorriso irônico. – Não me lembro de você ter muito interesse nela antes. De repente ela se transformou em uma mulher atraente?

– Por que todo mundo é tão obcecado com a aparência? E por que as pessoas não conseguem enxergar a beleza dela?

O sorriso de Locke foi aumentando, até quase lembrar a expressão de espanto de uma criança.

– Você está apaixonado por ela.

– O quê? Não. Ela é interessante, só isso. Ela é corajosa e capaz de encarar qualquer homem de igual para igual. Ela diz o que pensa, não recua. Isso é revigorante!

– Revigorante, por enquanto, ela pode ser, mas vai ficar passada com o tempo e a mania que tem de criticar, criticar e criticar. Mulheres corajosas que falam o que pensam têm uma tendência de se tornarem irritantes depois de algum tempo.

– Isso se baseia na sua extensa experiência com mulheres? Quando foi que você ficou com uma por mais de uma noite? – Ashe virou o restante do *scotch*, depois levantou para encher seu copo. – Mais?

– Não, eu tenho que terminar de analisar os livros esta noite.

Ashe olhou por cima do ombro.

– Está tudo bem?

– Com a propriedade? Tudo tranquilo. Nenhum problema aqui.

Ashe voltou à poltrona.

– Como você mantém suas finanças em ordem?

– Bem, meu pai não é nenhum esbanjador. Um mordomo, uma cozinheira, uma criada e um criado para cuidar desta monstruosidade.

– Nem tudo está sendo cuidado. – Ashe observou.

– Não, apenas os aposentos que nós ocupamos. Os outros ficam fechados. Deus sabe que provavelmente nós poderíamos plantar sementes na poeira que se acumulou ao longo dos anos e depois colher alimentos em abundância.

– Isso vai mudar quando você arrumar uma mulher.

– Nunca vou me casar. Loucura não é um legado para se passar adiante.

– Vai terminar no seu pai. Você não é louco.

– Talvez eu seja apenas melhor para esconder. – Ele bebericou o *scotch*, mais uma vez estudando Ashe. – Você ainda não está noivo, então isso não é uma novidade. Ainda estou tentando determinar o que motivou sua visita.

– Eu queria saber se está tudo bem. Você foi embora abruptamente quando desembarcamos do navio.

– Nós ficamos fora mais tempo do que eu tinha planejado. Precisava garantir que tudo estivesse em ordem por aqui.

– Você irá até Londres para o restante da Temporada?

– Creio que não. – Ele se levantou. – Preciso terminar de ver os livros. Vamos cavalgar amanhã?

– Vamos. Com certeza.

– Ótimo. – Locke voltou sua atenção para a escrivaninha. – Então você poderá me dizer por que está aqui.

Por que ele estava ali? O próprio Ashe não estava muito certo. O silêncio na casa enquanto ele andava era sinistro. A ausência do tique-taque dos relógios ajudava. Quando era garoto, ele gostava de dormir com o relógio do pai debaixo do travesseiro, para ouvir outra coisa além dos uivos dos ventos. Ele tinha encontrado o relógio de bolso sobre a mesinha de cabeceira do seu pai. Era estranho que ele o tivesse deixado para trás, e às vezes Ashe se perguntava se seu pai teria tido alguma premonição sobre o que iria acontecer. Mas se teve, por que ele próprio e a duquesa não ficaram para trás, em vez de apenas o relógio?

Ashe virou no longo corredor, onde apenas uma porta estava um pouco aberta, com uma réstia de luz marcando o chão. Mesmo sabendo que deveria dar meia volta para não incomodar o velho, ele foi em frente e entrou no quarto que cheirava a bergamota e lavanda. Ele pensou que o marquês, talvez, tivesse espalhado sachês de lavanda pela residência, porque havia lugares em que o aroma era mais evidente. No quarto da marquesa – que não tinha sido tocado desde a noite em que ela morreu, a não ser para remover qualquer evidência da morte dela – havia um frasco de perfume de lavanda na penteadeira. Ashe sabia disso porque ele e os outros garotos tinham entrado no local uma noite, mesmo sabendo que era proibido. Grey e Edward começaram com uma de suas habituais brigas de empurrões. Quando Grey empurrou Edward sobre a mesa, o frasco caiu no chão, estilhaçando-se em milhares de cacos. O som atraiu o marquês para o quarto.

Ele ficou furioso com a invasão. Essa foi a única vez em que eles foram punidos. Marsden os levou para a biblioteca, onde os colocou em fila e mandou que baixassem as calças e segurassem na parte de trás dos joelhos. Ele pegou uma vara e bateu em cada um deles com determinação e força, várias vezes. Até ficar com o braço cansado, até desabar em uma poltrona e chorar. Soluços imensos, arrepiantes, que doeram em Ashe mais do que as pancadas em seu traseiro.

Depois disso, a porta do quarto da marquesa foi trancada. Não que Ashe tivesse alguma vontade de voltar lá. Ele não queria nunca mais fazer o marquês chorar de modo tão desesperado.

Ainda assim, aos 9 anos de idade ele não tinha nenhuma palavra de consolo para oferecer ao homem, só ficou parado ali, com os outros, olhando, remexendo-se de constrangimento, enquanto o marquês lamentava a perda de uma fragrância. Apenas quando se tornou adulto que ele entendeu que o homem tinha chorado a perda de muito mais que o perfume.

– Ashe... – O marquês falou, rouco como se suas cordas vocais estivessem cansadas.

– Milorde. – Ele respondeu, entrando no quarto até chegar à poltrona em que Marsden estava sentado diante da janela. Ashe apoiou o ombro no batente, apreciando o apoio firme da madeira. O cabelo do marquês estava fino e comprido, despenteado, com os fios brancos tocando seus ombros. Uma barba rala e branca marcava seu queixo. Ele não tinha um criado pessoal, mas alguém o tinha barbeado há pouco tempo. Locke, provavelmente.

O robe dele estava puído e desbotado. Ashe desejou ter pensado em trazer de Londres um robe novo para o marquês. Não que ele fosse usá-lo. Ele não gostava do que lhe era desconhecido.

– Ela está lá fora esta noite, esperando por mim. – Marsden disse, passando os dedos pela pequena pintura emoldurada que descansava em seu colo. – Você está ouvindo?

– Estou, milorde.

– Logo vou me juntar a ela. Quando Locke estiver feliz. – Ele sorriu um pouco, os olhos verdes grudados em Ashe. – Quando você estiver. Quando Greyling e Edward estiverem. Como eles estão?

– Estão bem, milorde. Em Londres.

– Por que você não está?

Ashe olhou para a escuridão. Ele tinha pensado que precisava ver Locke. Estava enganado.

– Você a amava muito – Ele disse para o marquês.

– Não.

Surpreso com a resposta, Ashe voltou os olhos para o marquês, que meneava a cabeça.

– Isso nem começa a descrever o que eu sentia por ela. O que eu sentia era... tudo. Quando ela morreu, tudo se foi.

– Durante todos os anos que passei aqui, você nunca falou dela para nós. Como ela era?

Os olhos de Marsden assumiram uma expressão distante, como se estivesse voltando anos no tempo.

– Ela era a lua e as estrelas. O sol e a chuva. Eu não gostava tanto dela como gostava do modo que eu era quando estava com ela. Eu era otimista, invencível. Mais generoso, mais amável. Ela extraía o melhor de mim. Ela também extrai o melhor de você?

– Quem? – Ashe franziu o cenho.

– Essa mulher que você ama. – O marquês respondeu.

Ashe o encarou. Os olhos do velho continham compreensão, conhecimento.

– Eu não a amo – Ashe respondeu –, mas existe uma mulher, sim. Ela é inteligente, decidida, perspicaz. Eu preciso do dote dela. Fiz uma bagunça com a minha herança. – Ele apertou o ombro com mais força no canto do batente de madeira. – Eu não consigo entender os números.

– Seu pai também não conseguia.

Ashe endireitou o corpo, afastando-se da janela.

– Perdão?

Marsden riu baixo.

– Esse era o segredo dele. Mas ele me contou. Tinha medo de não conseguir administrar suas propriedades. Então ele me trazia seus livros e eu lhe dava as respostas. Eu tinha me esquecido disso. Todos os anos que você passou aqui, eu nunca pensei em lhe contar. Nunca prestei atenção nos seus estudos. Maldição! – Ele sussurrou. – Foi por isso que ele me escolheu para ser seu guardião. Eu sabia do segredo dele. Ele pensou que eu o orientaria. Em vez disso, eu falhei com você.

– Eu não diria isso. Na verdade, o problema foi o meu orgulho, que não me deixou contar as minhas dificuldades. Eu confiei demais no meu administrador e não fui franco com ele. Preciso encontrar alguém em quem possa confiar tudo – se ele pudesse convencer Minerva a deixar o orgulho *dela* de lado, ela seria uma pessoa excelente para administrar suas propriedades.

Marsden balançou um dedo.

– Locke. Ele é o homem de que você precisa.

Ashe não se convenceu. Ele achava que precisava de uma mulher.

Com os cascos do cavalo trovejando debaixo dele, Ashe cavalgou como um louco pelo pântano, acompanhado de Locke, cuja montaria conseguia manter o ritmo. Estar ali fora lhe trouxe lembranças dos dias que passava fazendo o que queria, correndo sem preocupações, sem pensar em propriedades, renda, salários, manutenção, despesas, números, somas, cálculos.

– Chega! – Locke gritou, fazendo seu cavalo parar.

Ashe puxou as rédeas do seu, deu uma volta e conduziu seu cavalo preto para onde Locke esperava montado em um animal branco. Arfando, com as narinas dilatadas, os animais soltavam lufadas de vapor no lusco-fusco matinal.

– Vamos andar um pouco, pode ser? – Locke perguntou, desmontando antes mesmo que Ashe desse sua resposta. Locke podia ser apenas um visconde, mais novo que Ashe, mas aquela propriedade era dele, e ele sempre reinou ali, sabendo que um dia seria o dono de tudo aquilo. Havia algo que precisava ser reconhecido quanto a crescer em sua propriedade ancestral. Isso criava um grande sentimento de admiração, de compreensão das responsabilidades que um nobre tem. Tudo isso chegou tarde para Ashe. Para Grey também, provavelmente. E não chegou para Edward, como segundo filho.

Segurando as rédeas, ele se aproximou de Locke, e as passadas longas dos dois amigos agitaram a neblina que recobria o pântano. Locke não falou nada. Esse não era seu estilo. Ashe sabia que Locke esperava que ele falasse primeiro.

– Eu me mudei para a Casa Ashebury. –Ele disse, afinal.

– Conseguiu aposentar os fantasmas? Isso é bom.

– Na verdade eu não podia mais pagar o aluguel da outra casa. Edward ficou com ela. – Abaixando-se, ele pegou uma folha alta de grama para ter um momento para poder organizar seus pensamentos. – Estou em má situação financeira.

– Daí a decisão de desposar a Srta. Minerva Dodger.

Ashe confirmou.

– Infelizmente, ela não gosta de caçadores de fortuna e está revoltada comigo por eu não ter reconhecido, ou não ter revelado para ela, meu estado empobrecido. Ela se recusa a casar comigo ainda que... – Ele arrancou outra folha de grama.

– Ainda que? – Locke repetiu.

– Ainda que eu a tenha comprometido.

Locke parou de andar e agarrou o braço de Ashe, fazendo-o se virar.

– De propósito?

Ashe fuzilou o amigo com o olhar.

– Bem, com certeza eu não caí por acidente na cama com ela.

Locke suspirou de irritação.

– Você sabe o que eu quero dizer. Você a comprometeu para forçá-la a se casar?

– Não, eu fui para cama com ela porque eu quis. Eu a desejo como nunca desejei outra mulher. Locke, ela foi ao Nightingale.

O visconde arregalou os olhos verdes, a descrença passando por suas feições, mas Ashe sabia que o que era dito no pântano ficava no pântano.

– É mesmo?

– Essa foi a primeira vez que ela me pareceu desejável. Tinha decidido aceitar que ficaria solteira e pensou não ter nada a perder. Ela me encantou... – Ele meneou a cabeça. – Encantar é uma palavra muito tímida. Minerva é corajosa, ousada, vai atrás do que quer. Ela é diferente de todas as outras mulheres que eu conheci. Por que eu não reparei nela antes é um mistério para mim. Por que nenhum homem a tomou como esposa apenas serve para demonstrar a estupidez masculina. Ela é extraordinária. Então eu comecei a cortejá-la do modo tradicional, dentro da Sociedade, em bailes e eventos assim. Ela tinha concordado em se casar comigo, mas depois descobriu que eu não tinha dinheiro nos meus cofres e me mandou para o inferno. Meus esforços foram desperdiçados.

– Não consigo ver o dilema.– Locke disse e recomeçou a caminha. – Você só precisa começar a cortejar uma mulher que não ligue que você a queira somente pelo dote, uma que esteja encantada com seu título e sua boa aparência. Com certeza não vai demorar muito para outro peixe cair na sua rede.

– Você tem razão. – Ashe concordou. – Eu só preciso encontrar outro dote. Mas isso é frustrante, depois de todo o esforço que eu despendi para cortejá-la e conquistar sua boa vontade. – Além disso, os dois eram muito bons na cama. Ele não sabia se já tinha encontrado um par tão perfeito. Ele lamentava que não teria mais isso. Nem os sorrisos nem a sagacidade dela. – Normalmente não sou de desistir, mas não sei se consigo consertar as coisas com ela.

– E se ela não tivesse dote? – Locke perguntou.

– Perdão?

– A Srta. Minerva Dodger. E se ela não tivesse dote? Você não teria ido atrás dela, não teria se decepcionado. Você nunca saberia o que está perdendo.

– Mas eu *sei* o que estou perdendo e isso é o inferno. – Ele queria socar alguma coisa, mas não havia nada num raio de léguas, a não ser seu cavalo, que ele não maltrataria, e Locke, que não merecia um soco na cara. – Eu sei como ela pode ser teimosa. E magnânima. Eu sei que ela pode destroçar uma lady se quiser, mas ela se controla para não fazer isso. Ela poderia vencer uma luta num ringue de boxe. Ela cheira a verbena. Ela não tem vergonha na cama. E é inteligente. Incrivelmente inteligente. Ela enxerga oportunidades de investimento. Ela pensa como um homem, o que o senso comum diria que não é atraente, mas isso só me faz querê-la ainda mais.

– Você se apaixonou por ela.

– Não, não. Eu só... – Ele girou o corpo, deu três passos em uma direção e três na outra. Ele só adorava Minerva. Cada parte dela. Do alto da cabeça aos dedos dos pés, por dentro e por fora. Ele adorava o desafio que ela era. Ele adorava as vezes em que esteve com ela. Ele gostava de conversar com ela, de ouvir suas opiniões. Ele gostava que ela tivesse opiniões. Ele gostava de tudo nela, até sua crença obstinada de que merecia um homem que a amasse. Ele parou de andar, tirou o chapéu e passou os dedos pelo cabelo. – Sim, é bem provável que eu a ame. Mas ela não vai acreditar. Eu posso escrever cartas de amor, poemas descrevendo meus sentimentos. Ela não vai acreditar em nada disso. Não quando nenhum homem antes de mim quis qualquer outra coisa dela que não a fortuna que a acompanha.

– Então eu vou lhe perguntar de novo, e se ela não tivesse dote?

– Se ela não tivesse dote, eu continuaria um nobre empobrecido.

Locke encarou Ashe, com seus intensos olhos verdes refletindo milhares de perguntas e as possíveis respostas.

Ashe olhou para o pântano.

– Mas se eu pedisse a mão dela em casamento sob essas circunstâncias, ela não teria opção a não ser acreditar em mim, a não ser entender que eu a *quero*.

– Bem, então parece bem simples, não é? Vamos apostar uma corrida até a casa.

Locke montou e saiu em disparada, antes que Ashe terminasse de raciocinar sobre todas as consequências do que estava pensando em fazer. Soltando uma risada, ele subiu na sela e lançou o cavalo em um galope frenético, correndo atrás do homem que o destino tinha decidido que se tornaria um de seus irmãos.

Capítulo 20

– Sr. Dodger.

– Ashebury. – Na boca de Jack Dodger, o nome soou como um insulto. Não que Ashe pudesse culpá-lo. Na volta de Havisham, ele passou muito tempo pensando em como abordaria o antigo proprietário do cassino. Ele ficou surpreso por ter sido levado pelo mordomo até a biblioteca de Jack Dodger, e ficou grato por Minerva, pelo menos por enquanto, não saber de sua visita. – Você tem muita coragem para aparecer aqui depois de partir o coração da minha filha.

– Partir o coração de Minerva nunca foi minha intenção.

– Mas partiu mesmo assim. Já matei gente por menos que isso.

– Não recentemente, eu espero.

Ele levantou um canto da boca. Minerva não tinha herdado o formato da boca de seu pai. Talvez da mãe. Do contrário, não tinha nenhuma semelhança.

– Whiskey? – Dodger ofereceu.

Ashe ficou tranquilo que pelo menos viveria o bastante para tomar um drinque.

– Eu sou mais de *scotch*.

– Devo ter uma garrafa por aí.

Ashe observou Dodger servir o *scotch* em dois copos. Não havia nada de delicado em seus movimentos, nada de elegante. Tudo em Jack Dodger falava de um homem que tinha começado a vida nas ruas. Ele podia ter saído das ruas, mas elas continuavam nele.

Dodger se virou para Ashe e lhe estendeu o copo.

– Sente-se.

– Eu prefiro ficar de pé. – Ashe disse.

– Eu prefiro sentar. – Dodger desabou em uma cadeira atrás da escrivaninha, tomou um gole do *scotch* e estudou Ashe. – Então, por que você veio?

– Para lhe pedir que retire o dote de Minerva.

Arqueando uma sobrancelha, Dodger colocou lentamente seu copo sobre a mesa.

– É raro que eu interprete mal o objetivo de um homem que se encontra comigo. Preciso dizer que seu pedido me pegou de surpresa. Por que eu deixaria de honrar minha promessa de dar o dote da minha filha?

– Porque isso sempre vai ficar entre nós. Porque ela sempre vai duvidar do motivo pelo qual me casei com ela.

– Não me lembro de lhe dar permissão para se casar com ela.

– Mas vai permitir, porque a felicidade dela significa tudo para você.

– E você vai fazer minha filha feliz?

– Imensamente. Mas ela tem sido perseguida por caçadores de fortuna e acredita que foi o seu dote que me atraiu até ela.

– E não foi?

– Não.

– O que foi então? – Dodger quis saber.

Ashe se perguntou se, depois que ouvisse a resposta, Jack Dodger quebraria seu maxilar ou o deixaria de olho roxo. Talvez as duas coisas.

– As pernas dela. – Ashe respondeu, enfim.

– E como foi que você viu as pernas dela?

– Isso é entre mim e ela. As pernas me atraíram, mas a ousadia, a coragem, a inteligência e o caráter dela me capturaram. Ela é simplesmente a mulher mais extraordinária que eu já conheci. Eu a amo. Além de toda imaginação, além de qualquer capacidade de amar que eu pensei ter. Mas ela sempre irá duvidar da minha sinceridade se, quando me der a mão, estiver segurando uma bolsa de dinheiro.

– O dote dela não cabe em uma bolsa, garoto.

– Eu sei disso. Foi uma figura de linguagem.

– Eu investiguei. Estou sabendo da sua situação financeira. Ela vai passar necessidade.

– Jamais. Eu posso vender muitos dos tesouros que comprei durante minhas viagens. Isso nos fornecerá uma boa quantia. Não tanto quanto o dote dela, mas vai ser um começo. Trabalhando juntos, nós poderemos construir um bom patrimônio para nossos filhos. Eu quero que ela seja minha parceira. Minha igual.

– Chegando para você sem nada?

– Por Deus, como é possível você acreditar que exista alguma parte dela que seja *nada*?

Ashe viu respeito e admiração surgirem nos olhos escuros de Jack Dodger, olhos que Minerva tinha herdado, e soube que tinha vencido. Pelo menos aquela etapa.

Minerva estava sentada na sala matinal tomando uma série de notas quando seus pais entraram.

– Nós gostaríamos de ter uma palavrinha com você. – A mãe dela disse.

– O momento agora é perfeito, pois eu também preciso conversar com vocês. Eu pensei bastante a respeito e decidi ir ao Texas para verificar de perto esse empreendimento com gado no qual estou tentando convencer os rapazes a investir comigo. Eu já pensei em tudo. Vou contratar uma acompanhante e...

– Minerva – a mãe a interrompeu, acomodando-se no sofá ao lado dela enquanto o pai ocupava a poltrona ao lado –, o Texas é muito longe.

– Não vou me mudar para lá. Devo estar de volta antes do Natal. É só que, baseada nos meus cálculos, é uma oportunidade maravilhosa de diversificar, de não ficarmos tão dependentes do que podemos ganhar aqui na Grã-Bretanha.

– Você vai ter que conversar com seu pai a respeito. É ele quem tem cabeça para os negócios.

Ela olhou para o homem esparramado na poltrona como se não tivesse nenhuma preocupação no mundo. Jack Dodger nunca se preocupou com formalidades.

– Pai, você estaria interessado em investir?

– Isso vai dar dinheiro?

– Deve dar, sim. Bastante dinheiro, na verdade.

– Vou pensar a respeito, mas primeiro preciso conversar com você sobre uma decisão que eu tomei, com a bênção da sua mãe.

Minerva soltou uma risada um pouco estranha.

– Muito bem, vocês dois estão sérios demais. Aconteceu alguma coisa?

– De certa maneira, sim, aconteceu. – O pai disse. – Eu decidi rescindir a oferta do seu dote.

Minerva sentiu como se o pai a tivesse socado.

– Por quê?

– Bem, em primeiro lugar, você disse que não iria mais se casar, então não precisa de um dote.

– Isso é verdade. Você não acredita que assim poderá analisar com mais clareza se pode me emprestar dinheiro para eu investir nesse negócio de gado que estou avaliando?

Ele fez um gesto com a mão.

– Se você quiser, eu lhe dou o dinheiro. Só estou falando do seu dote. – Inclinando-se para frente, Dodger apoiou os cotovelos nas coxas. – Pode ser que eu tenha lhe prestado um desserviço ao oferecer tanto dinheiro. Receio que os pretendentes não tenham conseguido enxergar você além do dote.

– Nós não gostamos da ideia de você não se casar – a mãe interveio –, de ficar sozinha.

– Eu não vou ficar sozinha. Tenho amigos. Tenho família. Não preciso de um marido para completar minha vida. Sim, retire o dote. Não é um problema para mim. Até parece que vai aparecer algum homem querendo casar comigo sem isso. E eu não quero me casar com um homem que... – ela engoliu em seco; era difícil dizer aquilo – precise do dote.

– Como Ashebury? – A mãe lhe perguntou.

– Como vários homens! – Minerva respondeu, impaciente. – Quanto a Ashebury, já o superei.

Sorrindo, a mãe apertou a mão dela.

– Fico feliz de saber isso, pois ele irá jantar conosco esta noite.

Traidora foi a primeira palavra que ocorreu a Minerva, mas ela não a disse em voz alta. Afinal, aquela era sua mãe, a mulher que a tinha trazido ao mundo.

– Você não pode estar falando sério.

– Eu pensei que seria agradável ouvi-lo contar sobre suas viagens pela África.

Inacreditável. Minerva bufou.

– Se você quer ouvir histórias da África, convide um dos outros Diabos. Mas não vejo motivo para nos fazer aturar um impostor como Ashebury.

– Mas Ashebury está aqui, não é mesmo. – Foi uma afirmação, não uma pergunta.

Minerva tinha ouvido boatos de que Ashebury havia deixado a cidade.

– Você quer dizer em Londres?

– Não... Bem, ele está em nossa casa, então, tecnicamente, está em Londres. Mas também está na biblioteca do seu pai.

Minerva se pôs de pé com um salto e fuzilou o pai.

– Você o deixou entrar?! Você o recebeu?! Sabendo que desprezo esse homem, que o considero repugnante?

– Ele trouxe algumas fotografias. – A mãe continuou, como se isso explicasse tudo. Por que as mães, incluindo a dela, tinham tanta disposição para perdoar todos os tipos de mau comportamento dos Diabos?

– Ele não vai ficar para o jantar. – Minerva disse e passou apressada pela mãe a caminho da porta. – Não vai!

– Não acho que ela tenha superado Ashebury como pensa. – Minerva ainda ouviu o pai dizer. Era raro que ela ficasse contrariada com os pais, mas naquele momento estava furiosa. Depois dessa, não iria apenas visitar o Texas, mas se mudaria para lá.

Espumando, ela atravessou o corredor pisando duro. Como ele ousava aparecer ali?! Na sua casa, seu santuário.

A porta da biblioteca estava aberta. Ela irrompeu no aposento e parou de repente ao vê-lo de pé junto à janela. Ele estava horrível, completa e absolutamente horrível. Como se tivesse ficado dias sem dormir, como se tivesse perdido peso.

Mas ao mesmo tempo, ele, de algum modo, conseguia parecer lindo, completa e absolutamente lindo. Sua apresentação era impecável, com roupas passadas à perfeição, tudo como deveria ser. E exalava um aroma maravilhoso. Sândalo misturado com seu próprio cheiro. Ela não tinha parado longe o suficiente..., porque conseguiu sentir aquele aroma, pôde ver o azul cristalino dos olhos dele, pôde ver que o rosto sem nenhuma sombra de barba. Ele tinha se barbeado antes de ir à casa dela.

– Eu soube que você foi convidado para jantar. – Ela disse, azeda.

– Foi muita gentileza da sua mãe me convidar.

– Eu retiro o convite. – Minerva disparou.

– Achei que você poderia fazer isso.

– Se você fosse um cavalheiro de verdade, não teria aceitado.

–O meu desejo de vê-la era maior do que a vontade de ser um cavalheiro de verdade.

Ela fechou os olhos bem apertados.

– Não. – Ela abriu os olhos e o fuzilou. – Não diga todas as coisas certas para fazer uma mulher perder a cabeça. Isso não vai funcionar comigo e é um desperdício. Acabo de ser informada que meu pai revogou meu dote, então você vai ter que conseguir dinheiro em outro lugar.

– Eu sei sobre a revogação do seu dote. – Ashe disse em voz baixa. – Eu pedi que ele o revogasse.

Minerva sacudiu a cabeça, confusa.

– Por que você faria isso?

– Porque enquanto você tivesse seu dote, não acreditaria ser possível que eu quero ter você mais do que quero ter fortuna.

– Mas você precisa de dinheiro.

– Eu preciso mais de você.

– Não pode estar falando sério. Suas propriedades, seu legado...

– Tudo isso pode ir para o inferno. – Ele fez uma careta e meneou a cabeça. – Mas não vai. Vou garantir que não. Você estava errada quando disse que eu não me importava com as minhas responsabilidades, que eu esbanjei a minha herança. As propriedades não estavam rendendo como antes, então fiz alguns investimentos que, infelizmente, mostraram-se insensatos. – Ele foi até a escrivaninha, colocou uma folha de papel sobre ela e pegou uma caneta. Ashe mergulhou a ponta no tinteiro e a estendeu para Minerva. – Escreva três números pequenos em uma coluna para que eu possa somar.

– Não vejo o que isso tem a ver com qualquer coisa.

– Apenas faça isso. Por favor.

Soltando um suspiro de impaciência, ela foi até a escrivaninha, arrancou a caneta da mão dele e mergulhou a ponta de novo no tinteiro. Ela olhou para ele de soslaio.

– Você parece ter se recuperado do dano infligido pelo meu joelho.

– Fiquei surpreso com a habilidade que você demonstrou naquele movimento.

– Eu tinha deixado as anáguas na costureira, então estava com mais espaço de manobra. Eu esperava poder dar um golpe decisivo.

– Você é uma megera sanguinária.

– Isso não deveria ser surpresa para você. Eu lhe disse naquela primeira noite que ficaria feliz de matar o homem que me magoasse.

– Disse mesmo. Três números.

Ela fez o que ele pediu.

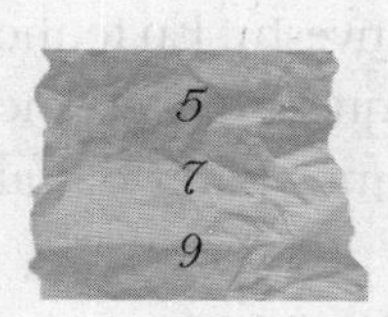

Colocando um dedo na borda do papel, ele o puxou para perto e o encarou. Fechou os olhos. Abriu-os. Apertou-os.

– Não consigo somá-los. Na minha cabeça, tudo que vejo é caos. Eu sei que são números. Eu sei que formam uma conta. Mas não consigo entendê-los. E não consigo explicar por que tenho tanta dificuldade com eles. Lorde Marsden me contou que meu pai também era assim. Os números não faziam sentido para ele, que confiava em Marsden. Eu só descobri isso alguns dias atrás, quando fui para Havisham. Eu fui orgulhoso demais para admitir que tinha essa dificuldade. Então, quando meu administrador reuniu informações sobre vários investimentos, fiz com que me explicasse os riscos verbalmente. Escutei as recomendações dele e fiz as escolhas que pensei que eram as melhores. Talvez eu não tivesse aceitado o que ele considerava um risco aceitável se fosse capaz de analisar os números. Quando voltei para a Inglaterra, descobri que os investimentos eram ruins e, com pouca renda à minha disposição e um custo fixo assustador para manter as minhas propriedades, sobrou muito pouco dinheiro nas minhas contas.

– Como é que você não consegue entender os números?

– Não sei dizer, Minerva. Embora eu me sinta um idiota, não sou. Eu domino várias outras coisas. Mas números me confundem.

Ela suspirou.

– Então você perdeu sua fortuna e decidiu que precisava casar com uma mulher que tivesse um dote substancial. E resolveu me cortejar.

– Não foi bem assim. Eu conheci no Nightingale uma mulher que me fascinou. Então eu a descobri em uma festa e fiquei ainda mais encantado. O fato dessa mulher ter um dote não importava. Eu queria conhecê-la melhor. Então me apaixonei por ela. Não percebi isso até ela me abandonar.

Com essa declaração, Minerva sentiu o coração martelar em suas costelas. Há muito tempo ela desejava uma declaração de amor, mas hesitou em acreditar naquela. Ashe tinha estudado seu livro. Ele sabia a coisa certa a dizer. Mas ela não conseguiu rejeitar as palavras dele. Minerva achou que precisava lembrá-lo da nova realidade.

– Só que agora ela não tem mais dote.

Ashe sorriu.

– Mas ela sabe como investir. Eu tenho um pequeno capital. Quer ela se case comigo ou não, eu quero que ela me ajude a refazer minha fortuna.

– Talvez nós pudéssemos parar de falar nela como se não estivesse presente?

O sorriso de Ashe ficou maior.

– Você vai me ajudar a entender o que eu preciso para me reerguer?

– Acredito que eu possa arrumar um modo de fazer isso.

– Como eu não preciso de um dote, você se casa comigo?

Ela levou a mão ao queixo dele.

– Ashe...

– Diga-me o que eu preciso fazer para convencê-la de que eu te amo.

– Eu quero acreditar em você. Só parece inacreditável que alguém como você possa me amar.

– Isso é porque você não se enxerga como eu a enxergo. Aqui, eu quero lhe mostrar uma coisa. – Ele enfiou a mão no bolso, de onde extraiu um pequeno retângulo que entregou para ela.

Era a fotografia de uma mulher sentada perto de um lago. O rosto revelava força, caráter, invencibilidade, mas também demonstrava certa vulnerabilidade e delicadeza...

Minerva demorou um instante para perceber que era ela na foto que Ashe tirou à frente do lago de Lovingdon.

– Até que eu estou bem bonita. Como você conseguiu me fazer ficar bonita?

– Você *é* bonita. Mais que bonita. Mas eu usei sombras e luz para revelar o que vejo quando olho para você. A beleza verdadeira não existe sem elas.

– E a foto que você tirou de mim no Nightingale?

– Não tirei.

– Por quê?

– Porque era só para mim. Às vezes uma imagem é tão perfeita... perfeita não é a palavra certa... É mais que isso. Transcendente. Que parece um pecado capturá-la. Mas sempre que eu lembro dos restos carbonizados ou dos corpos mutilados... eu penso em você, com suas pernas longas e seus pés pequenos, estendida na cama à minha espera. Você é mais forte do que as imagens que me assombram há tanto tempo. Você as transforma em nada. Elas desaparecem em silêncio, sem gritar por atenção, porque não vão conseguir nenhuma, pois eu tenho algo muito melhor. Ou pelo menos eu tinha antes de estragar tudo. Eu tinha você, Minerva. E quero desesperadamente tê-la de novo.

Ela, que nunca chorava, estava sentindo aquelas lágrimas ardentes de novo.

– Ashe...

– Eu sobrevivo sem um dote, mas não sobrevivo sem você. Mesmo que você não *me* ame...

– Eu amo! Eu tentei não amar, mas não consigo parar de pensar em você, sentir sua falta, querer você comigo. Mas eu tenho medo de que esses sentimentos não sejam reais. O amor que nós dois afirmamos. E se for uma invenção, como a Lady V?

– Ela não é uma invenção, é apenas outra parte de você. Minerva, praticamente desde o começo eu sabia quem você era. Tudo que tivemos no Nightingale, vamos continuar a ter. Tudo que tivemos fora do Nightingale, também vamos continuar a ter. Vamos ter tudo.

E ela acreditou nele. A verdade estava nos olhos de Ashe, no modo como ele sorria para ela.

– Eu te amo, Ashe.

O modo como ele olhava para ela derreteu seu coração. Era o tipo de olhar pelo qual Minerva tinha esperado durante seis Temporadas. Era o tipo de olhar que prometia uma eternidade de dias felizes.

– Eu gostaria de me casar o quanto antes.

– O fim do mês está bom para você? – Ele perguntou.

– As pessoas vão pensar que nós fomos obrigados a casar.

– Nós fomos... porque não aguentamos mais passar as noites longe um do outro. – Ele a puxou para perto. – Controle esse seu joelho.

Antes que ela pudesse tranquilizá-lo de que não o machucaria, ele tomou sua boca e a beijou como somente um homem apaixonado poderia beijar.

Capítulo 21

O iminente casamento da Srta. Minerva Dodger com o Duque de Ashebury era o assunto do momento. Ainda mais quando ficava evidente, sempre que os dois eram vistos juntos, que estavam perdidamente apaixonados. Minerva, que costumava detestar os periódicos de fofocas, de repente estava gostando demais deles.

Mais ainda, tinha gostado de se preparar para o casamento. Minerva não se sentia nem um pouco nervosa por estar quase na hora de entrar na igreja. Ela estudava seu reflexo no espelho, adorando o modo como seu vestido de renda Honiton branca e pérolas se moldava ao seu corpo. Flores de laranjeira circundavam a coroa do véu, que o mantinha no lugar. Usando a tornozeleira de ouro, ela tilintava suavemente quando andava.

– Você está linda, Minerva! – Grace exclamou enquanto ajeitava a cauda.

– Estou mesmo, não é? Eu sabia que valia a pena esperar pelo amor.

– Eu lhe disse que você encontraria um homem que te ama.

– Eu ainda tenho dificuldade de acreditar nisso...

– Mas você está feliz.

– Imensamente.

Alguém bateu na porta. Grace a abriu e o pai de Minerva entrou.

– Os pais precisam de um momento com suas filhas no dia do casamento. Vou esperar lá embaixo. – Grace falou e saiu do quarto.

– Você é linda como sua mãe. – Jack Dodger disse.

Minerva deu um sorriso brincalhão para o pai.

– Eu sempre achei que me parecia mais com você.

– Você tem meus olhos pretos, mas, fora isso, é exatamente como sua mãe.

– Eu tenho sua cabeça para os negócios.

– Mas tem a força de caráter dela. Tem certeza de que realmente quer se casar com ele?

– Absoluta. Eu o amo, e ele não vai gostar disso, mas eu quero meu dote de volta. Eu estava tão ocupada procurando alguém que me amasse, e depois querendo que ele provasse me amar, que não percebi que era suficiente que *eu* o amasse. Eu não quero que ele tenha que vender seus tesouros ou suportar um fardo desnecessário porque seus investimentos não deram certo. Eu sei que ele me ama com ou sem dote, mas o mais importante é que eu o amo. Eu quero que ele tenha os recursos que você prometeu.

– O dote já está na conta dele. É o seu presente de casamento. Eu queria que vocês descobrissem dentro de alguns dias, quando o administrador do Ashebury o visitasse para prestar contas das finanças dele.

Mesmo sabendo que isso poderia amarrotar seu vestido, ela passou os braços em volta dos ombros do pai e o abraçou apertado.

– Eu te amo tanto!

– Lembre-se sempre, Minerva, eu sou o homem que te amou primeiro.

– Eu sei. – Lágrimas rolaram, mas ela não se preocupou em segurá-las.

– Não chore. Eu não aguento quando uma mulher chora.

Rindo, ela se afastou do pai.

– Eu sei disso também. – Minerva disse.

Ele se virou, mas não antes que a filha visse as lágrimas brotando nos olhos do pai.

– Vamos logo com isso. Não é todo dia que um homem dá sua filha.

– Você não está me dando. Continuo sendo sua.

Com um sorriso, ele olhou para trás.

– Continua mesmo. E sempre será. – Estendendo a mão para Minerva, Jack Dodger baixou o véu sobre o rosto da filha. – Homens de sorte, ele e eu.

Garota de sorte, ela pensou, *por ter o amor de dois homens incríveis*.

O casamento foi grandioso, mais do que Minerva jamais tinha esperado. A igreja estava lotada e a recepção a seguir foi muito concorrida. Ashe estava tão lindo no altar. A expressão no rosto dele conforme ela se aproximava... como ela pôde pensar que ele não a amava?

No momento, ela estava no quarto esperando por ele. A iluminação a gás estava fraca, afugentando as sombras. Ela vestia uma camisola de seda, a tornozeleira e...

A porta foi aberta. Minerva prendeu a respiração ao ver o marido em um robe de seda. Ele olhou para ela. E riu.

– Ah, não, nós não vamos usar isso.

Ela não teve como não rir enquanto Ashe atravessava o quarto. Estendendo as mãos até a nuca de Minerva, ele desfez os laços e jogou a máscara de lado.

– Assim é melhor! – Ele murmurou pouco antes de tomar posse da boca de sua mulher.

Eles tinham conseguido se beijar algumas vezes durante o mês anterior, mas ela quis esperar até a noite de núpcias para fazer mais. Agora eles teriam todo o tempo do mundo para estar nos braços um do outro. Ashe cobriu de beijos o rosto e o pescoço dela. Ela suspirou e gemeu.

– Minha mulher. – Ele murmurou.

– Sua mulher.

Ashe recuou um pouco, desamarrou a faixa do robe e o deixou cair. Ela prendeu a respiração ao vê-lo, e sua boca ficou seca.

– Vou ter que aprender a usar sua câmera.

– Não esta noite. – Ele sorriu.

Ele foi até a cama, subiu nela e se sentou com as costas apoiadas na cabeceira, os braços atrás da cabeça.

– O que você está fazendo?

– Tire a camisola... lentamente. Eu quero ver a luz tocar cada centímetro do seu corpo.

– Quer mesmo? – Ela provocou, deslizando para o lado da cama. Minerva ficou espantada por estar tão à vontade com ele na sua noite de núpcias. Por outro lado, ela não era exatamente uma virgem. Muito devagar, ela soltou um botão. Depois outro e mais um, observando os olhos dele ficarem quentes e sensuais, o corpo enrijecer, a respiração ficar mais curta. Quando o último botão foi solto, ela passou o próprio dedo pelo vale entre os seios. Ele prendeu a respiração.

Oh, como ela gostava de ter aquele poder. Ela afastou o tecido de um ombro, depois do outro. A camisola de seda deslizou lentamente até o chão.

Ele rosnou, baixo e selvagem, antes de se mover com agilidade, pegar Minerva e a deitar na cama de costas, pressionando seu corpo contra o dela, apoiado em um cotovelo, admirando-a.

– Você não faz ideia de como eu queria te ver iluminada. Quando formos para minha propriedade no campo, vou levar você para uma pradaria onde o sol vai brilhar sobre seu corpo, e vamos fazer amor louca e apaixonadamente.

– Ao ar livre?

– Nós vamos fazer amor em todo lugar: nas florestas, na chuva, em todos os quartos, todas as construções. – Ele passou a mão pela lateral do corpo dela. – Eu te amo, Minerva.

– Nunca vou me cansar de ouvir isso.

– Ótimo, porque eu pretendo falar todos os dias.

– Eu te amo, Ashe. Tanto que nem consigo acreditar. Eu não sabia que era possível amar assim.

Ele baixou a boca sobre a dela, e Minerva permitiu que tudo que sentia por ele aflorasse enquanto a paixão os consumia em uma conflagração que ela temeu poder deixá-los arrasados. Como é que podiam existir tantas sensações diferentes que se juntavam para criar uma jornada maravilhosa até o prazer?

Enquanto eles se tocavam, beijavam e acariciavam, o fogo que sempre existiu entre eles cresceu, ficou mais forte, envolvente. Os movimentos dos dois tornaram-se frenéticos e suas necessidades, urgentes. Quando Minerva pensou que ficaria louca de desejo, ele mergulhou nela, duro e fundo. O corpo dela se fechou ao redor dele, segurando-o com firmeza.

Erguendo-se sobre ela, Ashe a admirou enquanto se lançava dentro de sua mulher com estocadas firmes, decididas e vigorosas. Envolvendo o quadril de Ashe com as pernas, ela apertou os dedos nas nádegas dele, puxando-o mais para perto, para dentro. Ela sentia como se cada centímetro do seu ser estivesse soltando faíscas. Seus corpos ficaram molhados. Seus gemidos e suspiros ecoavam ao redor deles.

As sensações foram se acumulando, comprimidas, e então explodiram. Fogos de artifício estouraram diante dos olhos dela enquanto Minerva gritava o nome de Ashe e o ouvia rugir o seu, jogando a cabeça para trás com uma última estocada.

Então ele parou, a respiração difícil e pesada como a dela. Com um sorriso de satisfação, ele beijou a ponta do nariz dela antes de rolar para o lado e apertá-la contra si.

– É magnífico com luz. – Ela disse, ofegante. – Eu posso ver tudo.

Ele riu baixo.

– Acho que vou mandar instalar um espelho no teto para você.

Ela mordiscou o mamilo dele.

– Quem sabe nós podemos ir ao Nightingale uma noite. – Ela sugeriu.

– Se você quiser.

– Pode ser interessante.

– Então vamos no aniversário da sua primeira visita.

Ela passou os dedos pelo peito dele.

– Algum dia você vai me mostrar sua coleção particular de fotografias?

– Eu as queimei.

Apoiando-se no cotovelo, ela se levantou e o encarou.

– Por quê?

– Porque não preciso mais delas. – Ele afastou o cabelo dela do rosto. – Elas me ajudavam a lidar com as imagens de carnificina que eu não conseguia tirar da cabeça. Eu pensei que se pudesse substituir aquelas imagens por traços perfeitos, conseguiria vencer os pesadelos. Mas isso não funcionou até você aparecer. Como já lhe contei, pensar em você silencia os horrores. Então eu não precisava ficar com as fotografias.

– Eu teria gostado de vê-las.

– Posso recriá-las usando você como modelo.

– Se eu posar para você, você tem que posar para mim. Uma coisa pela outra.

Sorrindo, ele passou os dedos pelo cabelo dela e segurou sua cabeça com delicadeza.

– Minha esposa imoral e ousada. É alguma surpresa que eu te ame?

Então ele a puxou para si e tomou seus lábios.

O amor não é demais?

Epílogo

Vários anos depois

Parado no sexto degrau da escada que descia até o vestíbulo, Ashe olhou para a mesma porta através da qual viu seus pais irem embora. Era estranho que, quanto mais velho ele ficava, mais tinha saudade deles.

Ashe desejou que eles pudessem ter visto como Minerva e ele conseguiram recuperar suas finanças com investimentos – sem tocar no presente de casamento que o pai dela lhes deu. Aquele dinheiro ficou de reserva, caso algum dia fosse necessário. Do contrário, como não estava vinculado ao título dele, no futuro seria dividido entre os filhos.

Ashe desejou que seus pais pudessem ter conhecido Minerva, o norte de sua vida. Ele nunca imaginou que era possível existir um amor tão completo. Havia momentos em que a dimensão de seus sentimentos por ela chegava a assustá-lo. Então ele a abraçava ainda mais apertado.

Ashe desejou que seus pais tivessem tido a oportunidade de conhecer seus netos.

Os passos de pezinhos ecoaram pelo vestíbulo quando seu filho e sua filha correram para a porta da frente, seguidos pela mãe em ritmo mais lento. Ela estava grávida outra vez.

– Papai, venha! – Gritou a filha de cabelo castanho-avermelhado. – O vovô prometeu nos ensinar a bater carteira hoje.

Ashe fez uma careta para Minerva.

– Pensei que ele iria ensiná-los a como *evitar* ter a carteira roubada.

Minerva deu de ombros.

– Você conhece meu pai.

Ashe terminou de descer a escada.

– Imagino que você irá ensiná-los a trapacear nas cartas.

– O filho do Lovingdon já é um mestre nisso. Não podemos deixar nossos filhos em desvantagem.

Ele passou o braço pela cintura dela.

– Como você está se sentindo?

– Estou melhorando. Meu café da manhã ficou no lugar.

– Vamos looogo! – O filho uivou. – Todo mundo já está lá!

Todos os irmãos de Minerva, com suas famílias, estariam na casa dos pais para comemorar o aniversário de casamento deles.

– Muito bem, então! – Ashe disse. – Vamos lá.

O criado abriu a porta e as crianças saíram correndo.

– Nossos filhos precisam aprender a ter paciência. – Ashe disse, acompanhando Minerva até a porta.

– Eu prefiro que eles mantenham o entusiasmo.

– Então entusiasmados eles serão.

Parando à porta, Ashe olhou para trás. Houve um tempo em que os gritos de sua infância assombravam aquela casa. Mas agora tudo o que ele ouvia era o riso de seus filhos, a alegria na voz de sua esposa e o amor.

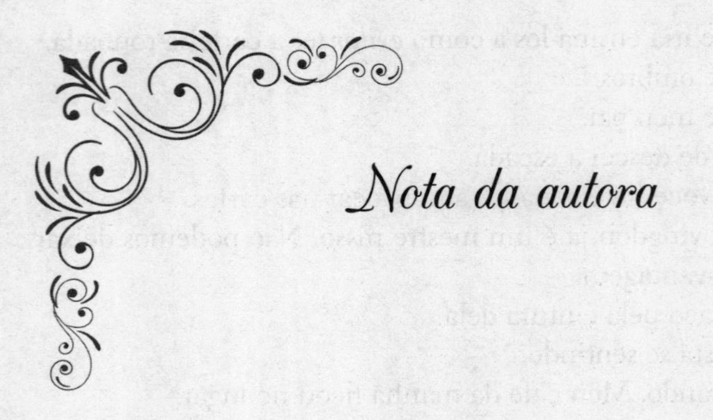

Nota da autora

Ashe sofria de um problema conhecido como discalculia. É parecido com dislexia, só que envolve o conceito de números. Eu ouvi falar pela primeira vez dessa condição há muitos anos, quando o filho de uma amiga foi diagnosticado. Quando o paciente recebe ajuda de professores preparados, é capaz de aprender a trabalhar com números, mas esse transtorno não era conhecido no período em que Ashe viveu.

Quanto ao Clube Nightingale, ele é baseado no Parrot Club, uma casa estabelecida em 1850 por três mulheres que queriam um lugar para encontrar e compartilhar amantes. Para esta história, eu tomei a liberdade de expandir seus objetivos e seus associados.

Este livro foi composto com tipografia Electra Std e impresso
em papel Off-White 70 g/m^2 na Gráfica Rede